Nina Röttger

Die grüne Fee und der kalte Tod

KBV

1. Auflage 2016
2. Auflage 2018

www.kbv-verlag.de
E-Mail: info@kbv-verlag.de
Telefon: 0 65 93 - 998 96-0
Fax: 0 65 93 - 998 96-20
Umschlaggestaltung: Ralf Kramp
unter Verwendung von: © Holger Arndt
und © hubb67 - www.fotolia.de
Lektorat: Nicola Härms, Rheinbach
Druck: CPI books, Ebner & Spiegel GmbH, Ulm
Printed in Germany
ISBN 978-3-95441-325-6

Für Svenja, weil ich einst bei den
Socken unseres Spanischlehrers schwor,
ihr mein erstes Buch zu widmen.

Für Judith, meinen Buchmessen-Survival-Guide
und meine gute Fee.

Und für meine Mutter und meinen Vater, weil jeder
von ihnen auf seine eigene Weise an mich glaubt.

Werte Recken und holde Maiden, den mittelalterlichen Weihnachtsmarkt zu Siegburg gibt es natürlich wirklich. Die Figuren in diesem Roman sind jedoch allesamt frei erfunden – sie haben nichts mit den echten Darstellern des Marktes zu tun.

Prolog

Das Mittelalter – eine wahrhaft faszinierende Zeit. Ungefähr tausend Jahre voller Eigenheiten, die es alle zu erforschen galt. So viele verschiedene Facetten, so viele unterschiedliche Ansichten, Sitten und Gebräuche.

Allein schon die Arten, einen Verbrecher seiner gerechten Strafe zuzuführen, boten der Fantasie damals einen weitaus größeren Spielraum als heute.

In der Dunkelheit des Raumes bewegte eine Hand die Maus, während Bilder nach und nach über den Computermonitor flackerten. Eigentlich hätten die Finger zittern müssen vor Wut, doch sie umschlossen das kleine Ding ganz ruhig, fast liebevoll. Die Fotos auf dem Bildschirm und die Eindrücke, die sie in dem von Zorn und verletztem Stolz geschüttelten Bewusstsein hinterließen, lenkten rasende Gedanken wieder zurück in alte Bahnen. Kühles, wissenschaftliches Interesse breitete sich dort aus, wo bis vor ein paar Sekunden noch wilder Wahn gewütet hatte. Wer die Vergangenheit betrachtet, kann schließlich für die Zukunft lernen.

Ein Klick, und eine neue Datei öffnete sich. Ja, da waren zum Beispiel die Ehrenstrafen. Empfindliche kleine Lektio-

nen, die den Delinquenten ein besseres Verhalten lehren sollten, ohne ihm körperlich wirklich zu schaden. Die Abbildungen zeigten alles in bunten, grauen oder bräunlichen Farben. Es gab Masken und Bußgewänder, Eisenketten und lange Märsche durch Gassen voller kreischender Menschen. Da waren starre Halsfesseln aus Holz, die wie Geigen geformt waren, oder auch gelbe, mit Teufelsfratzen bemalte Gewänder aus Sackleinen für die Dirnen ...

Doch wieder kochte die Wut jetzt über, fegte alles andere beiseite. Es war einfach nicht genug, ihn mit einem Schild um den Hals durch die Straßen zu treiben, während die Leute lachten und mit den Fingern auf ihn zeigten. Das Schwein hatte keine Ehre im Leib – wozu sich also damit aufhalten? Es gab genügend andere Methoden, auf die man zurückgreifen konnte. Solche, die endgültig und für die Ewigkeit waren. Sicher, die meisten waren in der Moderne nicht mehr so einfach durchführbar. Und doch ... eine heimlich geknüpfte Schlinge aus gutem, starkem Hanf, von hinten um den Hals gelegt ...

Die Stimme der Vernunft zischte aus der Dunkelheit und löschte den Gedanken daran aus wie die Flamme einer Kerze. Auch wenn das Mittelalter Einzug in die Stadt hielt, gab es doch in Wahrheit keine Scharfrichter mehr, die für Recht und Ordnung sorgten, indem sie den Abschaum der Gesellschaft ausmerzten. Der Pöbel würde nach so einer Tat nicht jubeln, sondern in Panik ausbrechen und den bestrafen wollen, der sie verübt hatte. Die Polizei, die Menschen – sie alle würden Fragen stellen. Und genau das durfte nicht passieren. Niemand wusste etwas von dem Plan, weder er noch die anderen historischen Darsteller. Und so sollte es auch bleiben.

Du hast keine Ahnung, mit wem du es zu tun hast.

Du hast keine Ahnung, was dich erwartet.

Ganz, ganz langsam schob die Hand die Maus über den Tisch und ließ einige der Fotos verschwinden. Andere blieben.

Ja, es würde ihn von hinten erwischen. Dann, wenn er es am wenigsten erwartete. Alle würden auf seinen starren Leichnam blicken und Dinge sagen wie: »Es musste ja mal so kommen.« Dann würden sie sich umdrehen und die Sache ganz einfach vergessen – unwissend, dass eine Person unter ihnen, mit der sie jeden Tag arbeiteten, lachten, aßen und tranken, ein Mörder war.

Das Schwein würde noch im Tod eine Witzfigur sein. Er sollte ein armseliges Ende bekommen, das wie ein dummer, harmloser Unfall aussah und gleichzeitig anprangerte, was für ein widerliches Subjekt er im Leben gewesen war.

Ein Lächeln blitzte in der Dunkelheit. Wem es gehörte, war nicht zu erkennen, doch der Blick der Augen darüber wanderte zum Fenster hinaus in die bitterkalte Winternacht.

Anprangern. Gar keine schlechte Idee.

Kapitel 1

Der Wind roch nach Mittelalter. Sie konnte es förmlich schmecken. Dieser Duft von Rauch, Brot und einem Hauch Verderbtheit war einmalig.

Um sie herum war alles in bester Feiertagsstimmung. Die Siegburger Geschäfte hatten ihre Schaufenster mit Unmengen von künstlichem Tannengrün und schrillen Lämpchen dekoriert, die einem die Augen aus dem Kopf blinken konnten. Vor ihr aber, soweit sie in der schneidenden Winterluft zu blicken vermochte, erstreckte sich eine Welt, die aus einer anderen Zeit zu stammen schien.

Isa hatte die geschichtsträchtige Stadt in der Nähe von Bonn schon oft zur Weihnachtszeit und ein-, zweimal in den Sommermonaten besucht. Der gepflasterte Marktplatz war nichts weiter als eine Verbindung zwischen der Bahnhofsstraße und der Holzgasse, die die dichten Häuserreihen wie eine luftgefüllte Blase auseinandertrieb, sodass sie zusammen ein recht schönes Fleckchen umrahmten, auf dem man bummeln gehen, Tauben füttern oder kleine, freche Kinder in den Brunnen schubsen konnte. Doch wenn sich das Jahr seinem Ende zuneigte und die Menschen begannen, nach Glühwein und Unterhaltung zu lechzen wie der Nikolaus nach Engelchen-Goldhaar, verwandelte sich die Shoppingmeile Siegburgs in ein Stück erlebbare Geschichte mit eigenem Herzschlag. Dann erschienen plötzlich überall Buden aus Holz und verschiedenfarbigem Leinen wie bunte Maulwurfshügel, so herrlich rau, dass jeder unwillkürlich seine Finger über den Stoff gleiten lassen musste. Spanferkel wurden auf eiserne Spieße gewuchtet und zischend und krachend über offenem Feuer gebraten, während andernorts Kelche mit süßem, heißem Honigmet zusammenstießen und das Getränk an kalten Fingern kleben blieb. Gerüche, die man weder in der Stadt noch überhaupt in diesem Jahrhundert oft in die Nase bekam, umnebelten die Sinne: gegerbtes Leder, Holzrauch, heißes Metall – so manche handgenähte Kutte, die scheinbar seit den Tagen Karls des Großen nicht mehr gewaschen worden war ...

Auch die Sprache der Leute veränderte sich, glich plötzlich einer Uhr, die rückwärts tickt. Aus einem üblichen, wenn auch gelangweilten »Tach ...« wurde ein salbungsvolles »Seid gegrüßt!«. Statt in Euro bezahlte man plötzlich mit Silberlingen oder Talern. Männer in gestreiften Beinkleidern, die atemberaubend eng an den wichtigen Stellen saßen, lachten laut beim Trinken über einen Scherz oder schauten den Weibern hinterher, die bunte Röcke trugen und von einem Stand zum anderen gingen, um eine Freundin zu besuchen.

Isa atmete tief ein.

Qualmende Gauklerfackeln, die in der Luft umherwirbelten. Frische Rosinenwecken mit feiner Zitronennote. Das speckige, modrige Holz des Prangers, dessen Funktion der Büttel gerade einer Schulklasse erklärte.

Rauch, Brot und ein Hauch Verderbtheit. Der mittelalterliche Weihnachtsmarkt zu Siegburg verströmte diesen Duft von morgens bis abends.

Sie war endlich wieder daheim.

Plötzlich tippte ihr jemand unbeholfen von hinten auf die Schulter.

»Kannst du mir mal den Kram abnehmen? Ich verbrenne mir an dem Latte die Finger.«

Als sie sich umdrehte, balancierte ihr Freund Marek gerade einen ziemlich großen Kaffeebecher zwischen zwei Fingern und hielt ihr mit der anderen Hand eine Styroporschachtel entgegen.

»Hast du alles gekriegt?«, fragte sie hoffnungsvoll und lugte in die Box, als sei der Zustand des Inhalts mindestens so instabil wie der der Bundeslade.

»Ja doch, Frau Feldwebel. Extrascharfe Currywurst mit Fritten und viel Mayo.« Kritisch hob er die Augenbrauen und nippte an seinem Macchiato. »Obwohl ich die Bestellung bei dem Angebot, das du hier hast, wirklich nicht nachvollziehen kann.«

Zufrieden zerlegte sie ein dickes Stück Bratwurst mit der Plastikgabel und achtete darauf, ihren grünen Wollfilzumhang nicht mit der Sauce vollzukleckern.

»Mein lieber Marek, eins sage ich dir: Ich liebe mittelalterliche Küche, aber ich lebe praktisch das ganze Jahr über davon. Wenn ich noch eine einzige Falafel essen muss, gibt's Tote.«

In ihren kulinarischen Errungenschaften schwelgend schoben sich die kleine Gauklerin und der hünenhafte Recke durch die Besucher des Mittelaltermarktes, die sich an diesem Freitagmorgen schon relativ zahlreich zwischen den Buden drängten. Über ihnen flatterte das breite Banner, das die Menschen mit einem »Seyd gegruessed!« auf dem Gelände willkommen hieß.

An den weiß getünchten Backöfen zu ihrer Rechten hatte sich bereits eine kleine Schlange gebildet, weil der alte Alf gerade frische Brotlaibe aus der Glut holte. Isa schnappte zu ihrer Belustigung das Gespräch zweier pubertierender Mädchen auf, die mit ratlosen Gesichtern abwechselnd in ihren Smartphones recherchierten und das Schild an der Bäckerei betrachteten, auf dem: »Frische Seelen« zu lesen war.

»Ist das Teufelsbrot oder was? ... Frag doch mal!«

»Ey, ich frag nicht! Ich blamier mich voll!«

Marek schnaubte belustigt in seinen Pappbecher. Selbst er, der erst im zweiten Jahr als Aushilfe auf dem Markt beschäftigt war, wusste, dass Alf weder Hörner auf dem Kopf trug noch mit unsterblichen Seelen handelte. Lediglich die länglichen Brote, die der wortkarge Münsteraner entweder mit Kreuzkümmel oder Meersalz verfeinerte, wurden »Seelen« genannt. Das Missverständnis war mittlerweile fast so alt wie der Markt selbst und obendrein ein ziemlich beliebter Running Gag – oder laufender Ulk, wie der Büttel schmunzelnd zu sagen pflegte.

Als sie weiter vorne an einem kleinen Stand vorbeikamen, an dem man Papeterie und Schreibwaren kaufen konnte, stupste Marek seine Freundin sanft in die

Seite und deutete auf den Besitzer des Stands. »Guck mal.«

Sie musste sich auf die Zehenspitzen stellen, um den Mann zwischen seinen ratlosen Kunden zu entdecken. »Oh nein, nicht schon wieder ...«

»Oh doch. Sir Schnarchsack, der Vercheckte.«

Hinter Bergen von Federkielen, Pergamentrollen und Lesezeichen hing Mathis Kühnle, der Schreiber des Marktes, wie eine nasse Pelzmütze auf seinem Stuhl und schnarchte so laut, dass die Balken des Budendaches über ihm hätten zusammenbrechen müssen. Jedes Mal, wenn er ausatmete, erbebte sein gewaltiger roter Schnurrbart. Ein älteres Ehepaar starrte den Mann bereits seit einigen Minuten erwartungsvoll an. Isa schob sich vorsichtig zwischen ihnen hindurch. »Gebt acht, edle Herrschaften ... Ich werde unseren Magister aufwecken. Es scheint, als hätte er des Nächtens kräftig im Wirtshaus angeschrieben.«

Das war natürlich kompletter Blödsinn. Normalerweise schliefen die meisten der Marktleute, die unter der Leitung des Vereins »Handwerk Kram & Gaukelspil e. V.« zur Weihnachtszeit aus ganz Deutschland und Österreich nach Siegburg kamen, in selbst mitgebrachten Wohnwagen. Mathis hatte sich allerdings in diesem Jahr dazu entschlossen, Koje und das Chemieklo gegen ein warmes Gästezimmer in der Innenstadt einzutauschen – jedoch ohne zu wissen, dass das junge Paar, bei dem er übernachtete, vor sechs Monaten Zwillinge bekommen hatte. Die Kinder wachten laut Mathis mindestens dreimal pro Nacht auf und machten einen derartigen Lärm, dass sie selbst einen kompletten Kreuzzug übertönt hätten. Trotzdem weigerte sich der Schreiber konsequent, den Schlafplatz zu wechseln. Die kleine Familie könne das Geld gut gebrauchen, beharrte er stur.

Wenn er denn ansprechbar war.

Die alten Leutchen lächelten über Isas Scherz und schlenderten weiter. Entschlossen entwand sie Marek den Kaffeebecher (»Hey!«) und hielt ihn dem schnarchenden Mathis unter die Nase. »Aufwachen, Sonnenscheinchen!«

Kühnle grunzte, dann riss er die Augen auf und kam so plötzlich hoch, als hätte er sich auf einen Morgenstern gesetzt. »Wa-was? Zwei Taler das Stück!«

Er brauchte eine ganze Weile, bis er die beiden Gestalten erkannte, die ihn da angrinsten. »Ach, ihr seid das ...« Er rieb sich die Augen. »Habe ich etwa wieder ...?«

»Tief und fest«, bestätigte Marek und nahm seinen flüssigen Wachmacher mit Nachdruck wieder an sich.

Mathis starrte dem Latte sehnsüchtig hinterher. »Verdammt. Jetzt haben bestimmt wieder irgendwelche Teenies meinen Siegelwachs geklaut.«

Fragend runzelte Isa die Stirn. »Warum sollten sie? Man kann damit keine SMS zukleben.«

»Ich weiß. Wahrscheinlich rauchen sie das Zeug.«

Ein Kunde näherte sich neugierig dem Stand und betrachtete die Auslage. »Entschuldigung – darf ich fragen, was das ist?« Er hielt einen kleinen, hölzernen Siegelstempel in die Höhe.

»Das ist ein Petschaft, edler Recke«, erklärte Mathis. »Wenn Ihr Eurer Liebsten eine Nachricht senden wollt und Wachs auf den Umschlag träufelt, könnt Ihr mit dem metallenen Endstück Euer Initial oder ein Symbol Eurer Wahl hineinprägen.«

Begeistert suchte sich der Mann einen Stempel mit dem Motiv einer französischen Lilie aus. Mathis wickelte ihn in braunes Papier ein. Geld wurde gegen Ware getauscht, der Schreiber verabschiedete sich mit einem freundlichen: »Gehabt Euch wohl!«, dann sank er wieder auf seinen Schemel. »Boah, bin ich fertig.«

»Soll ich beim ›Orient-Express‹ nachfragen, ob Irene dir nachher was zu trinken bringt?« Marek hasste es selbst, unausgeschlafen arbeiten zu müssen.

»Danke, aber ich bin schon versorgt.« Allein der Geruch des Espressos, den sich Mathis in einen Tonbecher goss, hätte König Artus wieder zum Leben erweckt. »Sag mal, hast du nicht in ein paar Minuten einen Auftritt, Isa?«

Die Angesprochene zog ihr Handy aus einem grünen Lederbeutel an ihrem Gürtel. »Ach, ist doch erst zehn vor zwölf. Aber Marek, du solltest dich lieber mal beeilen. Sonst erschlägt dich der werte Meyster Hubertus mit seiner Sonderausgabe von ›Latein für Klugscheißer‹, wenn du zu spät zur Arbeit kommst.«

Marek verdrehte die Augen. »Das wäre mir lieber als das blöde Gequatsche.«

Sie verabschiedeten sich von Mathis und marschierten zwischen den Ständen und Besuchern hindurch Richtung Bühne. Von dem Holzkarussell, das mithilfe eines Kurbelsystems von zwei keuchenden Vätern angetrieben wurde, schallte fröhliches Kinderlachen herüber; etwas weiter vorne, kurz vor dem Siegburger Stadtmuseum, kam eine Bude mit bunten Spielsachen in Sicht. Doris Panthen, die ältliche Verkäuferin und passionierte Klatschbase, winkte den beiden Vorübergehenden freundlich zu, während sie gerade eine Holz-Hellebarde an die resignierende Mutter einer Siebenjährigen verkaufte (»Spätzchen, möchtest du nicht doch lieber den Feenstab ...« »AXT! AXT! AXT!«).

Bereits dort lag der Duft von saftigen, in Teig gebackenen Apfelringen in der Luft.

»Ich sollte mir nächstes Jahr echt einen anderen Job suchen ...« Marek, sonst immer ruhig und gelassen wie ein nordischer Kaltblüter, grummelte missmutig vor sich hin, während er sich das Leinenhemd in die Hose steckte. Isa verkniff sich jeglichen Kommentar dazu, denn sie kannte seinen Herrn und Meister nur zu gut. Bernd Wischnewski alias Meyster Hubertus Libarius war ein Besserwisser erster Güte und innerhalb der Szene etwa so beliebt wie ein Aussätziger beim Gruppenkuscheln. Seine Überzeugung, dank seines ach so unbegrenzten Fachwissens das Mittelalter viel authentischer darstellen zu können als jeder andere Mensch im Abendland, hatte ihm nicht nur den Spitznamen »A-Papst« eingebracht, sondern stellte auch Mareks Geduld jeden Tag auf eine harte Probe. Obwohl er aus reiner Paranoia an seinem Wohnmobil Bewegungsmelder und sogar eine Mini-Überwachungskamera auf höchstem technischen Niveau angebracht hatte, um auf der alljährlichen Tour von Markt zu Markt nicht im Schlaf ausgeraubt und gemeuchelt zu werden, spielte Wischnewski nach außen hin den mittelalterlichen Kramer mit erbarmungsloser Inbrunst und ahndete den Gebrauch von Kartoffeln, Reißverschlüssen oder Smartphones durch seine Angestellten mit der Strenge eines Inquisitors, dem ins Frühstück gespuckt wurde.

Die gute Bezahlung machte den Umstand, sich permanent Vorträge über historische Genauigkeiten anhören zu müssen, auch nicht wieder wett.

»Immerhin wurdest du von deiner Kundschaft noch nie ausgebuht«, versuchte Isa Marek zu trösten und wollte noch etwas Aufmunterndes hinzufügen, als ihr eine wohlbekannte Fistelstimme das Wort abschnitt.

»Was soll denn das? Steckt sofort diesen Müll weg, verdammt!«

Sie hatten sich schon zu nah an die Höhle des Löwen gewagt. Meyster Hubertus, beleibt und rotgesichtig wie immer, stand kleine Apfelküchlein bratend in seinem Verkaufszelt und hatte die eindeutig nicht mittelalterlichen Überreste ihrer Mahlzeiten sofort erspäht. Aufgeplustert wie ein Auerhahn starrte er nun den Kaffeebecher in Mareks Hand an, als trüge seine Aushilfe eine scharfe Handgranate vor sich her.

»Wir sind hier auf einem Mittelaltermarkt, falls ihr das vergessen habt! Was isst du da bitte, hm? Pommes frites mit Currywurst in einem Styroporbehälter! Nur zu deiner Information, Pommes frites bestehen aus Kartoffeln, die erst Mitte des siebzehnten Jahrhunderts in Deutschland angebaut wurden. Dazu kommt noch, dass sich eine einfache Gauklerin wie du Würste aus fettem Fleisch nur schwerlich hätte leisten können. Ganz zu schweigen von dem exotischen Curry in dem, ich wage das Wort kaum auszusprechen, Tomatenketchup! Oder dem teuren Salz auf deinen völlig unangebrachten, vor Fett triefenden Erdäpfeln!«

Marek hob die Hände, um seinen Arbeitgeber zu beschwichtigen, doch das war ein gewaltiger Fehler. So stach der Pappbecher voll dampfenden Kaffees nur noch mehr ins Auge.

»Und was haben wir hier? Ist zufällig eine Zeitmaschine im Jahre unseres Herrn 1410 gelandet und hat kostenlose Getränke ausgespuckt?«

»Jetzt ist aber gut! Erstens haben wir beide gerade sozusagen dienstfrei, und zweitens gibt es auf diesem Markt auch einen Verkaufsstand mit orientalischem Gebäck und Kaffee.« Mit hochgezogenen Augenbrauen sah Isa dem Kramer angriffslustig ins Gesicht. »Ich erwähne das nur, falls es dir im Eifer deiner wahrlich beeindruckenden Argumentation entfallen sein könnte. Die Bude trägt bei uns den Spitznamen ›Orient-Express‹. Ihre Besitzerin heißt Irene. Ihr kennt euch seit zwanzig Jahren. Was also ist an Mareks Kaffee noch mal falsch?«

»Im Mittelalter gab es keine To-Go-Becher und keine Heißgetränke mit Karamellsirup!«, giftete Wischnewski zurück.

Isa konnte es sich nicht verkneifen, ihn noch mehr auf die Palme zu bringen. »Jetzt mach doch kein Drama daraus, Bernd.«

»Be…? Hubertus, hier auf dem Markt heiße ich Meyster Hubertus Libarius! Libarius ist das lateinische Wort für Kuchenbäcker!«

»Habt Dank für die Belehrung, Herr. Mir scheint, es ist Ewigkeiten her, seit Ihr mir dies zum letzten Mal erklärtet – war es nicht gestern Abend? Und am Tag davor und so weiter und so fort?«

Marek biss sich auf die Lippe, um das Lachen zu unterdrücken. »Klar, mach nur weiter so. Er kann mich ja nur einmal umbringen«, zischte er leise.

Sie grinste, während Hubertus ihr empört mit dem Zeigefinger drohte. »Dein freches Mundwerk wird dir noch einmal zum Verhängnis, Spielweib! Und du, Junge, eil dich endlich! Es wartet Arbeit auf dich!«

Marek winkte ihr seufzend zu und setzte sich in Bewegung. »Ich seh dich dann heute Abend.«

»Versuch, ihn nicht im Bratfett zu ersäufen.«

»Ich gebe mir die größte Mühe. Sag mal, wolltest du nicht noch die neuen Filzbälle bei diesem Tell abholen?«

Isa schlug sich vor die Stirn. »Verdammt!« Sie hatte sich bei dem Filzer des Marktes ihre Jonglierbälle farblich etwas aufpeppen lassen und versprochen, diese so bald wie möglich abzuholen. Die Lagerkisten von Till Steiner – oder kurz Tell, wie der gebürtige Schweizer genannt wurde – platzten auch so schon aus allen Nähten.

Schnell sah sie auf die Uhr. Sie musste sich beeilen, wenn sie noch rechtzeitig neben den anderen Spielleuten auf der Bühne stehen wollte. »Das habe ich total vergessen. Danke, Marek!«

Dann rannte sie los, so schnell sie ihre Schnabelschuhe trugen.

Den halben Weg wieder zurück, dann am Stand mit den Tierfellen nach links und am Holzkarussell vorbei ... Isa schaffte es dank ihrer geringen Körpergröße mühelos, sich zwischen den Besuchergrüppchen hindurchzuschlängeln. Trotzdem wäre sie fast der Länge nach hingeschlagen, als sie unerwartet vor einer erstaunlich standfesten Menschentraube abbremsen musste. Ein Trupp schaulustiger Damen, die alle identische Nikolausmützen trugen und offenbar einem Verein oder Ähnlichem angehörten, hatte sich vor der Schmiede versammelt und genoss den Anblick, der sich dort bot. Der glühende Stahl, den der gut gebaute Lars Haberkorn alias Meister Isenhart dort mit Hammer und Amboss bearbeitete, war bei Weitem nicht der heißeste Blickfang.

»Jutta, diese Brustmuskeln ...« Eine blondierte Mittvierzigerin tuschelte beinahe ehrfürchtig mit ihrer Nachbarin, als Isa sich vorbeizwängte. »Also, mein Mann hat höchstens ein Sixpack, wenn Fußball im Fernsehen kommt ...«

Die junge Gauklerin lachte leise, während sie weiterlief. Tatsächlich trug Lars trotz des frostigen Wetters nur eine Stoffhose und eine Lederschürze, die seinen nackten Oberkörper vor der Hitze der Esse bewahrte. Trotzdem war noch genug Haut zu sehen, um – wie in jedem Jahr – die Frauen auf dem Marktplatz zu begeistern. Isenharts Wirkung auf das weibliche Geschlecht war mittlerweile in der Mittelalter-Szene legendär. Mit starkem Arm schwang er den Hammer und schenkte ab und zu einer Auserwählten aus dem Publikum ein Lächeln. Dass er leider nicht die hellste Kerze auf dem Adventskranz war, merkte man nur, wenn er den Mund auftat.

Als Isa bei Tells Bude ankam, die sich bunt behangen zwischen einen Stand mit Lederwaren und die Hütte der bayerischen Maronenrösterin Vroni quetschte, konnte sie den Filzer nicht entdecken, aber dafür umso besser hören.

»Verdammt noch mal!«

»Tell, ich bin's, Isa!«, rief sie und befreite sich von einer Filzleine mit Haarspangen, die sich in ihren Dreadlocks verfangen hatte.

»Komm rein! Ich bin hier unten!«

Als sie unter die Überdachung trat und sich zwischen Regalen mit Filzhüten in den verschiedensten Farben wiederfand, sah sie Tell auf dem Boden hocken und leise auf Schweizerdeutsch vor sich hin fluchen. Offenbar versuchte er gerade, einen mobilen Heizkörper anzustellen, den er unter einem mit Fellen behangenen Schemel versteckt hatte.

»Letzte Nacht sind mir diese dämlichen Bücherwürmer eingefroren!« Tell drehte sich zu ihr um und fuchtelte mit einem steifen Lesezeichen in Würmchenform, das dabei fast in der Mitte durchgebrochen wäre. Seine plüschigen Artgenossen hatte er bereits ordentlich auf dem Heizkörper aufgereiht.

»Irgendein schwachsinniger Vandale fand es wohl witzig, meine verschnürte Zeltwand aufzuknoten und mir Wasser über die Auslage zu kippen. Dank der Minusgrade musste ich die Dinger fast schon vom Holz meißeln, um sie loszukriegen ... wer kommt bloß auf solche Ideen?«

Isa überlegte. »Jugendliche, Betrunkene, betrunkene Jugendliche ... oder ein Psychopath, der dir zu verstehen geben will, dass er dich demnächst kidnappen und deine Leiche in einem riesigen Eiswürfel in seiner Wohnung ausstellen wird ...«

»Kleines, du liest zu viele Krimis.«

Tell ließ von den Lesezeichen ab, stand auf und schob sich den schwarzen Schlapphut in den Nacken. »Du wolltest deine Jonglierbälle abholen, oder? Ich habe sie mit grünem Filz umhüllt, wie du es wolltest. Sehen jetzt viel besser aus.«

»Tut mir leid, dass es so spät geworden ist. Marek hat mich gerade noch daran erinnert.«

»Aha, sehr nett und zuvorkommend von dem jungen Mann. Ich glaube, du wohnst dieses Jahr sogar bei ihm, oder?«

»Tell, bitte! Ich muss zur Bühne!«

»Und ich weiß im Gegensatz zu dir, wo genau sich in diesem Chaos hier dein Handwerkszeug befindet.«

Sie seufzte. »Ja, wir wohnen zusammen. Nein, da läuft nichts zwischen uns. Jetzt gib sie schon her!«

Der Schweizer grinste sie durch seinen dichten Bart hindurch an und zauberte sechs giftgrüne Filzbälle aus den Tiefen seines Umhangs. »Mehr wollte ich nicht. Na ja, und meine Bezahlung natürlich.«

»Kriegst du heute Abend, versprochen.« Sie drückte ihm einen Kuss auf die Wange. »Du bist ein Schatz, Tell.«

»Weiß ich doch, Kleines. Und nun hau schon ab, ich muss diese verfluchten Würmer auftauen.«

Die Turmuhr der Sankt-Servatius-Kirche schlug gerade zwölf.

»Da hast du aber echt Glück gehabt.« Lena Krumbe strich das Tuch mit den Glöckchen glatt, das sie sich über ihrem blauen Rock um die Hüften gebunden hatte. Sie und Isa standen an der linken Seite der großen Bühne, die am anderen Ende des Marktplatzes aufgebaut worden war.

Isa grinste, immer noch ein wenig außer Atem. »Das ist kein Glück, sondern Timing. Ihr denkt immer nur, ich würde dauernd zu spät kommen.«

Vor dem großen Podest hatte sich bereits eine stattliche Anzahl von Zuschauern versammelt. Die schaulustige Meute war gut gerüstet mit heißem Met, Knoblauchbrot und dem festen Vorsatz, klammheimlich das Weite zu suchen, sobald der Klingelbeutel in Sichtweite käme. Der Anblick von etwa dreißig bis vierzig Personen, die alle gleichzeitig versuchten, sich während des letzten Liedes unauffällig in den Hintergrund zu verdrücken, beeindruckte Isa seit ihrem ersten Auftritt als Gauklerin doch jedes Mal.

Gelächter und Gespräche wurden leiser, als eine schlaksige Gestalt mit einem braunen Wams und einem komischen Hut, der entfernt an eine tote Katze erinnerte, auf die Bühne polterte.

»Gegrüßet sei das Volk zu Siegburg!«, rief Büttel Richard und breitete die Arme aus, was mit höflichem Applaus beantwortet wurde.

»Lange schon habt Ihr ausgeharrt in der unwirtlichen Kälte, doch jetzo ist es so weit: Eine auserlesene Schar von Galgenvögeln ... äh, Spielleuten wird Euch ein wenig Kurzweil bereiten. Es treten auf mit Musica und Gaukelei: Manus Furis!«

Euphorisches Handgeklapper brandete auf. Lena und Isa sahen sich an, nickten sich zu und sprangen behänden Schrittes auf die Bühne.

Von der anderen Seite her stiegen ihre drei männlichen Kollegen auf das Holzpodest: ein langhaariger Bär im Schottenrock, ein schlaksiger Jüngling mit Ziegenbart und Schellenbändern an den Fußknöcheln sowie ein Mittdreißiger in Pluderhosen, dessen Feder am Barett gut als Staubwedel hätte durchgehen können.

Genau dieser Mann trat nun bis vorne an den Rand der Bühne, verbeugte sich tief und ergriff das Wort. »Werte Recken, edle Damen, liebe Kinder! Wir sind Manus Furis und freuen uns, das hohe Fest der Weihnacht hier in Siegburg mit Euch verbringen zu dürfen. Verweilt nun eine Weile und erfreut Euch an dem, was wir dieses Jahr zu bieten haben – doch zuvor: Wer uns noch nicht kennt, dem seien hier die besten Spielleut des Abendlandes präsentiert!« Er drehte sich zu seinen Mitmusikern um und musterte sie kritisch. »Ach verdammt, das war ja die andere Band ...«

Das Publikum lachte. Der Schlaks mit dem Bärtchen – ein liebenswerter Chaot, der mit dem wenig mittelalterlichen Namen Kevin geschlagen war – tat so, als wollte er seinem Vorredner aus Rache seine Schalmei über den Schädel ziehen, was besonders das kleine Mädchen mit der Holz-Hellebarde erfreute, das sich irgendwie in die erste Reihe gedrängelt hatte.

»Nun gut«, fuhr Valentin, der Barett-Träger, fort, »beginnen wir also mit den liebreizenden Weibsbildern unseres aufgestellten Kollegiums. Einst wurde eine junge Spielmaid aus dem fernen Avalon verbannt, weil ihre Zunge zu spitz und ihre Lieder zu zotig waren ... Zum Glück fand sie bei uns ein neues Zuhause und trommelt und jokuliert seither so elfengleich, dass ihr spöttisches Mundwerk umso angenehmer stichelt. Acclamatio für die grüne Fee von Absinth!«

Isa trat einen Schritt nach vorne und machte einen tiefen Knicks, während die Siegburger klatschten und johlten. Schon jetzt hatte sie ein gutes Gefühl. Die Aufregung, die sie jedes Mal am Anfang eines Auftritts verspürte, ließ sie förmlich nach Dudelsackmusik lechzen.

Valentin machte weiter mit seiner Vorstellungsrunde. »Die zweite Rosenknospe in unserem Bartgesträuch ist die Herrin der Sackpfeifen. Sie besang schon den heiligen Wein für Päpste und die Schönheit der Haremsdamen für den Sultan ...«

Lena tippte ihm von hinten auf die Schulter und flüsterte ihm etwas ins Ohr.

»Ach ja, verzeih – es war ja genau umgekehrt. Für Euch: die wilde Helena!«

Mit fliegendem Rock und wehender blonder Mähne drehte sich Lena wie ein Kreisel auf den Absätzen und blies einmal kräftig in ihren Dudelsack.

Dann war der Hüne im Schottenrock an der Reihe.

»Dieser Recke mit den luftigen Beinkleidern stammt aus den Highlands und ist allenthalben für drei Dinge bekannt: Er wirft den Baumstamm am weitesten, prügelt die Engländer am tüchtigsten und küsst die Mägdlein am liebsten. Jubel vom Weibsvolk für Alec MacPipe vom Clan der MacPipes!«

Alex Grün grinste wie ein schottischer Freibeuter und stellte sich in Positur. Dass er ebenso wenig ein Highlander war wie Isa ein Hunnenkönig, hinderte ihn keineswegs daran, bei jeder Gelegenheit mit falschem Akzent und einem nachgemachten Claymore-Schwert Frauen abzuschleppen.

Bevor Valentin seinen zweiten Kollegen vorstellen konnte, zog dieser ein Holzschild in Form eines Pfeils aus der Tasche und deutete damit begeistert auf sich selbst. Isa musste unwillkürlich lachen. Kevin war zwar ein furchtbar netter Kerl, aber er hatte definitiv einen Sprung in der Schüssel.

»Hab Dank, ich hätte dich doch beinahe vergessen.« Valentin spielte stets den halbwegs vernünftigen Gegenpart zu seiner mehr oder minder verschrobenen Gauklerschar und schüttelte auch nun wieder nachsichtig den Kopf.

»Diesen ach so bescheidenen Milchbart fanden wir dereinst im kalten Norden. Dort war er auf der Flucht vor einer Wikingerin, der er mit Harfe und Gesang seine Minne gestanden und daraufhin festgestellt hatte, dass ihr Name nicht Helga, sondern Holger war ... seitdem spielt er für uns und zaubert ein Lachen ins finstere Mittelalter. Herr Ludger der Verderbte, Ihr Recken und Damen!«

Wieder folgte Applaus und dann der Moment, den der Herr mit der Pluderhose am liebsten hatte. Verantwortungsvoller Chef oder nicht: Als alter Bühnenmensch badete Valentin im Rampenlicht wie Kleopatra in Stutenmilch. Vermutlich unsere Berufskrankheit, dachte Isa.

»Und mein werter Name«, verkündete er, nahm den Hut ab und verbeugte sich so tief, dass seine Stirn fast die morschen Bretter berührt hätte, »ist Graf Galgenstrick, Ritter unter den Räubern, Zar unter den Zechern und Baron unter den Beutelschneidern. Klappert mit den Händen, denn nun folgt ›Musicus Interruptus‹!«

Bei diesem ersten Lied der Show spielte Isa noch ihre Trommel, bevor sie später im Takt der Musik grüne Bälle und blanke Messer wie von Zauberhand über den Himmel tanzen lassen würde. Nun aber stieß Lena zuerst in ihre Sackpfeife und erzeugte einen lang gezogenen Ton, der zunächst wehmütig verharrte und sich dann mit der gleichen Note aus Alex' Dudelsack verband. Der Klang ließ die Leute den Atem anhalten wie in der Sekunde, in der man alle Muskeln anspannt, bevor man endlich losrennt.

Isa holte aus und schlug auf ihre Trommel. Die gespannte Tierhaut vibrierte tief und donnernd, nur ein einziges Mal.

Und ein wildes, animalisches Feuerwerk brach los.

Wenn der Mittelaltermarkt ein lebendiger Organismus war, dann war die Musik, die sie spielten, sicherlich sein Puls. Kein noch so starker Met ging derart unter die Haut wie die stampfenden Rhythmen und die treibende Melodie, die sich immer und immer wieder um sich selbst drehte und das Publikum mitriss wie eine tobende Brandung. Selbst die sittsamsten Familienväter, die ihre körperliche und geistige Haltung offenbar Stöcken verdankten, die dort steckten, wo keine Sonne hinkam, konnten nicht verhindern, dass sie unwillkürlich mitwippten. Herzen begannen, im Takt der Musik zu hämmern.

Dass ein anderes Herz auf diesem Marktplatz schon bald für immer aufhören würde zu schlagen, ahnte zu diesem Zeitpunkt noch niemand.

Kapitel 2

Schwarze Nacht war hereingebrochen. Die Beschützerin der Diebe und Freundin der Halunken legte sich wie ein samtener Mantel über Siegburg und verbreitete Frost und weihnachtliche Dunkelheit.

Das dichte Gedränge zwischen den Marktbuden hatte sich weitgehend aufgelöst. Für die zahlreichen Besucher war das Leben im Mittelalter für heute zu Ende gegangen; der Ruf des Nachtwächters hatte sie alle nach Hause geschickt. Schritte, die an den den Platz umschließenden Häuserwänden verhallten, kündeten von den ersten Nachtschwärmern, die im Dunkeln streunten und Lokale wie den Irish Pub namens Shamrock in der Holzgasse ansteuerten, um ein Pint Guinness zu trinken und Darts zu spielen.

Die Uhr auf Isas Handy zeigte gerade einmal halb neun.

Seit kaum mehr als dreißig Minuten war für die Kramer, Handwerker und Spielleute des mittelalterlichen Weihnachtsmarktes Feierabend – was nicht heißen sollte, dass auf dem Marktplatz schon absolute Ruhe herrschte.

Im Gegenteil: Überall wurden Waren zusammengeräumt, Tageseinnahmen gezählt und Buden mit Brettern und Planen verbarrikadiert. Von irgendwo her ertönte die Stimme eines Betrunkenen.

Im Schein der Reklametafel eines Drogeriemarkts saßen die Bandmitglieder von Manus Furis wie an fast jedem Abend noch ein wenig zusammen und tranken Bier, bevor ein jeder von ihnen seiner Wege ging. Sie hatten ein paar Decken und Jacken auf den blanken Bohlen der Bühne ausgebreitet, auf der sie vor Stunden noch gespielt hatten, und drängten sich dicht aneinander. Es war kalt, und der Wind griff eisig unter die nun wieder neuzeitlichen Kleider, aber Spaß machte es trotzdem.

Als Isa aus dem Keller des Museums zurückkehrte, in dem sie sich umgezogen und einige Requisiten für den nächsten Tag verstaut hatte, erzählte Alex Kevin gerade lang und breit von seinen Erlebnissen auf der letzten LARP-Convention.

»... also ging es bei dem Spiel wie gesagt um Piraten und Freibeuter der Karibik ...«

»Aus der Karibik? Wie soll das denn funktionieren? Du hast eben noch gesagt, ihr wart in Hamburg!«

»Das ist LARP, Kevin. Live Action Role Play. Kein Event zur genauen Darstellung historischer Ereignisse«, mischte sich die junge Spielfrau mit den Dreadlocks ein und nahm sich von Alex ein Bier. »Wenn du laut Regelwerk mit einem Elbenschwert aus Polypropylen auf Orks einschlagen darfst, dann kannst du in Hamburg auch geschmuggelten Rum mit einem Haufen Piraten aus Tortuga trinken, kapiert?«

»Hmm«, brummte Herr Ludger der Verderbte skeptisch. Was historische Darstellungen und flache Wortwitze anging, war er Purist.

»Na hör mal, so was macht richtig Spaß!«, hielt Alex dagegen. »Hey Valentin, wie wär's, wenn ich ab sofort in der Band nicht mehr als Highlander, sondern als Pirat auftrete?«

»Hm? Nein, das geht nicht.« Der Bandleader zupfte gedankenverloren an seiner Laute herum, während er sprach. »Auf jeden Fall nicht hier. Das ist ein Weihnachtsmarkt aus dem Spätmittelalter, kein Fantasy-Festival.«

»Ach komm, ein bisschen Fantasy hat noch niemandem geschadet.«

Lena schnaubte belustigt. »Klar, weil du auf Elbinnen stehst.«

Bevor der Dudelsackspieler etwas darauf erwidern konnte, fiel Isa schon vor Lena auf die Knie, ergriff ihre Hände und drückte sie mit schmachtendem Blick an sich. »Oh, holde Elbenmaid, erhöre mich! Mein Name ist Kapitän Alexander von Humbug!«

»Ich will mit Euch in den Zauberwäldern salbungsvoll und ohne sichtbares Ziel durch die Gegend schreiten und meine magische Aura verströmen, Geliebter!«

Alex brummte missmutig in sein Bier, während die Mädchen lachten. »Albernes Weibsvolk ...«

Plötzlich löste sich ein Schatten aus dem umliegenden Dunkel und verwandelte sich nach und nach in die undeutliche Silhouette eines monströsen Bratapfels mit in die Seiten gestemmten Fäusten. »Würdet ihr euch wohl einen anderen Platz zum Saufen suchen oder wollt ihr, dass wir noch mehr Ärger mit den Anwohnern bekommen? Es herrscht Nachtruhe, falls ihr es noch nicht bemerkt habt!« Der Duft, den Bernd Wischnewski verströmte, verstärkte den Eindruck von einer nörglerischen halben Portion Obst nur noch.

»Reg dich ab, Bernd, der Markt ist seit gerade mal einer Dreiviertelstunde geschlossen.« Graf Galgenstrick ergriff nicht nur als Anführer das Wort, sondern auch, weil er verhindern wollte, dass es wieder einmal zu einem Streit mit dem Verkäufer kam. Für Wischnewski kamen Spielleute in der sozialen Rangordnung direkt nach Bettlern, Hunden und Steuerberatern.

»Wenn ihr nicht sofort Ruhe gebt, macht er morgen vielleicht auch nicht mehr auf!« Bernd wedelte drohend mit dem Zeigefinger. »Im Übrigen ist die bloße Idee, in dieser spätmittelalterlichen Kulisse Piraten oder sogar so etwas wie Elfen auftreten zu lassen, ganz einfach infam. Nicht einmal die dümmsten Touristen würden sich dann noch von eurem halb garen Geschichtswissen täuschen lassen.«

Isa zog die Augenbrauen hoch. »Freut mich zu hören, dass du deinen Feierabend sinnvoll verbringst, indem du die Gespräche anderer Leute belauschst, Meister Hubertus P. Libarius.«

»Man sagt Meyster, nicht Meister. Das ist Mittelhochdeutsch. Und wofür soll bitte das ›P‹ stehen?«

»Pestbeule.«

Kevin verschluckte sich vor Lachen an seinem Bier und bekam einen fürchterlichen Hustenanfall. Alex klopfte ihm feixend auf den Rücken, während Bernd sich wütend vor ihnen aufplusterte wie ein druckbetanktes Rotkehlchen. »Das muss ich mir nicht bieten lassen von einer … einer ... unprofessionellen Statistin, die wahrscheinlich glaubt, der ›Gang nach Canossa‹ sei ein Flur, der zu einem Räucherofen für Salami führt!« Mit diesen Worten machte er auf dem Absatz kehrt und stürmte davon.

Lena sah ihm hinterher und schüttelte irritiert den Kopf. »Räucherofen für Salami ... mit dem Spruch hat er dich jetzt wirklich mundtot gemacht, was?«

Isa zuckte ungerührt mit den Schultern. »Also *ich* weiß, dass Heinrich IV. im 11. Jahrhundert nach Canossa ging, um dem Papst in den heiligen Allerwertesten zu kriechen. Bernd sollte sich nicht um meine Geschichtskenntnisse, sondern um seine miserablen rhetorischen Fähigkeiten sorgen.« Neugierig rutschte die grüne Fee ein wenig zu Valentin hinüber, der immer noch an den Saiten der Laute herumzupfte und leise vor sich hin summte. »Was spielst du da?«, fragte sie und verzog das Gesicht, als sich ein Holzsplitter der Bühnenbretter durch ihre Jeans bohrte.

Überrascht blickte er auf. »Mir ist vor ein paar Tagen der Gedanke gekommen, dass wir anstatt der instrumentalen ›Hau drauf‹-Marktmusik mit Sackpfeifen mal zur Abwechslung wieder ein Trinklied spielen könnten. Die sind ziemlich beliebt, und wir könnten dem Publikum ein bisschen was anderes bieten.«

»Da werden uns die feinsinnigeren Mittelalterbands zwar wieder als Dudelsack-Idioten bezeichnen, die nur eine Tonart spielen können, aber es ist ja nicht so, dass wir das nicht bereits gewohnt wären. Hast du schon eine konkrete Idee für ein Lied?«

»Na ja, mit der Musik bin ich so gut wie fertig, aber beim Text hapert es noch. Bisher sind mir nur zwei Strophen eingefallen.«

»Spiel es mal vor.« Alex zog sich fingerlose Handschuhe über, bevor er sich eine Zigarette anzündete. »Vielleicht hat ja jemand von uns eine Erleuchtung.«

»Meinst du wirklich? Um die Zeit?«

»Ach Valentin, was soll denn schon passieren? Dass sich ein wütender Siegburger Mob mit Fackeln und Forken aufmacht, um heimlich unsere Stände anzuzünden?«, fragte Isa sarkastisch.

»Immerhin beschweren sich schon seit Jahren genug Leute über uns, vergesst das nicht«, gab der Bandleader zurück. »Vorgestern hat Richard mir einen Artikel im Siegburger Wochenblatt über uns gezeigt. Irgendein Schreiberling hat ein paar Anwohner interviewt, und ›laut‹, ›stinkend‹ und ›störend‹ waren da noch die nettesten Attribute, mit denen die den Markt hier bedacht haben. Außerdem hat Vroni mir erzählt, dass jemand letzte Nacht in Wischnewskis Bude eingebrochen ist.«

Die junge Gauklerin schnaubte verächtlich. »Das ist doch Quatsch. Erstens haben wir hier viel mehr begeisterte Kunden als Miesepeter, die über irgendwelche Lärmschutzbestimmungen schimpfen. Zweitens organisieren wir Nachtwachen, was die meisten Vandalen eigentlich abschreckt. Und drittens hat Marek mir auch von dem Einbruch erzählt. Der Schaden ist überhaupt nicht so schlimm, wie Bernd es mal wieder darstellt. Es sind nur ein paar Bretter in der Wand kaputtgegangen.«

»So, hat er dir das erzählt, dein süßer Mitbewohner?«

»Ach, halt die Klappe und spiel dein doofes Lied.«

Valentin lachte sein raues Hundelachen. »Also schön, wenn ihr unbedingt wollt ...« Damit griff er in die Saiten und begann zu singen:

»Es lebt' ein alter Schreiner
mit einem jungen Weib,
die suchte sich 'nen Liebsten
zu ihrem Zeitvertreib!

Der Pfaffe in der Kirche
war noch ein junger Mann –
dem stand die schwarze Kutte
so richtig prächtig an!«

Die Melodie des Lieds war lustig und klang nach drallen Kellnerinnen, feuchten Tresen und langen Nächten. Da die ganze Band mittlerweile ein wenig angeschickert war, wurde viel über den Text gelacht und darüber, worauf er vermutlich hinauswollte.

»Und wie geht's weiter?«, fragte Lena neugierig.

Valentin zuckte mit den Schultern. »Wie gesagt, weiter bin ich bisher noch nicht gekommen.«

»Wartet mal, ich weiß was!« Kevin wischte sich ein bisschen Schaum von seinem Musketierbart und stellte die Flasche weg. Das entsetzte Stöhnen von Alex ignorierte er gekonnt.

»So klagte sie im Beichtstuhl
dem Gottesmann ihr Leid,
bat ihn um seinen Beistand –
er war dazu bereit!«

»Hey, das war gar nicht so schlecht!«, lobte Valentin. »Hast du noch mehr?«

»Kommt darauf an, was reimt sich denn auf ›bauchfrei‹ ... ›Hirsebrei‹?«

Allgemeines Seufzen war die Antwort.

»Untalentiert bis ins Mark«, sagte Alex und grinste.

Kevin stieß ihn empört in die Seite. »Dann mach es doch besser! Ich wette, du kriegst so was nicht aus dem Stegreif hin.«

Isa kannte die beiden Jungs gut genug, um zu wissen, dass keiner eine Herausforderung des anderen abgelehnt hätte. Mit einem nachdenklichen Stirnrunzeln klemmte sich der Dudelsackspieler seine Kippe in den Mundwinkel – eine Geste, die sogar einem Desperado alle Ehre gemacht hätte. Nach ein paar Sekunden stiller Einkehr und grüblerischem Herumgekaue auf seinem Sargnagel hatte er es.

»Okay, ich bin fertig – und es sind sogar zwei Strophen geworden. Valentin, spiel mit:

Es senkte sich der Abend,
es dunkelte der Tann';
da schlich sich unser Hirte
flink an sein Schäfchen ran!

Sie öffnet' ihm die Pforte,
ließ ihn ins Haus hinein
und warnte ihn mit Worten:
›Wir müssen stille sein!‹«

Er stand auf und verbeugte sich schwungvoll, während Isa applaudierte und Kevin über seinem Bier eine Grimasse schnitt.

»Ich finde, jeder von uns sollte einen Teil zu dem Lied beitragen«, warf Lena ein. »Wir haben noch nie gemeinsam irgendetwas komponiert.«

»Dann möchte ich aber auch, dass wir uns an den Händen halten, wenn wir mit unseren Einhörnern gemeinsam über den Regenbogen des Friedens reiten.« Isa hatte es sich zur Aufgabe gemacht, ihre Freundin dezent darauf hinzuweisen, wenn sie wieder versuchte, innerhalb der Band auf Kindergartengruppe zu machen. Jetzt grinste sie kess, während Lena ihr die Zunge rausstreckte.

»Los, mach schon mit, Isa. Du bist doch sonst auch nicht auf den Mund gefallen.«

»Eine Idee hätte ich schon«, antwortete diese gedehnt, »aber du musst es vorsingen.«

»Ich? Es ist deine Strophe!«

»Ich kann nicht singen, und das weißt du auch. Wenn ich singen würde, wäre mein Künstlername nicht ›die grüne Fee von Absinth‹, sondern ›die tote Krähe von Bronchitis‹.«

Graf Galgenstrick nickte amüsiert. »Das kann ich bestätigen. Fangt schon an, Mädels.«

Isa flüsterte Lena ihren Text ins Ohr, sodass die anderen es nicht hören konnten. Die lachte und sang dann:

»Der Pfaffe sprach: ›Mein Kindchen,
ich bin ein frommer Mann.
So dreh' dich um, damit ich
dein Kreuz erblicken kann!‹«

Die Jungs grinsten sich gegenseitig an. »Alle Achtung«, sagte Kevin, während er und Isa mit ihren Fäusten gegeneinanderstießen. »Meine katholische Großmutter dreht sich gerade im Grab herum wie ein Ventilator.«

Isa löste das Haargummi aus ihren Dreadlocks und band sie wieder ordentlich zusammen. Langsam kroch ihr die Kälte durch den dicken Wollmantel in die Glieder. »Jetzt fehlt nur noch dein Beitrag, Lena. Für Friede, Freude und historisch authentischen Eierkuchen.«

»Aber mach schnell, meine Finger frieren sonst an den Saiten fest«, ergänzte Valentin und rieb sich die Hände.

Aber wie sich herausstellte, war Lena an diesem Abend nicht gerade kreativ. Während sie leise vor sich hin reimte, fing in der Ferne die betrunkene Stimme wieder krächzend an, »Oh Tannenbaum« zu singen.

So muss es sich anhören, wenn Kettensägen Weihnachten feiern, dachte Isa.

Als die Unterhaltung langsam einschlief und Alex seinen letzten Tropfen Gerstensaft auf eine vereiste Pfütze schüttelte, gab sie sich einen Ruck und stand auf. »Ich glaube, ich mache mich jetzt auf den Heimweg, Leute.«

»Aber ich bin gleich fertig, nur noch ein ... zwei Verse!«, protestierte Lena.

Isa ging auf sie zu und umarmte ihre Freundin. »Süße, du weißt, dass ich dich zwar lieb habe, aber leider nicht genug, um mich für einen Vierzeiler über einen umtriebigen Priester in eine Eisskulptur zu verwandeln.«

Die Blondine brummte irgendetwas Missmutiges. »Wie kommst du denn jetzt nach Hause? Wollte dein Schatz dich nicht abholen?«

»Sehr witzig, er ist nicht mein Schatz. Marek muss den Apfelkringel-Stand heute zusperren und sich um die Vorräte und Einnahmen kümmern, also braucht er wahrscheinlich noch ein bisschen. Ich gehe einfach schon vor, bis zur Augustastraße ist es ja nicht weit.«

Mareks kleine Zweizimmerwohnung lag nur ein paar Querstraßen vom Marktplatz entfernt, ganz in der Nähe eines süßen kleinen Familienkinos namens Capitol. Trotzdem schauten ihre Freunde sie an, als ob sie verkündet hätte, sie wolle nur mal eben schnell in Nordkorea nach einer Tasse Zucker fragen.

»Du solltest nachts nicht alleine herumlaufen«, sagte Alex in einem Anflug von Ritterlichkeit. »Da könnte wer weiß was passieren ...«

»Stimmt, wir sind ja in Siegburg. Hinter jeder Straßenlaterne steht eine alte Dame, die ihre Rente aufbessern will, indem sie meine Organe verkauft.« Mit spöttisch hochgezogenen Augenbrauen hängte Isa sich ihre Tasche über die Schulter. »Mach dir keine Sorgen, Alex. Ich bin schon groß und kann auf mich selbst aufpassen.«

»Das sagen die blonden Mädchen in Horrorfilmen auch immer.«

»Dann kann ich ja beruhigt schlafen gehen, denn zum Glück bin ich brünett.« Nacheinander umarmte sie ihre Bandkollegen. »Gehabt Euch wohl, Leute. Bis morgen früh.«

Isa hätte es niemals zugegeben, doch sie hatte gelogen. In Wahrheit lief sie längst nicht so sorglos alleine durch die Dunkelheit, wie sie ihren Freunden hatte weismachen wollen. Der kürzeste Weg zur Augustastraße führte sie einmal der Länge nach über den Markt, der nun wie ausgestorben vor ihr lag.

Die Stille unter dem mondlosen Himmel klang, wie eisige Winternächte eben klingen: nach verstummendem Lachen und erfrorenem Leben. Nur die Schritte ihrer Lederschuhe, sonst leise wie Katzenpfoten, knallten auf das Pflaster und schienen alles zu wecken, was sich im Dunkeln zwischen den Buden verstecken konnte.

Isa war schon in ganz anderen Städten alleine durch die Nacht gewandert. Berlin, München, Hamburg ... all diese Orte hätte sie in diesem Augenblick vorgezogen, denn große Städte schliefen nie. In Siegburg aber hatte sie das Gefühl, dass um diese Uhrzeit die Chancen auch an so einem zentralen Punkt wie dem Marktplatz gut standen, unbemerkt angepöbelt, beraubt oder bei lebendigem Leib gefressen zu werden. Um sie herum lauerten schemenhaft die Marktstände, die sich unbeweglich aneinanderschmiegten wie schlafende Drachen.

Du bist bescheuert, schimpfte sie mit sich selbst, während sie ihre Hände tiefer in den Manteltaschen vergrub. Das hier ist eine gutbürgerliche Stadt, es ist erst kurz nach elf und außerdem bald Weihnachten. Was soll passieren? Glaubst du, ein Nikolaus im Trenchcoat wird versuchen, dich mit einer Zuckerstange in seinen Schlitten zu locken?

Jemand hatte ihr einmal gesagt, dass sich selbst die größte Angst im Herzen auflösen würde, wenn man nur darüber lachen könne. Isa schmunzelte in ihren Schal, als sie an dem großen Tannenbaum in der Mitte des Platzes vorbeikam und sich ausmalte, wie ein dicker, alter Mann mit einer roten Jacke über dem Kopf in ein Polizeiauto gestoßen wurde, während um ihn herum die Presse nach Blut und Vanillekipferln schrie.

Ihr Lächeln erstarb, als hinter ihr jemand anfing zu singen.

Es war eine hohe Stimme, dünn wie Wachspapier und ebenso brüchig. Sie zitterte durch die kalte Luft und erstarb fast, wenn sie einen neuen Ton anstimmte. Es klang wie der Singsang einer alten Puppe, die zu oft gedrückt wurde.

»Kling, Glöckchen, klingelingeling, kling, Glöckchen, kling ... Lasst mich ein, ihr Kinder, ist so kalt der Winter ... öffnet mir die Türen, lasst mich nicht erfrieren ...«

Vor Isas Gesicht stiegen keine weißen Wölkchen mehr auf, denn sie atmete nicht mehr.

Das unheimliche Lied hatte sie von Kopf bis Fuß erstarren lassen. Nur am äußersten Rande ihrer Wahrnehmung bemerkte sie, dass kein anderer Mensch außer ihr mehr auf diesem Teil des Platzes zu sein schien. Trotzdem meldete sich plötzlich eine kleine Stimme in ihrem Inneren, die stets auftauchte, wenn es Ärger gab.

Dreh dich um, sagte sie.

Isa biss die Zähne zusammen und versuchte, ihre Angst hinunterzuschlucken. Langsam schloss sich ihre Hand um das Klappmesser, das immer in ihrer Manteltasche steckte, und öffnete es. Mit wild pochendem Herzen, aber noch unbezähmbarerer Neugierde wandte sie sich vorsichtig in die Richtung, aus der der Gesang gekommen war.

Und wurde prompt angesprungen.

»Tätä, isch bin das Christkind!«

Erschrocken schrie sie auf, als ihr ein sturzbesoffener Schankwirt in die Arme fiel, der nach Met und Kirschbier stank. »Verdammt, Olli! Bist du von allen guten Geistern verlassen?«

»Die hab'ch alle schon getrunken, Spatzel«, nuschelte er und grinste sie mit gelben Zähnen an.

Oliver Katz war Imker und spielte seit der Gründung von »Handwerk Kram & Gaukelspil e. V.« auf Mittelaltermärkten die Rolle des Tavernenbesitzers. Sein Honigwein, der in schönen Steingutflaschen daherkam, war der beste am Platz und so süß, dass man ihn auf ein Frühstücksbrötchen hätte schmieren können.

In seiner Blütezeit war Olli angeblich ein Frauenschwarm gewesen. Wenn er getrunken hatte – und das hatte er meistens –, dann erzählte er von den guten alten Zeiten, als die Mädchen noch auf ihn flogen wie Bienen auf die letzte Blume im Umkreis von zehn Kilometern. »Ich war ein Adonis«, pflegte er dann mit Grabesstimme zwischen zwei Schlucken zu erzählen. »Freigetränke für die Ladies, 'n Lächeln wie'n Zuckerkuss und Muskeln wie'n Gladiator, das war der ganze Zauber. Ich sah noch viel besser aus als der blöde Schmied, den die Weiber jetzt anhimmeln. Jede konnte ich haben. Jede.« Obwohl dieser These niemand zu widersprechen wagte, setzte er dann oft eine empörte Miene auf, begleitet von einem Fausthieb auf den Tisch – wenn er diesen denn traf.

»Und ich kann's auch beweisen! Ich hab sie alle in meinem Buch, meinem kleinen schwarzen Buch. Da stehen sie drin, mit Namen und Datum ... aber das darf keiner wissen. Pssst!«, machte er dann und pustete seine Fahne an dem Finger vorbei, den er vor seinen Mund gelegt hatte. »Ich hab es versteckt, wo es niemand finden kann. Das ist Material für 'nen Hollywood-Kracher! Das verkauf ich irgendwann und werde reich!«

Mittlerweile hatte Katz seinen fünfzigsten Geburtstag hinter sich und erinnerte eher an ein dickbäuchiges Rentier mit einer roten Nase. Frustriert darüber, dass nicht einmal mehr die reiferen Damen von den Kaffeefahrten in seiner Nähe kicherten, war er schließlich selbst zu seinem besten Kunden geworden; aber obwohl er den größten Teil des Tages entweder blau wie ein Schlumpf oder völlig verkatert verbrachte, machte er mit dem göttlichen Gebräu, das er an seinem Stand verkaufte, jedes Jahr die besten Umsätze am Markt. Das war vor allem dem Ehepaar Drömer ein Dorn im Auge, die ein paar Buden weiter eine zweite Taverne betrieben. Zwar boten die beiden den Kunden mit heißem Holunderwein oder fruchtigem Wikingerblut – Met mit Kirschsaft – eine größere Auswahl an Getränken, aber mit der Qualität von Olivers Met konnten sie nicht ganz mithalten. Nun hing Isa der große Braumeister Katz direkt vor dem verschlossenen Stand seiner Konkurrenz am Mantelkragen, giggelte wie ein Weihnachtself, der in einem Becher Rumpunsch badet, und klapperte mit einer tröpfelnden Spraydose.

»Oh nein, was hast du gemacht, Olli?«, stöhnte Isa, als sie sah, dass er die Leinwand an der Seite der Bude mit krakeligen Worten beschmiert hatte. Die Buchstaben fluoreszierten pink im Schein des beleuchteten Namensschilds, das über der Tür eines Spielzeugladens im Hintergrund hing. Müßig fragte Isa sich, seit wann »Vorsicht« mit »F« und »Giftküche« mit »PH« geschrieben wurden, da plumpste der Schankwirt einfach auf die Straße und riss sie fast mit zu Boden.

»Isch musste das machen, zum Wohle der Menschheit«, lallte er und hickste.

»M-Maria hat so einem Touristen aus der Türkei erzählt, in mei'm Met wär auch richtiger Traubenwein drinne, und deswegen dürfte der den als Moslem nich trinken ... Die blöde Planschkuh ...«

Isa kannte Maria Drömers intrigante Spielchen, aber sie kannte auch Richard, den Büttel. Als offiziellem Vorsteher des mittelalterlichen Weihnachtsmarkts zu Siegburg würde ihm die Sache mit der Sprühfarbe nicht gefallen.

»Musstest du denn deswegen gleich ihren Stand versauen? Wir sind doch hier nicht im Kindergarten!«

Ollis Stimmung kippte schneller um als Eiersalat im Hochsommer.

»Du has recht, ich bin ein Versager ... Früher hab isch alle Frauen verarscht, weil'sch dachte, mir geht die Sonne nich unter. Und heute? Heut guckt mich keine mehr an ...« Er fing an zu schniefen.

Isa stöhnte innerlich auf. Eigentlich wollte sie nur nach Hause und ins Bett, aber sie konnte den Mann ja schlecht auf dem Boden liegen lassen. Sie versuchte es mit etwas Zuspruch.

»Das ist doch Quatsch, Olli. Du bist immer noch ein ziemlich attraktiver Kerl.« Wäre ich Pinocchio, hätte ihm meine Nase ein Auge ausgestochen, dachte sie.

Er stampfte mit dem Fuß auf wie ein trotziger Fünfjähriger. »Das is nich wahr, das sagst du nur so!«

»Glaubst du etwa, ich lüge?«

Mit großen Augen schaute er zu ihr auf. In seinem Blick lagen Hoffnung, Schmerz und etwa drei Flaschen Alkohol. »Du, du findest mich gut?«

»Klar. Wenn du zehn, zwanzig Jahre jünger wärst und dein Atem nicht nach faulem Fisch in Weinsauce riechen würde, hätte ich dich schon längst um ein Date gebeten.«

»Das has du jetzt aber echt schön gesagt ...«

»Gibt es hier ein Problem?«

Isa erkannte die Stimme, noch bevor sie erleichtert die dazugehörige, bärige Gestalt in einem Parka zwischen Meister Isenharts Schmiede und Vronis Maronenrösterei auftauchen sah. Marek beschleunigte seine Schritte, als er merkte, dass seine Mitbewohnerin offensichtlich von einem Besoffenen belästigt wurde, aber Isa winkte beruhigend ab. »Alles in Ordnung, das ist nur Oliver.«

»Der Typ von der Taverne?« Stirnrunzelnd blickte er auf Katz hinunter, der immer noch auf dem blanken Boden saß, sich die Sprühdose direkt vor sein Gesicht hielt und fasziniert in die Düse starrte.

»Wenn isch die reibe, kommt dann 'n rosa Flaschengeist raus?«

»Oh Mann. Der ist ja voll wie zehn nackte Burgfräulein.« Mareks Miene spiegelte eine Mischung aus Resignation und Ekel wieder, dann fiel sein Blick auf die Schmierereien an der Leinenplane. »Sollten wir das nicht jemandem melden?«

Isa schüttelte den Kopf. »Wenn Adam und Maria Drömer rauskriegen, dass er das war, dann gibt es morgen mit Sicherheit Tote. Am besten werfen wir die Spraydose einfach weg und hoffen, dass sie die Schuld irgendwelchen Jugendlichen in die Schuhe schieben. Olli wird sich sowieso an nichts mehr erinnern können.«

Ihr Freund brummte unwirsch, machte sich aber trotzdem daran, Katz die Dose aus der Hand zu winden.

»Nich! Isch hab noch drei Wünsche frei!«, protestierte der Mann mit dem zerzausten grauen Haar und umklammerte das Ding wie einen Teddybären, doch Marek blieb hart und pfefferte die Farbe schließlich in die nächstgelegene Mülltonne.

»Okay, und wie geht dein Plan weiter? Ich schleppe den Kerl garantiert nicht bis zu seinem Wohnwagen«, fragte er dann, verschränkte die Arme und umhüllte sein Gesicht mit dünnen weißen Atemwölkchen.

»Musst du auch nicht. Die anderen von der Band sitzen noch an der Bühne, da liefern wir ihn ab. Alex macht heute die Nachtwache, aber Kevin und Lena fahren sowieso zum Stadion. Die können ihn mitnehmen.«

Traditionell parkte das Volk vom Mittelaltermarkt seine Wohnmobile neben dem Walter-Mundorf-Stadion, das nicht weit vom Anno-Gymnasium entfernt lag. Ihren Namen verdankte die Schule einem Kölner Bischof, dem es im 11. Jahrhundert auf spektakuläre Weise gelungen war, den jungen Kaiser Heinrich IV. auf einem Schiff zu verschleppen, und dessen Gebeine in einem hübschen Schrein in der Siegburger Sankt-Servatius-Kirche ruhten. Vom Prunk einer kirchlich-adligen

Kindesentführung war jedoch nicht viel zu spüren, als Isa und Marek den betrunkenen Oliver auf die Beine zerrten und sich langsam auf den Weg zurück zur Marktbühne machten.

Richtig schlimm wurde es allerdings erst, als der Schankwirt wieder zu singen anfing. »*Last Chrischtmas, I gäv ju my heart, but se very next day, ju gäv it away ...*«

Die grüne Fee schnaubte. »Dafür wärst du im Mittelalter bestimmt gesteinigt worden.«

»Isa? Bist du noch wach?«

»Komm rein.«

Als Marek die Tür des kleinen Wohnzimmers aufdrückte, hatte sie es sich bereits mit ein paar Decken und einer Ausgabe von Agatha Christies »Mord im Orientexpress« auf der Schlafcouch bequem gemacht. Der Raum war in warmen Brauntönen gehalten und lag zwischen der winzigen Küche und Mareks Schlafzimmer.

»Ich arbeite noch. Hattest du an die Wand geklopft?«

Der hünenhafte junge Mann, der da am Türrahmen lehnte, studierte eigentlich Geschichte und arbeitete oft noch bis spät in die Nacht an seinen Hausarbeiten. Manchmal, wenn sie um ein Uhr morgens aufwachte und Lust auf einen kleinen Snack hatte, klopfte Isa an die Wand zwischen ihrem und seinem Zimmer, um ihn zu einer Pause zu überreden oder auch einfach nur zu ärgern.

Auf seine Frage hin hob sie den Blick von ihrem Buch. »Ja, habe ich. Da steht eine Tasse Weihnachtskaffee, damit du über deinen Karolingern nicht einschläfst.«

Marek betrachtete verblüfft den dampfenden Becher auf dem Couchtisch. »Weihnachtskaffee? Womit habe ich mir denn den verdient?«

Vorsichtig schnupperte er an dem Getränk. »Wonach riecht das?«

»Zimt, Lebkuchensirup und – ganz wichtig – Mandelmilch. Ich nenne ihn liebevoll Blausäure Latte.«

Er lächelte amüsiert, während er einen ersten Schluck nahm. »Schöner Name. So was könnte ich an Heiligabend gebrauchen, wenn ich nach Hause fahre.«

Mareks Mutter – eine alleinerziehende Kinderbuchautorin, die seinen unbekannten Vater stets als einmaligen Ausrutscher bezeichnet hatte – war laut ihrem Sohn eine herzensgute Frau. Trotzdem entstand anscheinend jedes Jahr im Dezember ein familiäres Pulverfass, wenn er und sie sich mitsamt den spießigen Großeltern aus Bottrop zu verbrannter Gans und Dosenrotkohl in der mütterlichen Wohnung trafen.

Mit einem verschwörerischen Augenzwinkern klappte Isa ihr Buch zu. »Kein Problem, ich gebe dir ein paar Kekse mit. Es ist sowieso egal, ob ich Gift in den Teig mische oder nicht – wenn ich backe, ist das Ergebnis immer tödlich.«

»Super. Wenn man uns erwischt, ist das unser Alibi.« Er schnaubte belustigt in seine Tasse. »Feierst du Weihnachten eigentlich auch bei der Familie?«

Und da war er wieder. Der Stachel.

Obwohl seine Frage harmlos war, schnitt sie ihr ins Fleisch wie eine Peitsche – aber sie lächelte und ignorierte den Schmerz. Lächelte, wie sie es immer getan hatte.

»Du weißt doch, ich komme aus Avalon. Flüge zu magischen Inseln sind dieses Jahr echt schwer zu bekommen, also ...«

Er schmunzelte ein wenig über ihre Antwort, fragte aber auch nicht weiter nach. Mit dem Kaffee in der Hand ging er zurück zur Tür und knipste das Licht aus. »Gute Nacht, grüne Fee.«

»Gute Nacht, Marek.«

Kapitel 3

Am nächsten Vormittag widmete sich Isa wieder einmal dem größten Problem, das eine Gauklerin neben knauserigen Zuschauern und Straßenräubern auf der A 14 heutzutage haben kann: miserables Zeit-Management.

Da das Bühnenprogramm für die Besucher des Mittelaltermarktes an diesem Samstag besonders eng gestaffelt worden war – am frühen Abend sollte noch der bekannte »Tanz der Marktleut« stattfinden –, war der Auftritt von Manus Furis eine Stunde früher als üblich angesetzt worden. Als Isa dieser Umstand wieder einfiel, hatte sie sich nach ihrer Solo-Jonglage bereits auf den Weg gemacht, um mit einem Becher heißen Apfelsafts die Eiszapfen an ihren Händen wieder in Finger zu verwandeln. Allein der Zufall wollte es, dass ihr Blick auf die Armbanduhr eines Mannes fiel, der an der Theke der Taverne lehnte.

»Oh nein, nicht schon wieder!«, fluchte sie und schoss in Richtung Stadtmuseum davon wie ein schwarz-grüner Brandpfeil.

Die Leute von der Rezeption kannten ihre Rennerei schon. Eine junge Angestellte, die gerade neue Flyer in eine Box sortierte, rief ihr noch ein nett gemeintes »Guten Tag!« hinterher; der Chef, der gleichzeitig etwas am Computer bearbeitete und telefonierte, lächelte nur nachsichtig. Für die Leute, die links vom Eingang im Museumscafé ihr Stück Kuchen verspeisten, musste das Ganze ziemlich merkwürdig aussehen: Schließlich schlidderte nicht jeden Tag eine junge Frau mit Dreadlocks, wehendem grünen Umhang und einem Satz scharfer Jonglage-Messer im Gürtel zwischen zwei Schlückchen Kaffee vorbei. Doch Isa war das in diesem Augenblick ziemlich egal. Sie spurtete die schwarze Treppe hinunter, an deren Rand wie immer »das Lottchen« saß, die Statue eines ehemaligen Siegburger Originals. Unter den wachsamen Augen des Kunstwerks durchquerte sie das Forum mit den ordentlich ausgerichteten Sitzreihen für die Besucher und tauchte rechts unter einem türförmigen Bogen in der Wand hinweg. Dahinter führte ein halb offener Gang, in dem einige Schaustücke in Glasvitrinen kunstvoll ausgeleuchtet wurden, in den berüchtigten Hexenkeller mit dem uralten Mauerwerk und dem Geruch nach kaltem Stein. Isa jedoch interessierte sich nur für die Tür zu ihrer Rechten, hinter der sich der Umkleideraum der Marktleute befand.

Da sich dort unten außer ihr keine Menschenseele blicken ließ, waren nur die Geräusche vom Markt zu hören. Deshalb hörte Isa die Stimme sofort, obwohl ihr ihr eigener Herzschlag vom Laufen noch in den Ohren dröhnte. Es war eine zornige Stimme. Jemand befand sich bereits in der Umkleide und tobte wütend darin herum. »Ich will damit nichts zu tun haben, hast du verstanden?«

Erschrocken verharrte Isa, mit der Hand an der Türklinke. Sie hatte gleich erkannt, wer da schrie. Die Stimme von Oliver Katz mochte verkatert und nach in Whisky eingelegten Reißnägeln klingen, doch war sie wie immer unverkennbar. Offenbar befand sich irgendjemand bei ihm, mit dem er sich stritt, doch so sehr sich die grüne Fee anstrengte, sie konnte nicht heraushören, wer der oder die andere war. Katz brüllte einfach zu laut. »Das geht mich alles absolut nichts an! Und komm mir nicht mit Schuldgefühlen oder so einem Scheiß, das zieht bei mir nicht. Wenn du Geld willst, dann geh zur Bank und hol dir was von deinem eigenen!«

Verlangte Adam Drömer da gerade nach einer Entschädigung für die verschmierte Zeltwand? Oder hatte jemand anders noch eine offene Rechnung mit dem Wirt? In Isas Kopf meldete sich wieder die kleine, lästige Stimme, die sie stets dazu überredete, ihrer bohrenden Neugier nachzugeben. Vorsichtig, damit die Ledersohlen ihrer Schnabelschuhe nicht auf dem Boden quietschten, schmiegte sie sich etwas enger an die Tür, um besser lauschen zu können. Doch falls die zweite Person in diesem Moment etwas sagte, konnte sie es nicht hören. Oben kam offenbar eine Gruppe Besucher durch die Tür des Stadtmuseums und wechselte lautstark ein paar Worte mit den Leuten an der Rezeption. Isa versuchte, sich nur auf die Geräusche in der Umkleide zu konzentrieren, aber als sie wieder etwas verstehen konnte, war es erneut Katz, der sprach. »Was geschehen ist, ist nun mal geschehen. Ich kann die Vergangenheit nicht ändern. Leb damit oder lass es sein – mir egal, aber lass mich endlich in Ruhe.«

In diesem Augenblick rumpelte es in der Umkleide, und Isa musste sich schnell entscheiden: verstecken oder abhauen? Doch bevor sie eine Wahl treffen konnte, verkündete das rhythmische Klimpern von Schellenbändern die Ankunft eines Freundes, der um die Ecke in den Gang zum Hexenkeller einbog und bei ihrem Anblick laut aufstöhnte.

»Mensch, hier bist du!« Kevin sah ungeduldig aus. In der einen Hand hielt er seine Schalmei, in der anderen zu Isas Überraschung ihre Trommel. »Valentin meinte, ich soll deinen Kram holen und dich notfalls auf die Bühne schleifen, wenn ich dich finde. Komm schon, wir sind gleich dran!«

»Ist ja gut!« Isa nahm die Hand von der Türklinke und setzte Kevin nach, der schon wieder losgelaufen war. Es galt, ein Publikum zu begeistern und blanke Taler einzunehmen. Alles andere war erst mal unwichtig.

»Tut uns wirklich sehr leid, dass wir zum Auftritt zu spät gekommen sind. Es wird nicht wieder vorkommen.« Isa schenkte ihrem Bandleader einen Blick, der eine Metallrüstung zum Schmelzen gebracht hätte. Sie wusste, dass sich auch Alex neben ihr bemühte, möglichst reuig auszusehen.

Der Auftritt von Manus Furis hatte sich tatsächlich verzögert, weil Kevin erst sie aus dem Museum und dann den Dudelsackspieler aus einer Häuserecke in der angrenzenden Annostraße hatte zerren müssen, wo er und ein hübsches Mädchen versucht hatten, sich mit viel Körperkontakt gegen den eisigen Winter zu wärmen. Der Ärger, den Valentin deswegen von Marktvorsteher Richard bekommen hatte, veranlasste ihn wiederum zu einer seiner Standpauken.

»Gut ...«, antwortete Graf Galgenstrick gedehnt und verzog seinen Mund zu einer Schnute, was wohl einer gestrengen Miene gleichkommen sollte. Tatsächlich erinnerte es eher an ein Quietscheentchen. »Dann will ich mal Gnade vor Recht ergehen lassen. Aber wenn das noch mal passiert, müssen wir uns nächstes Jahr vielleicht einen anderen Weihnachtsmarkt suchen. Und das will ja niemand, oder?«

»Nein«, sagten Alex und Isa gleichzeitig und grinsten, während Valentin mit einem zufriedenen Brummen seine Laute schulterte und in Richtung Museum davonging.

»Irgendwann muss er doch merken, dass wir nur so tun, als ob wir ihm zuhören.« Alex sah ihm ungläubig hinterher.

»Ach, lass ihm den Spaß.« Isa trat fröstelnd von einem Bein aufs andere und wickelte sich fester in ihren Umhang. »Kommst du mit zur Taverne? Ich muss was trinken, sonst erfriere ich noch.« Außerdem wollte sie unbedingt herausfinden, mit wem sich Oliver so lautstark in der Umkleide gestritten hatte. Doch das verschwieg sie ihrem Bandkollegen lieber.

Alex schüttelte den Kopf und grinste. »Ich schau vielleicht später noch auf einen Met bei Katz vorbei. Jetzt muss ich erst mal das Mädchen von vorhin wiederfinden.«

Isa verdrehte die Augen. »Ich will es gar nicht hören.«

Sie verabschiedeten sich, und die junge Gauklerin machte sich auf den Weg zur Taverne. Doch als sie die Bude erreichte, an der neben süßem Honigwein auch Bienenwachskerzen und andere Imkerei-Erzeugnisse verkauft wurden, entdeckte sie lediglich Bianca, Olivers Aushilfe, hinter der Theke. Isa umkurvte die Schlange aus Menschen, die begierig darauf warteten, einen Becher süßes flüssiges Gold kaufen zu können, und stellte sich an die offene Seite des Marktstandes, um mit ihr reden zu können.

»Hey Bianca, wo ist dein Chef?«

»Der Katz hat 'nen Kater«, erwiderte die schwarzhaarige Frau mit dem Filzstirnband und lächelte erschöpft. Drei weitere dampfende Becher wanderten über den Holztresen; einen vierten drückte sie Isa in die Hand. »Geht heute aufs Haus. Auf der zugigen Bühne friert man sich bestimmt wer weiß was ab.«

»Du bist ein Goldstück. Das rettet mir das Leben.« Dankbar nahm die Gauklerin einen Schluck und spürte sofort, wie die Hitze des Getränks wohlig warm durch ihren Körper floss. Über das wunderbare Gefühl, endlich wieder die eigenen Zehen spüren zu können, vergaß sie fast, was sie Bianca eigentlich hatte fragen wollen. Aber nur fast. »Sag mal, weißt du zufällig, ob sich Olli heute mit jemandem gestritten hat?«

»Gestritten? Nein, keine Ahnung. Das macht sechs der Taler, zwei davon sind Pfand.« Sie verstaute das Geld einer Kundin in einer Ledertasche an ihrem Gürtel und wischte sich die klebrigen Finger ab. »Ich habe ihn vorhin nur ganz kurz gesehen, als wir den Stand aufgemacht haben.«

Isa runzelte nachdenklich die Stirn und wollte schon wieder an ihrem Getränk nippen, als sich die Aushilfe auf die Zehenspitzen stellte, irgendetwas entdeckte und auf die Menschenmenge deutete, die von rechts kommend langsam an den Marktständen vorbeiwanderte. »Du kannst ihn aber selbst fragen, da hinten kommt er.«

Neugierig spähte Isa den Weg hinunter. Tatsächlich, Oliver schlurfte mit einem Gesichtsausdruck auf seine Taverne zu, der einen Bergtroll dazu gebracht hätte, wimmernd nach Mami zu schreien. Er steckte noch immer in dem gleichen speckigen Wams wie am vorherigen Abend und war offensichtlich nicht besonders glücklich.

Dieser Umstand sollte sich auch nicht so bald ändern, wie Isa mit Erschrecken feststellte, als sie aus den Augenwinkeln zufällig eine Gestalt bemerkte, die sich der Schenke von links näherte. Adam Drömer, vom Barett bis zu den Beinlingen komplett in Weinrot gekleidet und außerdem mit einem Holzeimer voll Wasser bewaffnet, marschierte entschlossenen Schrittes auf seinen Kollegen zu.

»Oh oh ...«

Flugs stellte Isa ihren Becher Met zurück auf die Theke. Sie bemerkte, dass Adam Olli eine Hand auf die Schulter legte und ihn auf der anderen Seite des Standes in die Lücke zwischen der Taverne und der angrenzenden Bude mit Hornwaren schob. Die junge Gauklerin machte es sich einfach und umrundete die Rückseite der Schenke, anstatt sich vorne durch die Besucher zu drängeln. Halb hinter dem Marktstand verborgen blieb sie stehen und beobachtete die beiden Männer.

»Du wäschst die Sauerei jetzt sofort von unserem Zelt oder ich werde das melden!« Adam Drömer war ein relativ ruhiger Mann, doch man sah ihm an, dass er wirklich wütend war. Seinen Holzeimer, in dem ein Lappen schwamm, hielt er mit beiden Händen fest, sodass es aussah, als wollte er Olli den Inhalt über den Kopf kippen.

Der wiederum hielt sich mit einer Hand an einem Stützbalken des Hornstandes fest und fixierte abwechselnd Adam, den Eimer und die Leinenplane, hinter der die Met-Vorräte seiner Taverne verstaut waren – letztere mit deutlicher Sehnsucht im Blick.

»Ich werde hier überhaupt nichts putzen, Drömer. Ich war das nicht.«

»Natürlich warst du das! Gestern hast du meine Frau angeschrien, und heute steht so ein Schwachsinn an unserer Schenke – falsch geschriebener Schwachsinn noch dazu. Wer soll es denn sonst gewesen sein?«

»Ich hab Maria nicht angeschrien! Das vermaledeite Weib hat mir die Kundschaft vergrault!«

»Sie hat die Leute nur darauf aufmerksam gemacht, dass sie ihren Met besser bei uns kaufen sollten als bei so einem versoffenen Penner wie dir.«

»Tja, offensichtlich mache ich selbst besoffen besseren Met als du, du verdammter Pantoffelheld.«

»Das ist ja wohl ...« Adam sprach wegen der vielen Leute um sie herum noch immer leise, doch sein Gesicht nahm den gleichen Farbton an wie seine Kleidung. »Meine Ehe geht dich überhaupt nichts an, Katz!«

»Und euch Spießer brauchen meine Trinkgewohnheiten nicht zu kümmern.«

»Trotzdem hast du unser Zelt mit rosa Farbe versaut!«

»Hast du irgendwelche Beweise? Das könnte jeder da hingesprüht haben. Mach es selbst weg oder lass es so stehen, aber dann solltest du dir was anderes anziehen. Weinrot und Pink zusammen sieht scheiße aus.«

»Bist du jetzt komplett durchgeknallt? Ich soll mir was anderes anziehen???«

»Klar, irgendwas passenderes. Eine eiserne Jungfrau vielleicht.«

Adam öffnete und schloss den Mund wie ein verwirrter Breitmaulfrosch. Es dauerte ein paar Augenblicke, bis er sich so weit gesammelt hatte, dass ihm seine Zunge wieder gehorchte. »Eines Tages, Katz«, sagte er und sein Tonfall hätte Stahl in Scheiben schneiden können, »eines Tages schaufelst du dir mit solchen Aktionen noch dein eigenes Grab.«

Mit einem letzten verächtlichen Blick ließ er Olli stehen und ging davon.

»Zefix. I hob eigentlich gedacht, dass die sich gleich die Köpfe einschlagen.«

Isa schrak fürchterlich zusammen und fuhr herum, als ihr plötzlich eine Stimme diese Worte ins Ohr flüsterte. Hinter ihr hatte sich Vroni, die rundliche Maronenverkäuferin mit dem gelegentlich aufflackernden bayerischen Dialekt, klammheimlich postiert und das Geschehen über ihre Schulter hinweg verfolgt. Sie hielt eine kleine Papiertüte voll heißer Maronen in der Hand und knabberte daran wie an einer Handvoll Popcorn. »Moagst auch eine?«

»Nein, danke ... Wie lange stehst du schon hier?«

»I hab die Sauerei am Zelt von den Drömers gesehen und wusste, dass des Ärger geben wird. Die zwei und der Olli bekriegen sich jetzt scho so lange ... I sags dir, Isa. Des nimmt noch mal ein schlechtes Ende.«

Jemanden auf einem Mittelaltermarkt zu töten, ohne Spuren zu hinterlassen, ist fast schon zu einfach.

Augen, unter deren harmlos erscheinendem Blick die reine Mordlust schlummerte, wanderten über die Zelte aus Leinenbahnen und Buden aus Holz. Sie alle, Besucher und historische Darsteller, gingen friedlich ihren Geschäften nach. Kauften und verkauften Weihnachtsgeschenke, aßen und tranken, spekulierten darüber, wann der erste Schnee wohl fallen würde ... Sie alle ahnten nicht, dass einer von ihnen den Heiligabend nicht unter einem Baum, sondern sechs Fuß unter der Erde verbringen würde.

Die Wut über das, was das miese Schwein an diesem Tag gesagt hatte, hätte eigentlich all die hübschen kleinen Details aus dem Blickfeld der wandernden Augen wegbrennen müssen wie bei einer Landkarte, die jemand in der Mitte anzündet. Doch der Gedanke an den Plan war so schön, so simpel, dass die Genugtuung überwog.

Die Idee zu dessen Vollendung war nach dem Streit gekommen, ganz einfach so. Manchmal passierte so ein Geistesblitz eben aus heiterem Himmel. Im Gegensatz zu den Waren, die die Verkäufer auf dem Markt mit Argusaugen bewachten, wurde das praktische mittelalterliche Gerät, um das es ging, nicht ständig beobachtet oder gar regelmäßig gewartet. Ein einfacher Kaugummi in dem Mechanismus, durch den sich die Vorrichtung im Notfall öffnen ließ, würde schon genü-

gen. Niemand würde sich etwas dabei denken, denn jeder Idiot könnte ihn dahin geklebt haben. Ein unachtsames Kind, ein schlampiger Erwachsener ... einfach jeder.

Die glühende Rachsucht brachte die Augen zum Leuchten.

So einfach war das.

Am nächsten Morgen kämpften sich Isa und Marek, eingemummelt in sämtliche auch nur entfernt mittelalterlich anmutenden Schals, die sie hatten finden können, die Kaiserstraße hinunter. Vor ihnen, umrahmt von all den Geschäften und Cafés zu beiden Seiten, hob sich die cremefarbene Abtei des Michaelsbergs vom klaren Winterhimmel ab und verlieh dem modernen Stadtbild etwas Besonderes, Altehrwürdiges.

Trotzdem, Alex hatte nicht gelogen: Über Nacht war es noch kälter geworden, und die Luft schnitt den beiden ins Gesicht wie ein Samuraischwert durch Marzipan.

Marek sang gedankenverloren vor sich hin. »Schneeflöckchen, Weißröckchen, wann kommst du ...«

»Sag es bloß nicht.«

Seine braunen Augen blickten Isa über den Rand seines hochgezogenen Palästinenserschals hinweg an. »Und warum nicht?«

»Wenn du es sagst, wird es garantiert passieren.«

»Was hast du denn gegen Schnee?«

»Oh, ich habe überhaupt nichts gegen Schnee. Ich liebe ihn. Wir könnten mit einem Schlitten den Michaelsberg runterfahren, Schnee-Engel machen und wenn ich später auf die Bühne muss, könnte ich mit Schneebällen jonglieren, bevor ich an einer doppelseitigen Lungenentzündung krepiere.«

Marek hob fragend eine Augenbraue.

Sie seufzte. »Entschuldige. Das ist der Winterkoller. Den kriege ich jedes Jahr um diese Zeit, wenn meine Finger beim Jonglieren so kalt werden, dass ich erst merken würde, dass eins der Messer in meiner Hand steckt, wenn ich auf der gefrorenen Blutlache ausrutsche. Mir fehlt einfach die Sonne.«

»Aber das ganze mittelalterliche Zeug passt doch super zur Weihnachtszeit. Ich meine, heißer Met bei dreißig Grad im Schatten?« Er schüttelte sich. »Nein, danke.«

Sie lächelte. »Du warst noch nie im Sommer auf einem Mittelaltermarkt, oder?«

Marek zuckte mit den Schultern. »Nein. Ich kenne nur den hier, in Siegburg.« Er stoppte abrupt, weil Isa stehen geblieben war. »Was ist?«

»Marek Koskov.« Sie setzte ihre feierlichste Miene auf und nahm seine Hand in die ihre. »Hiermit verspreche ich, dass ich dich von deiner Unwissenheit befreien und auf den erstbesten Mittelaltermarkt mitnehmen werde, der stattfindet, sobald die modernen Menschen wieder anfangen, kurze Hosen zu tragen.«

Er runzelte argwöhnisch die Stirn. »Meinst du das ernst?«

»Ich scherze nie, wenn es um Bücher, Gummibärchen oder die Nachstellung historischer Kulturen geht. So etwas Schönes solltest du dir einfach nicht entgehen lassen.«

Isa schloss die Augen und erinnerte sich. Für einen kurzen Moment war sie wieder ein Teenager, gerade erst vierzehn Jahre alt, und starrte nach oben auf die gemauerten Türme des Klever Tors in Xanten, der berühmten Stadt des großen Helden Siegfried. Ehrwürdig und alt ragten sie über ihr auf, doch viel mehr hatte sie der Ausblick auf die beiden Wiesen fasziniert, die sich links und rechts von ihr erstreckten.

Zelte. Überall standen Zelte.

Die Farben brannten förmlich im Licht der Sonne, die heiß und hell vom Himmel strahlte. Menschen in den unterschiedlichsten Kostümen lachten, tranken und aßen miteinander: Mönche tummelten sich zwischen Tempelrittern, wilde Kriegerinnen mit Rüstungen aus silbernen Metallschuppen feilschten um Dolche, und junge Burgfräulein applaudierten direkt neben bärtigen Rockern, während mitten auf dem Rasen ein Tjost abgehalten wurde. Falken schrien, Musik ertönte, und über allem drehten sich langsam und majestätisch die Flügel der Kriemhildmühle.

Es war ihr erster Besuch auf einem solchen Markt gewesen und zugleich der schönste, an den sie sich erinnern konnte. Als sie die Augen wieder öffnete – nach nur einem Sekundenbruchteil, so schien es ihr zumindest –, war der skeptische Ausdruck auf Mareks Gesicht verschwunden. Sein Tuch war etwas heruntergerutscht, und man konnte sehen, dass er lächelte.

Lächelte, wie nur er es konnte.

Isa schluckte und bemerkte, dass sie immer noch seine Hand hielt. Alles schien mit einem Mal wie festgefroren. Der Blickkontakt zwischen dunklem Braun und hellem Grün, die Zeit, die Welt im Allgemeinen ... Gleichzeitig war ihr im Winter draußen noch nie so warm gewesen.

Und dann – verflucht mochten die Epoche der Neuzeit und ihr technischer Fortschritt sein – klingelte ihr Handy.

Die Spannung wich aus dem Moment wie Luft aus einem kaputten Ballon. Isa ließ seine Hand los, um in ihrer Tasche nach dem Telefon zu kramen, und konnte dabei spüren, wie sie rot wurde. Marek räusperte sich laut und vergrub die Fäuste wieder in den Tiefen seines Parkas. Er wippte auf den Fußballen auf und ab, während sie die Meldung auf dem Display antippte, um die neue SMS im Posteingang lesen zu können. Sie kam von Lena.

Die Polizei hat den ganzen Markt abgesperrt, und wir kommen nicht rein! Wo bist du???

»Verdammt.«

»Was? Was ist?«

Statt zu antworten, zog sie Marek bei der Jacke hinter sich her und fing an zu rennen. »Komm schon!«

Ihre Schritte knallten über das Pflaster der Kaiserstraße. Es war offenkundig, dass irgendetwas nicht in Ordnung war. Leute standen in kleinen Grüppchen zusammen und unterhielten sich mit ernsten Mienen, andere bewegten sich in Richtung Marktplatz wie Eisenspäne, die auf einen Magneten zurutschen. Gesprächsfetzen trieben wie Geräusche einer kaputten Schallplatte an ihr vorüber.

»... hoffe, es ist nichts allzu Ernstes ... wollte da heute Weihnachtsgeschenke kaufen ...«

»... das musste ja mal so kommen. Hab immer gesagt, diese Freaks bringen nur Ärger ...«

Niemand nahm von den zwei rennenden Gestalten groß Notiz. Sie passierten ein nach Backfisch riechendes Schnellrestaurant, liefen an einem Teeladen vorbei – und dann sahen sie, was Lena in ihrer SMS gemeint hatte.

Silberblaue Polizeiwagen parkten vor den Geschäften und spuckten Uniformierte zwischen die Menschen. Der komplette Bereich des Weihnachtsmarktes war mit flatterndem Absperrband eingefasst worden. Schutzpolizisten in grünen Westen hatten es an kahlen Bäumen, den altmodischen Laternen und sogar an der Siegessäule befestigt, von deren Spitze aus eine geflügelte Victoria auf das Getümmel herunterstarrte. Fast konnte man meinen, einen Anflug von Schadenfreude auf ihrem steinernen Gesicht zu erkennen, denn offensichtlich hatten die Siegburger Ordnungshüter so ihre Probleme damit, den wütenden Mob aus etwa sechzig Mittelalter-Darstellern unter Kontrolle zu halten.

»Bleiben Sie hinter der Absperrung, ich sags nicht noch mal!« Ein grimmig aussehender Polizist mit der natürlichen Grazie eines Rammbocks breitete die Arme aus, während Tell und Büttel Richard wütend auf ihn einredeten. Richards stumpfes Kurzschwert wurde – wohl aus reiner Vorsicht – von einer Kollegin des Polizisten in Verwahrung genommen.

Als Isa und Marek sich einen Weg durch die normalsterblichen Gaffer hin zu ihren Leuten bahnten, liefen Lena und Vroni bereits auf sie zu.

»Was ist denn hier los?« Marek keuchte noch ein bisschen wegen der Rennerei, zog sich aber ein Stück an einem Laternenpfahl hoch, um einen besseren Überblick zu bekommen.

Lena sah total verzweifelt aus. »Als ich heute Morgen aufgewacht bin hat Alex mir geschrieben dass Richard von Mathis erfahren hätte dass die Kripo den Markt absperrt und keiner mehr reingelassen wird und als ich hier war haben sich alle furchtbar aufgeregt weil wir nicht eröffnen können und die Polizisten wollen uns nicht sagen was passiert ist und ...«

»Halt. Ganz ruhig.« Isa packte ihre Freundin bei den Schultern und sah sie scharf an. »Süße, damit ich verstehe, worum es geht, wären Sprechpausen hilfreich, okay? Jetzt beruhige dich und versuch zu atmen, bevor die deinetwegen noch Sauerstoffzelte aufstellen müssen.«

Nützlicherweise schaltete sich die Maronenverkäuferin Vroni ein. »Lena hat recht. I hab eben noch mit dem Richard gesprochen. Vorhin sind wohl auch Polizisten in Zivil auf den Markt gegangen, Kommissare oder so. Die hatten Burschen in weißen Overalls dabei.«

»Die Spurensicherung?« Isa hatte genügend Krimis gelesen, um zu wissen, was das bedeutete. Sie schaute sich um und starrte in Richtung Marktplatz. Irgendetwas Furchtbares war passiert.

»Hey.« Sie zupfte an Mareks Parka, bis er wieder von der Laterne herunterstieg. Entschlossen nahm sie ihre schwere Umhängetasche von der Schulter und drückte sie ihm in die Hand. »Halt das mal bitte.«

Er guckte irritiert. »Was? Warum?«

»Ich will herausfinden, was los ist.«

Mit diesen Worten schlich sich die Gauklerin, die in ihrem Leben schon so oft als laufender Meter verspottet worden war, unbemerkt wie ein kleiner grüner

Schatten an die Absperrung heran. Als ihr der Polizist, der an dem Abschnitt auf der Höhe des Café Brando ganz allein auf die Zivilisten aufpassen musste, ein wenig den Rücken zudrehte, nutzte sie ihre Chance. Isa tauchte unter dem Flatterband hindurch und fing an zu rennen, als wäre die spanische Inquisition hinter ihr her.

Sie schaffte es ungesehen bis zu Alfs Backstube am Markteingang.

»He! He, bleiben Sie sofort stehen!«

Isa hatte zwei entscheidende Vorteile gegenüber ihren Verfolgern: Sie war wesentlich flinker, und sie kannte die schnellsten Schleichwege zwischen den Buden hindurch. Allerdings hörte sie über das Pochen ihres eigenen Herzschlags hinweg, wie einige Beamte in ihre Funkgeräte brüllten, um die Kollegen auf dem Gelände zu verständigen. Also rannte sie schneller, im Zickzack zwischen den Ständen hindurch, sprang behände über ein Seil, mit dem die Zeltwand der Papeterie am Boden verankert war, fiel fast hin, rappelte sich auf, weiter und weiter, auf der Suche nach dem Grund für all die Geheimniskrämerei. Sie erreichte gerade die freie Fläche in der Mitte des Marktes, wo der große geschmückte Tannenbaum und der Pranger standen, als sie mit einem erschrockenen Keuchen stehen blieb. Im nächsten Moment hatte sie ein Uniformierter an der Schulter gepackt.

»Schaffen Sie die Frau hier weg, verdammt!« Ein grauhaariger Polizist in Zivilkleidung starrte die beiden zornig an. Isa spürte, wie ihr Verfolger sie mit sanfter Gewalt wegzerrte. Sie ließ es geschehen. Der

Anblick, der sich ihr ein, zwei Atemzüge lang geboten hatte, war auf ihrer Netzhaut festgefroren.

Der Mann in Zivil und seine Kollegen in den weißen Overalls hatten um den Pranger herumgestanden. Dort drin, umgeben von zerbrochenen Metflaschen, hing Oliver Katz. Sein Gesicht war bleich, fast bläulich gewesen, und seine gespreizten Finger, die aus den Löchern zwischen den zugeklappten Holzbalken ragten, hatten ausgesehen wie erstarrte Eisspinnen.

Er war tot.

Kapitel 4

»Wissen Sie eigentlich, dass ich Sie wegen Behinderung einer polizeilichen Ermittlung festnehmen lassen könnte?«

Kommissar Max Pösch war offenbar ein Mann mit Prinzipien und ganz sicher einer mit zu viel Aftershave. Sein Rasierwasser – »Pösch Spice«, hätte Kevin wahrscheinlich gekalauert – brannte Isa förmlich in den Augen, während er sie anschnauzte.

Die beiden standen wieder außerhalb der Absperrung vorm *Café Brando*. Flankiert wurden sie von dem Schutzpolizisten, der Isa geschnappt hatte, und den Freunden der Gauklerin, die ziemlich entsetzt geguckt hatten, als man die grüne Fee wie eine flüchtige Verbrecherelfe vom Tatort weggeführt hatte. Marek, Vroni, der gesamte Rest von Manus Furis – alle standen plötzlich ganz zufällig in der Nähe, während der alternde Kommissar mit dem Bürstenschnäuzer eine Gardinenpredigt losließ.

»Behinderung einer polizeilichen Ermittlung? Geben Sie's zu, den Satz haben Sie aus *Miss Marple* geklaut. Das können Sie gar nicht ernst meinen.«

Isa wollte sich den überheblichen Ton des Kommissars nicht einfach so gefallen lassen. Außerdem hatten Olivers glasige Augen, die sie unter halb geöffneten Lidern unbewegt angestarrt hatten, ihr mehr zugesetzt, als sie sich selbst eingestehen wollte. Es war noch nicht einmal vierundzwanzig Stunden her, seit sie gesehen hatte, wie der Mann lebendig durch die Gegend lief. Nun hing er mit steif gefrorenen Gliedern in einem mittelalterlichen Pranger, umgeben von den nach Alkohol stinkenden Scherben seines Daseins.

Marek legte ihr beruhigend eine Hand auf die Schulter. »Sie hätten uns wenigstens sagen können, was passiert ist«, sagte er an den Polizisten gewandt.

Pöschs Augenbrauen wanderten nach oben, als versuchten sie, sich mit seinen Geheimratsecken zu vereinen. »Als leitender Ermittler treffe immer noch ich die Entscheidung, wann es das Beste ist, Außenstehende zu informieren. Als Erstes musste der Tatort gesichert und untersucht werden, damit werden Sie wohl oder übel leben müssen.« Sein Blick glitt beiläufig über die Umhänge, Beinlinge und Filzkappen der Umstehenden. Was er genau darüber dachte, ließ sich nicht von seinem Gesicht ablesen, doch Isa war sich sicher, dass er einen schönen, saftigen Drogentoten diesem Schauspiel vorgezogen hätte.

Der Kommissar zog einen Notizblock aus der Innentasche seines Mantels und schaute Isa mit gezücktem Stift auffordernd an. »Ich werde Sie auf jeden Fall in meinem Bericht erwähnen, und Sie sollten froh sein, dass es nur dabei bleibt. Name?«

»Ich wollte doch nur wissen, ob jemandem von uns etwas passiert ist ...«

»Name!«

»Isa Bocholt.«

Pösch schnaubte. »Ist das eine Abkürzung?«

»Ja.«

»Und Euer vollständiger Name, wenn's genehm ist?«

Die Gauklerin biss sich auf die Lippe. »Kriemhilde Isolde Bocholt.«

Ihre Worte verwandelten die Szenerie in einen Stummfilm. Die Stille war lauter als eine Horde wild gewordener Dudelsäcke, und das einzige Geräusch, das sie unterbrach, kam von Kevin, der hinter Isas Rücken anfing, leise zu kichern. Isa trat ihm im Schutze ihres Umhangs auf den Fuß, worauf sein Lachen ziemlich abrupt endete.

Der Kommissar beäugte sie ungläubig. »Hören Sie, wenn Sie mich auf den Arm nehmen wollen ...«

»Ich wünschte, es wäre so.«

»Kriemhilde Isolde???«

»Meine Eltern sind Professoren für mittelalterliche Literatur an der Universität Heidelberg. Könnten wir jetzt bitte weitermachen? Sie erinnern sich vielleicht nicht, aber da drüben steckt eine tiefgekühlte Leiche in unserem Pranger.«

Pöschs stahlgraue Augen fixierten sie immer noch argwöhnisch, doch er verzichtete darauf, sich ihren Ausweis zeigen zu lassen. Offensichtlich war er der Meinung, dass sie sich, wenn sie einen falschen Namen hätte benutzen wollen, zweifelsohne einen ausgedacht hätte, der weniger peinlich war. »Also gut, Frau Bocholt. Wenn Sie sich unbedingt nützlich machen wollen, dann verraten Sie mir doch bitte, wer der Tote ist.«

»Sein Name war Katz. Oliver Katz. Ihm gehörte eine der Tavernen.« Die Vergangenheitsform fühlte sich seltsam auf ihrer Zunge an.

»Hatte er irgendwelche Angehörigen, von denen Sie wissen? Frau, Kinder, Geschwister?«

»I glaub, er hatte einen Bruder in Brandenburg.« Vronis blonde Locken, die nur von einer roten Filzschnur davon abgehalten wurden, ihr ständig in die Stirn zu fallen, kräuselten sich im kalten Wind und verliehen ihr das Aussehen einer kriegerischen Weißwurst-Amazone.

Alex, der in seinem Schottenrock einen besonders irritierten Blick von dem Polizisten hatte einstecken müssen, schnaubte. »Ob er Kinder hatte, wusste die Saufnase wahrscheinlich nicht mal selber ...« Als er merkte, dass Pöschs Blick ungnädig auf ihm ruhte, fing er an zu stottern. »Ich, ich meine ja nur.«

»Hm. Und wer sind Sie nun wieder, wenn ich fragen darf?«

»Äh ... Alec MacPipe vom Clan der MacPipes?«

Der Kommissar sagte nichts. Seine Miene sagte genug.

»Okay, mein Name ist Alexander Grün. Aber ich sage es Ihnen gleich, bevor Sie sich über mich informieren und voreilige Schlüsse ziehen: Ihr Kollege hat die Tatsachen in seinem Bericht damals total verfälscht. Der Stall hat erst Feuer gefangen, als das Mädchen und ich schon draußen waren. Und wir waren nur nackt, weil diese bescheuerten Kühe unsere Klamotten gefressen hatten ... Ehrlich, ich habe mit der ganzen Sache hier nichts zu tun.«

Schon wieder trat peinliche Stille ein, die Isa aber im Gegensatz zur vorherigen wesentlich amüsanter fand. Max Pösch runzelte die Stirn und unterlegte seine Worte mit einer triefenden Schicht Sarkasmus. »Ich glaube nicht, dass Ihre jugendlichen Eskapaden für diesen Fall von Belang sind, Herr Grün.«

»Gut, dass er nicht weiß, dass das im letzten Jahr war«, raunte Lena Isa ins Ohr, die sich daraufhin das Lachen verbeißen musste.

»Also keine bekannten Verwandten in der näheren Umgebung.« Der Kommissar notierte eifrig, was Isa ein wenig verwunderte. In jedem guten Krimi hätte der Chef vom Dienst sofort nach einem Untergebenen gepfiffen, der die Zeugen vernommen, den Kaffee besorgt und den Pöbel von ihm ferngehalten hätte. Doch Pösch schien die Sache selbst in die Hand nehmen zu wollen. »Sie sagten eben, er sei Wirt gewesen. Das würde uns zumindest einen Hinweis bezüglich der zerbrochenen Flaschen liefern, die wir am Tatort gefunden haben. Hat er selbst öfter getrunken?«

»Na ja ... Man soll ja eigentlich nicht schlecht über einen Toten reden, wenn Sie verstehen.« Valentin nahm unschlüssig sein Barett ab und kratzte sich am Kopf. »Aber Oliver hatte eben nicht nur die Taverne, sondern auch ein kleines Alkoholproblem.«

»Verstehe. Und kam es vor, dass er sich nachts auf dem Marktgelände aufgehalten hat? Hat er vielleicht mal randaliert?«

Isa fielen das Graffiti auf der Zeltplane und Ollis kleiner Überfall auf sie ein, aber bevor sie sich entscheiden konnte, ob sie beides erwähnen sollte oder nicht, kamen ihr die anderen zuvor. »Er ist erst in der vorletzten Nacht besoffen hier herumgelaufen und hat eins der Zelte mit Farbe beschmiert«, erklärte Marek.

Vroni milderte seine Worte ab. »Randalieren kann man des eigentlich nicht nennen. Aber er war nachts scho manchmal hier unterwegs und hat Blödsinn gemacht.«

Der Kuli kratzte weiterhin fleißig über den Notizblock. »Trinker ... mehrmals negativ aufgefallen ...«

»Wie konnte so was überhaupt passieren?« Valentin verschränkte die Arme vor der Brust und runzelte die Stirn. »Ich meine, einer von uns hatte Nachtwache auf dem Marktplatz, oder? Derjenige muss Katz doch gehört haben.«

Plötzlich fiel Isa der Wortschwall wieder ein, den Lena bei ihrer Ankunft auf sie losgelassen hatte. Die Erkenntnis traf sie wie ein Holzhammer: *Als ich heute Morgen aufgewacht bin hat Alex mir geschrieben dass Richard von Mathis erfahren hätte dass die Kripo den Markt absperrt ...* »Oh nein«, stöhnte sie. »Mathis hatte die Nachtschicht. Er hat es verschlafen.«

Pösch nickte und strich sich über seinen Schnurrbart. »In der Tat, ein gewisser Mathis Kühnle hat uns vor etwa einer Stunde benachrichtigt.«

»Was? Welcher Blödmann ist denn auf die Idee gekommen, ihn als Nachtwächter einzuteilen?« Alex blickte völlig fassungslos von einem zum anderen.

Die Antwort auf seine Frage erhielt er von einer nervtötenden Fistelstimme aus den hinteren Reihen.

Natürlich. Kai aus der Apfelkiste, dachte Isa, während Bernd Wischnewski sich zwischen Vroni und Lena hindurch in den Vordergrund zwängte. »Ich habe meine Schicht gestern mit Herrn Kühnle getauscht, Herr Oberkommissar. Ich leide unter einer chronischen Atemwegserkrankung, die es mir leider unmöglich macht, die Nacht über in dieser Eiseskälte auszuharren.« Er streckte seine feiste Pranke aus, wartete aber gar nicht erst auf die Reaktion des Polizisten. Stattdessen ergriff er dessen Hand und schüttelte sie wie die eines alten Kriegskameraden, den er seit ihrer gemeinsamen Zeit in einem russischen Gulag nicht mehr gesehen hatte. »Gestatten, Bernd Wischnewski. Man kennt mich auch unter ...«

»Man kennt ihn auch unter dem Namen König Pestbeule. Vorsicht Bernd, du könntest auf deinem eigenen Schleim ausrutschen, wenn du so weitermachst.«

»Ich muss doch sehr bitten!«

»Nein, ich muss bitten.« Isa hatte nicht vor, sich den Mund verbieten zu lassen. »Wie konntest du Mathis nur fragen, ob er deine Nachtwache übernehmen könnte? Der arme Kerl schläft schon tagsüber die ganze Zeit ein, aber du wusstest, dass er niemals ablehnen würde, wenn ihn jemand um Hilfe bittet. Jetzt macht er sich wahrscheinlich die größten Vorwürfe, während du versuchst, dich hier zu profilieren.«

»Ich benehme mich in Gegenwart von Staatsbeamten lediglich so, wie es sich gehört!« Wischnewski machte ein Gesicht, als müsste er einem Neandertaler Arithmetik beibringen. »Außerdem muss ich mich vor einer Landstreicherin wie dir nicht rechtfertigen.« Mit einem verständigen Nicken wandte er sich wieder an den Kommissar. »Entschuldigen Sie bitte, aber Sie sehen ja, mit was für Leuten ich zusammenarbeiten muss. Sagen Sie, Herr Oberkommissar – ab wann werden Ihre Kollegen den Marktplatz wohl wieder für den öffentlichen Betrieb freigeben?«

Aha, daher weht also der Wind, dachte sie. Obwohl der Apfelkringel-Bräter auf ein bisschen Aufmerksamkeit bekanntermaßen abfuhr wie eine Horde Pilger auf ein Löffelchen gelobtes Land, hatte Isa sich fast schon gedacht, dass mehr hinter seinem zuckersüßen Gequatsche steckte. Wenn Wischnewski etwas noch mehr liebte als Lob von höheren Instanzen, dann war es Profit.

Pösch ging allerdings gar nicht darauf ein. Er ließ seine Hand durchschütteln, dehnte sie ein wenig, als er sie endlich wieder eigenständig benutzen durfte, und räusperte sich dann. »Für Sie, Herr Wischnopski –«

»Wischnewksi!«

»Wie auch immer. Für Sie jedenfalls ›Herr Kriminaloberkommissar‹, wenn Sie meine Zeit schon mit meinem vollen Titel verschwenden wollen. Ich denke, dass wir den verstorbenen Herrn Katz und die relevanten Beweise bis heute Nachmittag gesichert haben werden, sodass der Betrieb des Weihnachtsmarktes wiederaufgenommen werden kann.«

»So schnell schon?« Isa musste sich eingestehen, dass sie ein wenig beeindruckt war.

Der Kommissar nickte. »Ja, so schnell schon. Meiner Meinung nach werden die Ermittlungen zu diesem Fall nicht viel Zeit in Anspruch nehmen.« Er ließ sein Notizbuch zuschnappen. »Vielen Dank für Ihre Kooperation. Um alle weiteren Fragen, die noch zu klären sind, wird sich jetzt mein Kollege kümmern. Schäfers!«

Auf seinen Ruf hin schlug hinter ihnen eine Tür zu, und alle drehten sich um. Aus der einladenden Wärme des Café Brando hechtete ein junger Mann in die Kälte, voll beladen mit Kaffeebechern, Chocolate Chip Cookies und einer Menge irreparabler Komplexe. Seine Föhnfrisur bog sich demütig im Wind, während er mit qualmenden Sohlen vor seinem Chef abbremste und wieder zu Atem kam. »Jawohl?«

»Haben Sie meinen Toffee Nut Latte?« Pösch beäugte misstrauisch die Pappbecher, als wären es undichte Fässer für Atommüll.

»Natürlich, Herr Kommissar.«

»Zweieinhalb Tütchen Zucker?«

»Ja, Herr Kommissar.«

»Laktosefreie Milch, keine Sojamilch?«

»Selbstverständlich, Herr Kommissar.«

»Sehr gut. Dann her damit, verteilen Sie den restlichen Kaffee an die Kollegen, und machen Sie sich dann an die Aufnahme der Personalien von diesem Haufen hier.« Pösch krallte sich seinen Becher, sämtliche Kekse und verabschiedete sich mit einem galanten Grunzen von den Mittelalter-Darstellern.

Während Schäfers noch versuchte, trotz Zucker- und Koffeinmangel Vronis Namen auf ein Blatt Papier zu schreiben und gleichzeitig die Bestellungen den anderen Polizisten zuzuordnen, seufzte Isa leise. »Und ich dachte schon, all die Kriminalromane hätten gelogen.«

Marek sah sie erstaunt an. »Was meinst du?«

»Na, die Tatsache, dass jeder Ermittler – egal, ob kompetent oder nicht – immer einen Gehilfen braucht, der noch ein bisschen schusseliger ist als er selbst. Der

König und der Hofnarr sozusagen.« Sie überlegte einen Moment lang. »Ob man im Mittelalter schon einen Begriff für ›Sidekick‹ hatte?«

Sarkastisch hob ihr Mitbewohner die Augenbrauen. »Hm ... Wie wär's mit ›Operarius‹? Obwohl der Typ eher wie ein ›Bucaeda‹ aussieht.«

»Und was bedeutet das?«

»›Operarius‹ heißt so viel wie Handlanger, das würde ganz gut zu deinem ›Sidekick‹ passen. ›Bucaeda‹ dagegen bedeutet ›Der mit der Ochsenpeitsche Geprügelte‹.«

Isa kicherte leise. »Der letzte Name ist gut. Ich wette, dieser Pösch peitscht seine Angestellten öffentlich in der Kantine des Präsidiums aus, wenn beim Kaffee mal der Zucker fehlt.«

Trotz seiner Kaltschnäuzigkeit und seiner eher negativen Einstellung gegenüber der Mittelalter-Szene hielt Kommissar Max Pösch sein Wort. Kurz nachdem die Turmuhr von Sankt Servatius zwei Uhr geschlagen hatte, waren sämtliche Polizisten vom Marktplatz verschwunden. Zwar hatten die Uniformierten nicht nur die Leiche, sondern auch den Pranger mitgenommen, doch Schäfers hatte die Erlaubnis überbracht, dass die Buden wieder für den Verkauf geöffnet werden durften. Danach war er in gewohnter Hektik davongehastet – vermutlich, um mit Taschenuhr und Weste zurück in seinen Kaninchenbau zu kriechen, um einen Bericht zu schreiben.

Der Terminplan der Spielleute war wegen der morgendlichen Tragödie völlig aus dem Takt geraten. Noch dazu hätte Isa es irgendwie nicht richtig gefunden, Tanzmusik zu spielen, nachdem jemand gestorben war. Ihren Bandkollegen ging es ähnlich. Marktvorsteher Richard nahm die Entscheidung der Truppe, ihre Instrumente ruhen zu lassen, stillschweigend zur Kenntnis. Er hatte sowieso genug damit zu tun, mit seinem kleinen magischen Sprechapparat am Ohr herumzulaufen und den Vorstandsmitgliedern von »Handwerk Kram & Gaukelspil e. V.« im fernen Stadthagen zu erklären, wieso einer der für den Markt angemieteten Schankwirte in einem Leichensack abtransportiert worden war.

Für Isa war das Makaberste an der ganzen Geschichte nicht der Alltag, der wie gewohnt seinen Lauf nahm, während Olivers Taverne zugeschlossen und verwaist als einziges Mahnmal auf das hinwies, was geschehen war. Es war auch nicht die Tatsache, dass sie trotzdem wie immer um diese Zeit an der Apfelküchlein-Bäckerei stand und Fettgebackenes aß.

Es waren die Besucher. Die Nachricht, dass auf dem Siegburger Mittelaltermarkt wirklich jemand gestorben war – wie genau, da steigerten sich die Gerüchte so lange, bis man Oliver Katz angeblich nackt und an einem Galgenstrick hängend an einer Straßenlaterne gefunden hatte –, wirkte wie ein Magnet. Menschen schoben sich wie schnatternde Ölsardinen durch die Gänge zwischen den Verkaufsständen. Immer mehr kamen, kauften, diskutierten oder machten Fotos ... vorzugsweise von der Stelle bloßen Straßenpflasters, an der der Pranger gestanden hatte.

Nachdenklich zupfte Isa den knusprigen Teigmantel ihrer in Öl gebackenen Apfelringe auseinander. Wenn man unvorbereitet hineinbiss, konnte einem das süße Frucht-Magma im Inneren ein Loch in die Zunge brennen. Marek stand mit Schürze und Holzzange an der Kasserolle mit dem heißen Frittierfett und wendete eine neue Ladung Kringel. Das Brutzeln vermischte sich mit den Gesprächsfetzen der herumlaufenden Marktgänger.

»Meinst du, wir hätten dem Kommissar von dem Streit zwischen Oliver und Adam erzählen sollen?«, fragte Isa schließlich und schob sich vorsichtig ein Stück Apfel in den Mund.

Der Geschichtsstudent runzelte die Stirn. »Quatsch. Meinst du, Adam Drömer hätte Katz gewaltsam in den Pranger gesteckt?«

»›Eines Tages schaufelst du dir mit solchen Aktionen noch mal dein eigenes Grab.‹ Das hat Adam gestern wortwörtlich zu ihm gesagt. Und jetzt ist Olli tot.« Sie hob bedeutungsvoll die Augenbrauen. »Und was ist mit dem anderen Streit in der Umkleide im Museum? Ich weiß nicht, mit wem er da gesprochen hat, aber es könnte Adam oder auch Maria gewesen sein. Oder vielleicht jemand ganz anderes. Meiner Meinung nach gab es in letzter Zeit eine Menge Leute, die Oliver gerne am Schandpfahl gesehen hätten.«

Marek legte die Zange aus der Hand, als er sah, dass sich Leute der Bude näherten. »Ganz ehrlich, Isa? Ich glaube, dass Katz es einfach geschafft hat, sich im Suff irgendwie selber den Rest zu geben. Ich meine, das hier ist ein Mittelaltermarkt in Siegburg und keine englische Landpartie mitsamt belgischem Detektiv.« Er drehte sich um, um seine Kunden zu bedienen. »Nichts für ungut, aber da geht ein bisschen die Fantasie mit dir durch.«

Langsam kaute Isa auf ihrem Apfel herum. Dass Marek ihr widersprach, wunderte sie nicht. Olivers nächtliche Umtriebigkeiten und die zerbrochenen Metflaschen am Tatort sprachen ja dafür, dass der Schankwirt sein Ableben selbst verursacht hatte. Trotzdem ließen ihr die Umstände einfach keine Ruhe.

In düstere Gedanken versunken, betrachtete sie die Familie, der Marek gerade drei Portionen Apfelküchlein auf hölzerne Spieße steckte. Neben Mutter, Vater und gelangweiltem Teenager war auch ein kleiner Junge mit laufender Nase und Bommelmütze dabei, den man in seinem Kinderwagen festgezurrt hatte wie einen Kleiderschrank in einem Möbelwagen. Das kleine Monster sabberte mit starrem Blick auf einem Butterkeks herum.

»Isa? Hörst du mir zu?«

»Zombie-Babys ...«

»Was?«

Die Gauklerin fuhr aus ihren Gedanken hoch und sah, dass Marek schon wieder vor ihr stand. Die Familie marschierte mit ihren Snacks bereits los, und der Kleine schenkte ihr noch einen letzten lauernden Blick, während er von Vati davongeschoben wurde.

»Sag ich doch. Zu viel Fantasie.« Grinsend machte sich Marek daran, frische Apfelscheiben in eine Schale mit Ausbackteig zu tauchen.

»Olli hätte sich in dem Pranger niemals alleine einschließen können! Das Ding hat extra eine Paniksicherung, damit niemand darin stecken bleibt. Und was soll das bitte heißen, zu viel Fantasie?« Isa lehnte sich über den Tresen und fixierte ihren Freund.

Er zuckte mit den Schultern. »Na ja, du hast schon einen gewissen Hang zum Morbiden ...«

»Das stimmt doch gar nicht!«

Marek seufzte resigniert. »Okay, pass auf. Wir beide machen jetzt einen kleinen psychologischen Test, ja? Ich nenne dir einen Begriff, und du musst sofort sagen, mit welchem anderen Wort du diesen Begriff assoziierst.«

Sie schnaubte leise. »Leg los.«

»Joghurt?«

»Vanille.«

»Schlittenfahrt?«

»Winter.«

»Menschenauflauf?«

»Kannibalismus.«

»Siehst du?«

Verdammt. Ertappt suchte Isa nach einem guten Argument und wedelte dabei mit dem Holzspieß durch die Luft, sodass ihr letzter Apfelring beinahe einem Passanten an den Kopf geflogen wäre. »Gut. Vielleicht hast du ja irgendwo recht.«

»Aha!«

»Ich sagte vielleicht. Aber auch wenn ich – möglicherweise – manchmal übertreibe, war Ollis Tod garantiert kein dummer Zufall. Das wäre ... zu einfach.«

»Tjaja, einfach ist nichts im Leben.« Kevin alias Herr Ludger der Verderbte tauchte plötzlich neben Isa auf und lehnte sich an die Theke des Standes. Der junge Mann mit dem Bart und den schrillen, eng anliegenden Beinlingen wirkte nicht ganz so überdreht wie sonst, doch von echter Trauer war nichts zu spüren. Im Stillen fragte sich Isa, ob es auf der Welt wohl irgendjemanden gab, der Oliver wirklich geliebt hatte und nun um ihn trauerte, wie es jeder Mensch in ihren Augen eigentlich verdiente.

»Marek, machst du mir eine Portion?«, fragte Kevin und verbeugte sich vor seiner Bandkollegin, als wäre sie Scheherazade und der Sultan in einer Person. »Oh, verzeiht mir die Unhöflichkeit, Euer Hoheit. Habe ich die Erlaubnis, an Eurer erlauchten Seite zu speisen?«

Die Gauklerin hob misstrauisch die Augenbrauen, denn sie glaubte zu wissen, worauf das hinauslief. »Nur, wenn du das, worauf du gerade anspielst, mit keiner Silbe zu erwähnen versprichst.«

»Okay, großes Spielmannsehrenwort.«

Isa schaffte gerade mal einen Bissen von ihrem Apfelring. Dann platzte Kevin los. »Kriemhilde Isolde? Ernsthaft?«

»Kevin, ich warne dich ...«

Er versuchte, sich das Lachen zu verbeißen. »Ich hätte das ja nie geahnt, gleich nach zwei Königinnen benannt ... Isa erinnert ja auch eher an Isabelle oder so was. Und überhaupt, Isolde ist doch nur dein zweiter Vorname. Warum nennst du dich nicht Kriemel?« Breit grinsend bezahlte er und nahm sein Essen entgegen. »Oder Creamy?«

Isa legte den Holzspieß beiseite und zog langsam eines ihrer Jongliermesser aus dem Gürtel. »Wusstest du eigentlich, dass man Spöttern im Mittelalter die Zungen herausgeschnitten hat?«

»Ach, komm schon. Du bist doch Pazifistin.«

»Ich habe mit diesem Namen zwei Jahre Kindergarten, vier Jahre Grundschule und neun lange Jahre Gymnasium hinter mich gebracht.«

Ihm rutschte das Grinsen aus dem Gesicht. »Bin schon weg!«

Marek schmunzelte ein wenig, während Kevin schleunigst das Weite suchte. Isa drohte ihm spielerisch mit dem Messer. »Wag es ja nicht. Ein Wort und Bernd kann sich eine neue Aushilfe suchen.«

In dem Moment, in dem die Worte ihren Mund verließen, biss sie sich auch schon auf die Lippe. »Das war jetzt irgendwie pietätlos, oder?«

Der hünenhafte Student tauschte erneut eine halbe Wagenladung Apfelküchlein gegen Silberlinge, dann lehnte er sich ihr gegenüber an die Theke und runzelte die Stirn. »Nein, denn im Grunde hast du recht. Wenn er mich hier weiterhin die ganze Arbeit alleine machen lässt, kann sich der Kerl wirklich jemand Neues suchen, der sich dauernd an den Kringeln die Finger verbrennt.«

Sie lachte, wurde aber schnell wieder ernst. »Das mit Katz war kein Unfall, Marek. Ich weiß es einfach.«

»Okay, Miss Marple. Nehmen wir mal an, ich glaube dir. Wo sind dann die Beweise?«

»Ich habe keine Ahnung, aber das muss ich auch nicht. Dieser Kommissar wird bestimmt bald hier auftauchen und mit den Befragungen beginnen. Die werden Ollis Mörder schon finden.«

»Deshalb haben wir nach reiflicher Überlegung beschlossen, die Ermittlungen an diesem Fall einzustellen.«

»Was?«

Der schwarze Mantel mit dem hochgeschlagenen Kragen verlieh Max Pösch das Aussehen eines filzüberzogenen Laternenpfahls. Den ganzen vorherigen Tag über hatten Gerüchte, dass die Polizei Olivers Wohnwagen und seinen alten Ford Transit, in dem auch der Met lagerte, auf den Kopf gestellt hatte, bei den Marktleuten die Runde gemacht. Isa hatte sich schon in ihrem Vertrauen in die Siegburger Ordnungshüter bestätigt gefühlt. Doch als der Leitende Kommissar an diesem Morgen endlich selbst auftauchte – einen überarbeitet wirkenden Schäfers im Schlepptau, dessen Haartolle in der Kälte traurig vor sich hinwackelte –, machte er mit diesem einen Satz alles zunichte.

Dabei war es eigentlich nur Zufall, dass die komplette Truppe von Manus Furis bei dem Gespräch zwischen Pösch und Büttel Richard zugegen war. Die Band hatte sich bereits kurz nach Markteröffnung geschlossen zusammengefunden, um den Ablauf des abendlichen Adventssingens zu klären. Die kleine weihnachtliche Prozession im Schein der Kerzen und Feuer folgte schon seit Jahren immer der gleichen Route über den Markt. Fest eingeplant war jedes Mal der Halt an Olivers Taverne, damit die Sängerkehlen in der Winterluft weder kalt noch trocken bleiben mussten. Nun zwangen die offensichtlichen Probleme zum Umdenken, aber aufgrund seiner stundenlangen Telefonate mit dem Vereinsvorstand in Stadthagen schien Richard diese Tatsache einfach verschwitzt zu haben.

Der lange Kevin hatte Richards unförmigen Filzhut und Pöschs akkuraten Schnurrbart als Erster entdeckt. Der Büttel und seine moderneren Kollegen unterhielten sich am Fuße der Treppe vor dem Museumseingang. Als er die fünf bunt gekleideten Galgenvögel entdeckte, die entschlossen auf ihn zumarschierten, machte der

Kommissar ein Gesicht wie sieben Tage alte Hafergrütze.

Trotzdem hatte er auch ihnen mitgeteilt, zu welchem Ergebnis er bei seinen Ermittlungen gekommen war.

Sehr zu Isas persönlichem Entsetzen.

»Einstellen? Sind Sie verrückt?« Die junge Gauklerin ignorierte Pöschs hochgezogene Augenbrauen ob ihres Tonfalls. »Hier ist ein Mann ermordet worden, Herr Kommissar!«

»Wenn Sie meinen Beruf so viel besser beherrschen als ich, können Sie ihn gerne haben, Frau Bocholt. Ich würde ja anbieten, im Gegenzug hier für Sie einzuspringen, aber ich fürchte, Ihr Kostüm ist mir zu klein.« Pöschs Stimme triefte vor Sarkasmus, aber er verzog keine Miene, während er sprach. »Die Gerichtsmedizin hat festgestellt, dass Herr Oliver Katz zum Zeitpunkt seines Todes eine Blutalkoholkonzentration von 2,2 Promille gehabt hat. Dieses Ergebnis passt einerseits zu den Flaschen, die am Tatort gefunden wurden, und andererseits zu den Aussagen darüber, dass der Verstorbene ein Trinker war.« Der Kommissar schnippte mit den Fingern, und Schäfers drückte ihm einen Aktenordner in die geöffnete Hand.

»Das ist der Bericht. Ihr Kollege hat sich offensichtlich nicht mehr aus dem Pranger befreien können und ist bei den niedrigen Temperaturen aufgrund seiner zu dünnen Kleidung und der durch den Alkohol verschlechterten Speicherung von Körperwärme einfach erfroren. Da er derart betrunken war, ist es nachvollziehbar, dass er nicht mehr imstande war, sich in seiner Notlage bemerkbar zu machen.«

Valentin kratzte sich nachdenklich unter seinem gefiederten Barett. »Aber soweit ich mich erinnere, hatte dieser Pranger doch so eine Art Sicherung.«

»Genau.« Isa griff den Faden dankbar auf. »Weil er für jeden Besucher frei zugänglich auf dem Markt stand. Keiner von uns kann ständig ein Auge darauf haben, ob sich irgendein Idiot aus Versehen selbst einsperrt. Deshalb ist an der Seite, an der die zwei Holzbalken zugeschlossen werden können, extra ein Bolzen zum Herausschieben. Nicht wahr, Richard?«

Der Büttel, der mit dem Pranger schon zig Reisegruppen unterhalten hatte, nickte zustimmend. »Das ist sogar gesetzlich vorgeschrieben.«

Pösch blieb stur. »Dieser Umstand ist mir bekannt. Anscheinend war dieser Mechanismus etwas verklemmt.«

»Verklemmt? Dazu kann ich Ihnen etwas sagen, denke ich.« Isa trat einen Schritt auf den Kommissar zu und deutete auf eine kleine Gruppe von Marktbesuchern, die ihnen gegenüber an einem runden Zelt standen, an dem Armbänder und Kettenanhänger verkauft wurden. »Sehen Sie die Frau mit der Hornbrille und dem Haarknoten da drüben? Die, die seit zwei Minuten dauernd auf das ziemlich straff geschnürte Mieder meiner Freundin hier starrt und sich dabei heimlich bekreuzigt?«

»Ja.«

»Das ist verklemmt. Aber die Paniksicherung am Pranger hat noch nie versagt.«

Um die kleine Gruppe vor dem Museum herum drehte sich der Wind, und die Luft, die rauchgeschwängert und duftend heranwehte, fühlte sich kalt an wie der Atem eines Schneemanns. Kommissar Pösch starrte Isa mit zusammengekniffenen Augen an, was ihr irgendwie ein ungutes Gefühl vermittelte. Vielleicht war es aber auch die Tatsache, dass Schäfers vorsichtshalber schon einmal ein paar Schritte zurückwich.

»Ich habe mich über Sie erkundigt, Frau Kriemhilde Isolde von und zu Absinth. Offenbar sind Sie hierzulande nicht nur für Ihre Kunststückchen, sondern auch für Ihr freches Mundwerk bekannt.«

»Wer hat Ihnen denn das ...« Isa brauchte die Frage nicht ganz auszusprechen. Sie wusste auch so, welcher dreiste Apfelkringel-Besserwisser in nächster Zeit dafür sein Fett wegkriegen würde.

Der Kommissar schürzte missbilligend die Lippen. »Sie mögen es vielleicht als Ihr Hobby betrachten, sich in die Angelegenheiten anderer Leute einzumischen, aber wenn Sie das bei mir noch einmal versuchen, werden Sie sich nicht aus einer Nacht in Untersuchungshaft herausreden können. Haben Sie eine Ahnung, wie viel ich in dieser Jahreszeit zu tun habe? Auf meinem Schreibtisch wartet noch eine Fallakte über eine Frau aus Kaldauen, die ihrer Erbtante vermutlich Mandelplätzchen mit Zyankali zu Nikolaus geschenkt hat. Außerdem wären da noch der Kerl, der aus der Justizvollzugsanstalt getürmt ist, und diese Sache mit dem toten Gärtner im Tannenbaumtrichter. Dabei sind es noch gut zwei Wochen bis Heiligabend, wo sich traditionell alle Bekloppten auf einmal an die Gurgel gehen.«

Wie an einem Scharnier knickte der kerzengerade Kommissar in Höhe der Hüfte ein und beugte sich ein

Stück zu Isa hinunter. »Ich werde meine Zeit nicht mit einem offensichtlichen Unfall verschwenden. Der Fall Oliver Katz ist erledigt, und ich rate Ihnen, sich nicht wieder in Polizeiangelegenheiten zu mischen.« Sein Schnurrbart zitterte unheilvoll. »Ich habe Sie im Auge, Fräulein Feenstaub.«

Während sie zusahen, wie der Kommissar und sein Laufbursche den Marktplatz in Richtung Bahnhof verließen, verschränkte Isa gedankenverloren die Arme vor der Brust. Lena trat neben sie und zupfte zufrieden ihr Mieder zurecht. »Den Blick kenne ich«, sagte sie, als sie die Miene ihrer Freundin bemerkte.

»Welchen Blick?«

»Na, du guckst wie damals, als dir dieser Typ auf Burg Satzvey erklären wollte, dass Mäuseroulette keine Tierquälerei sei.« Die blonde Dudelsackspielerin verschränkte die Arme. »Ein typischer ›Das-wollen-wir-doch-mal-sehen‹-Blick.«

Isa lächelte grimmig. »Ach, Lena. Du kennst mich zu gut.«

Kapitel 5

Die Darsteller auf dem Markt wussten, dass die weitverbreitete Vorstellung vom Mittelalter als dunklem Zeitalter, in dem sich die Menschen noch stupide mit der blanken Klinge »Gute Nacht« sagten, falsch war. Immerhin wurden in den knapp tausend Jahren, die die Welt angeblich in geistiger Umnachtung verbrachte, solch nützliche Dinge wie Uhren, Brillen und Universitäten erfunden. Die Strafverfolgung des Mittelalters allerdings war nicht gerade als glorreiches Beispiel für fortschrittliches Gedankengut bekannt. Hauptsächlich von Vermutungen, Gottesurteilen und der kreativen Verwendung von glühenden Eisenwaren geprägt, taugte sie höchstens als herzhafte Zutat für Schauergeschichten.

Isa orientierte sich lieber an den Ermittlungsmethoden, die sie bei der Lektüre zahlloser modernerer Kriminalromane kennengelernt hatte und die weit weniger mit Gebeten und körperlicher Gewalt zu tun hatten. Mathis Kühnle zu verhören entpuppte sich trotzdem als schwierig.

Der arme Schreiber hatte es aber auch wirklich nicht leicht. Um ihn herum erblühte der Siegburger Marktplatz mit seinen Läden, seinem Kirchturm und seinem Tannenbaum in weihnachtlicher Pracht; Mathis' eigener Marktstand duftete herrlich nach Pergament und Tinte. Er selbst dagegen saß auf seinem Schemel und schaute die vorbeikommenden Kunden an wie ein Uhu, der drei Nächte lang durchgemacht hat. Als Isa die zwei leeren Kaffeekannen und das Sixpack Energydrink im hinteren Teil der kleinen Papeterie entdeckte, ahnte sie, dass sich ihr Gespräch ein wenig komplizierter gestalten würde als erwartet.

»Ich habe geschlafen, Isa.« Ob seine Stimme ob der Erinnerung oder wegen des Koffeins zitterte, konnte die junge Gauklerin nicht sagen. »Ein Mensch ist gestorben, und ich habe einfach geschlafen.«

Während er Geld von einem japanischen Touristen entgegennahm, steckte Isa einen hübschen Eulenfederkiel in eine Papiertüte und reichte diese dem Mann über die anderen Waren hinweg an.

»Du darfst dir keine Vorwürfe machen, Mathis. Es war falsch von Bernd, dich überhaupt zu fragen, ob du die Nachtwache übernimmst – er hätte sie selbst machen oder dir wenigstens dabei helfen sollen. Es ist nicht deine Schuld, dass Olli tot ist.« Das Wort »Mord« vermied sie im Hinblick auf sein ohnehin angeschlagenes Nervenkostüm ganz bewusst.

Der Schreiber brachte unter seinem roten Schnurrbart nur ein schiefes Lächeln zustande und wollte wieder nach seinem Tonbecher voll Kaffee greifen, doch Isa nahm ihm den Wachmacher mit sanfter Bestimmtheit aus der Hand. Allein der Duft, der ihr dabei in die Nase stieg, hätte ausgereicht, um die Beize von den Schiffen einer kompletten Wikingerflotte zu brennen. Vorsichtig setzte sie sich neben Mathis auf eine alte Holzkiste und stellte den Kaffee so weit weg, wie es der Platz in der kleinen Bude zuließ.

»Und davon, dass du mit diesem Espresso des Todes versuchst, dich vom Schlafen abzuhalten, wird Olli auch nicht wieder lebendig. Sei vernünftig, Mathis.«

»Vernünftig. Und das aus deinem Munde.«

»Ich weiß, Ironie des Schicksals. Hör mir trotzdem zu.« Jetzt kommt der schwierige Teil, dachte sie. »Ist dir in dieser Nacht auf dem Marktplatz vielleicht ... na ja, etwas Seltsames aufgefallen?«

Kühnle runzelte die Stirn. »Ich habe es doch eben gesagt: Ich habe tief und fest geschlafen.«

»Davor, meine ich.«

Mit vom Koffein zittrigen Fingern rückte Mathis ein paar lederne Lesezeichen in der Auslage zurecht, während er darüber nachdachte. »Nein, tut mir leid. Ich habe mit meiner Runde bei Alfs Backstube angefangen und mich dann langsam bis zur Bühne auf der anderen Seite durchgearbeitet. Alles war ruhig, mir war kalt, und ich war schrecklich müde ... also bin ich zurückgegangen, habe vorsichtig die Abdeckplane an einer Seite des Kürschnerstandes aufgeschnürt und wollte mir ein paar dicke Felle ausborgen. Damit wollte ich mich hinten auf die Bühne setzen und ein wenig ausruhen. Ich hätte sie am nächsten Tag natürlich zurückgelegt, aber so weit bin ich mit meinem Plan gar nicht gekommen. In der kleinen Bude war alles so warm und weich. Ich glaube, ich bin schon im Halbschlaf einfach zwischen die Pelze gekrochen und erst bei Morgengrauen wieder aufgewacht.« Er seufzte resigniert. »Das ist alles, was ich dir sagen kann.«

Nachdenklich drehte Isa eine Stange roten Siegellack in den Händen. Das war zwar tatsächlich eine seltsame Geschichte, doch nach einer Mär vom Schreiberling im Pelz hatte sie nicht gesucht. Die Ballade vom Mörder in der Dunkelheit hätte ihr weit mehr geholfen.

Vielleicht spiegelte ihr Gesichtsausdruck den düsteren Verdacht wider, den sie in Bezug auf das Ableben des Schankwirts hegte. Mathis wurde jedenfalls neugierig. »Warum fragst du überhaupt danach? Die Polizei sagte doch, dass es ein Unfall war.«

Dem armen Kerl noch weitere schlaflose Nächte zu bereiten, war das Letzte, was Isa wollte. »Stimmt, das haben die Leute von der Kripo gesagt. Ein Unfall.« Sie schenkte ihm ein aufmunterndes Lächeln, und die Glöckchen an ihrem Rock klingelten, als sie sich erhob. »Mach dir keine Sorgen, Mathis. Und schlaf mal ein bisschen.«

Er hob in verzweifelter Resignation die Hände. »Wie denn? Die Zwillinge bekommen gerade ihre ersten Zähne, und ich schwöre dir, die beiden haben das Organ ihres Vaters geerbt. Der ist Dachdeckergeselle und brüllt ständig von irgendwelchen Gerüsten herunter.«

»Ich denke, für das Problem habe ich möglicherweise die Lösung.« Mit Schwung holte Isa ein kleines Päckchen aus den Tiefen ihres grünen Mantels und drückte es dem überraschten Schreiber in die Hand. Es war in das schlichte braune Packpapier gehüllt, das auf dem

Markt zum Einwickeln benutzt wurde, und obendrauf krönten ein paar Tannen- und Stechpalmenzweige eine Schleife aus Bast.

»Was ist das denn?«, fragte Mathis erstaunt.

Isa grinste ihn an und gab ihm ein Küsschen auf die Wange. »Geräusch unterdrückende Kopfhörer. Fröhliche Weihnachten.«

Da Marek den ganzen Tag lang Vorlesungen in der Uni hatte, vermied es Isa ganz bewusst, sich in die Nähe der Apfelküchlein-Bäckerei zu begeben. Sie hatte keine Lust auf eine weitere Diskussion mit dem besserwisserischen Napoleon der Obst-Kringel.

Obwohl es ihr unter den Nägeln brannte, weitere Ermittlungen anzustellen, wartete zuerst einmal Arbeit für die Band auf sie. Also bog sie am Holzkarussell ab und nahm den Weg an der Schmiede und Tells Filzerei vorbei zur Bühne. Während Isa mit Lena auf den knarrenden Bohlen der Holzbühne herumlief und an der hinteren Wand, die aus einem großen gelben Leinentuch mit dem Logo von »Handwerk Kram & Gaukelspil e. V.« bestand, das verschnörkelte Banner mit ihrem Bandnamen für den nächsten Auftritt befestigte, blieb ihr Blick bei Bernd Wischnewski hängen. Schon vor Tagen hatte das Loch in der Außenwand seines Marktstandes, das nur notdürftig hinter zwei gekreuzten Latten verborgen war, für Gesprächsstoff gesorgt. Auch wenn der Schaden nicht besonders schlimm aussah, hatte ihn Meyster Nervensäge offenbar absichtlich so lange nicht repariert, damit ihm genügend Zeit blieb, vor Publikum über sein schlimmes Schicksal zu jammern. Nun aber hämmerte er mit großen Gesten, die keinen Zweifel daran ließen, dass ihm diese Arbeit mehr als zuwider war, an der Außenwand seiner kleinen Bude herum.

An der Kasserolle mit dem Bratfett entdeckte Isa zu ihrer Überraschung Ollis ehemalige Aushilfe Bianca. Vielleicht hatte Bernds unerschütterlicher Glaube an die Perfektion seiner eigenen Fähigkeiten ihn ja dazu genötigt, in Mareks Abwesenheit nach jemand anderem zu suchen, der die Kunden bediente, weil er selbst der Einzige war, der auf die einzig richtige Art und Weise eine Handvoll Nägel in ein paar Bretter schlagen konnte. Dass seine Wahl auf Bianca gefallen war, die nach Ollis Tod ohne Job dastand, war allerdings verblüffend. Damit hatte Wischnewski einem fühlenden Wesen doch tatsächlich einen Gefallen getan. Vielleicht sollte ich ihn darauf aufmerksam machen, dachte Isa. Dann verpufft Bernd womöglich wie ein Vampir im Sonnenlicht.

Zwischen ihrem Auftritt mit der Band und der kleinen Jonglage, die sie für einen Kindergeburtstag zum Besten geben sollte, widmete sich Isa ausgiebig der Ermittlungsarbeit – oder, wie Valentin es ausdrückte, »der Befriedigung ihrer fast schon pathologischen Neugierde«. Die grüne Fee ignorierte seinen gut gemeinten Spott und kaufte sich stattdessen eine Portion Reis mit Gemüse und scharfer Sauce, der in Kohlblättern anstatt auf Tellern serviert wurde. Zwar kannte sie keinen einzigen historischen Krimi, dessen Handlung entfernt zum Tathergang oder zu den Bedingungen auf einem

Mittelaltermarkt gepasst hätte, doch dafür wusste sie, wie sich ein guter, moderner Detektiv (nun ja, zumindest relativ modern) seine Informationen beschaffte. Oft schon hatte sich in ihrer Fantasie oder auf einer Leinwand der hartgesottene Ermittler in Schlapphut und Trenchcoat an die Theke der Bar gelehnt und einen Geldschein durch eine Bierlache geschoben. Der Barkeeper hatte diesen stets unauffällig in die Tasche gesteckt und, während er weiter ein völlig sauberes Glas polierte, gesungen wie eine Operndiva.

Die Touristen waren freigiebig gewesen, als Kevin nach dem Auftritt von Manus Furis mit Valentins Hut herumgegangen war. Außerdem hatte sie das Mittagessen vom Markt nur die Hälfte gekostet, weil sie als Darstellerin preisliche Vorteile genoss. Deshalb beschloss Isa, die ihr bekannte kriminalistische Methodik der goldenen Zwanziger einfach mal auszuprobieren. Nur eben auf Mittelalter-Art.

»Und? Wie ist es gelaufen?« Alex stützte sich lässig auf sein Breitschwert, während er zusah, wie Isa ihre Filzbälle und eine Handvoll blanker Silberlinge in ihrer Umhängetasche verstaute. Das Geld der Eltern im Publikum, die dem Quengeln der kleinen Geburtstagsgäste einfach nicht hatten widerstehen können, rettete die grüne Fee vor dem baldigen Ruin.

Statt zu antworten, deutete sie mit einem Nicken auf seinen Hemdkragen. »Richard Löwenherz hat angerufen. Er will seinen Lippenstift wiederhaben.«

»Ups.« Alex grinste und rieb den rosa Fleck vom Leinen. Ablenken ließ er sich allerdings nicht. »Also, Lady

Holmes? Lena hat mir vorhin erzählt, dass du dich neuerdings als Hobbydetektivin betätigst. Nicht gerade passend zum Genre, wenn ich das mal anmerken darf.«

»Kommt auf die Accessoires an.«

»Stimmt. Wenn du eine eigene Krimiserie hättest, würde sie vermutlich ›Mit Schwert, Charme und Marone‹ heißen.«

Sie lachten. Isa ließ ihre Tasche wieder unter den Umhang gleiten. »Sagen wir, ich bin heute nicht so weit gekommen, wie ich gehofft hatte.«

Tatsächlich hatte sie nicht das Geringste herausgefunden. Nacheinander war sie bei allen Ständen gewesen, die unmittelbar neben Olivers kleiner Schenke standen – namentlich eine Schreinerei, das Zelt mit den Hornwaren und die Riemenschneiderei – und hatte die Inhaber nach irgendwelchen auffälligen Ereignissen innerhalb der letzten Tage gefragt. Seitdem war sie zwar stolze Besitzerin einer Schöpfkelle aus Olivenholz, eines Trinkhorns und eines schicken grünen Gürtels, aber Informationen hatte sie leider keine bekommen.

»Und was willst du jetzt unternehmen?«, fragte Alex, nachdem sie ihm die Lage geschildert hatte.

Argwöhnisch zog Isa die Augenbrauen hoch. »Warte. Heißt das etwa, du glaubst auch, dass Olli ermordet wurde?«

Er zuckte mit den Schultern. »Warum nicht? Die Kleine mit dem rosa Lippenstift hat mich vor zehn Minuten abserviert. Da kann ich auch auf Mörderfang gehen.«

»Schön zu hören, dass du in deinem Leben endlich Prioritäten setzt.«

Alex grinste süffisant und lehnte sich rücklings an den Holzpfosten eines Marktstandes. »Also, wie kann ich dir helfen?«

Die grüne Fee verschränkte nachdenklich die Arme vor der Brust. »Na ja, Zeugen konnte ich keine auftreiben, wie gesagt. Da bleiben nur noch die Verdächtigen übrig. Die Leute, von denen wir wissen, dass sie ein gutes Motiv gehabt hätten, Olli umzubringen.«

Beinahe gleichzeitig drehten sich Alex und Isa zur letzten Taverne des Marktes um. Maria Drömer, eingehüllt in ein Wollkleid und mit der freundlichen Miene eines Gremlins in der Badewanne, bediente gerade an der Theke.

»HASILEIN! Wir brauchen mehr Wikingerblut!!!«, rief sie über die Schulter hinweg, woraufhin Adam Drömer, dessen erklärtes Lebensmotto »Tod durch Farbe« zu sein schien, mit wehendem, pflaumenblauem Umhang ins Vorratslager galoppierte. Den amerikanischen Touristen zugewandt, die auf ihre Getränke warteten, setzte Maria wiederum ihr Standard-Lächeln auf, das Isa jedes Mal unwillkürlich einen Schritt zurücktreten ließ. So lächelten nur Vampire vor dem ersten Biss und Volksmusikanten vor dem nächsten großen Auftritt.

»Thank you, Mylords and Myladies, here you have your drinks. That, äh, that makes eighteen silverlings, please ...«

Alex pfiff leise durch die Zähne. »Wow. Die Frage ist nicht, wer Katz umgebracht hat, sondern wieso die noch niemand mit einem Englischlexikon erschlagen hat.«

Isa stieß ihm den Ellbogen in die Rippen. »Sei nicht so fies, das ist eine ernste Angelegenheit.«

»HASENSCHNÄUZCHEN! Das Wikingerblut!«

»Okay, du hast recht.«

Mit den hochgezogenen Augenbrauen und der lässigen Strähne in der Stirn sah Alex fast so aus wie sonst, wenn er vor Mädchen so tat, als hätte er vor dem Frühstück schon gegen eine Kompanie Engländer gekämpft. Anscheinend war das seine Interpretation eines echten Ermittler-Blicks. »Und? Wie gehen wir vor?«

»Keine Ahnung. Vielleicht ›Guter Gaukler, böser Gaukler‹? Oder wir besorgen uns Daumenschrauben und foltern es aus ihnen heraus?«

»Jetzt bist du aber die Fiese.«

Isa rollte mit den Augen. »Komm mit und versuch einfach, bedrohlich auszusehen.«

»Sehr wohl, Mylady.«

Hinter den schnatternden Amerikanern, die sich mit dampfenden Tonkelchen in den Händen auf die Suche nach einem Plätzchen zum Trinken machten, gelangte Isa an den Tresen. Einer plötzlichen Eingebung folgend, holte sie ihr neues Trinkhorn hervor und hielt es Maria Drömer unter die Nase. »Hättest du was Warmes für ein paar arme Spielleute?«

Marias nachgemalte Augenbrauen hoben sich missbilligend bis an den Rand ihres Stirnbands. »Na, sieh mal einer an. Jetzt, wo Katz den Löffel abgegeben hat, habt ihr wohl keine Wahl mehr, als bei uns zu kaufen, was?«

»Maria, du schätzt uns falsch ein.« Isa stupste Alex unauffällig in die Seite, worauf dieser ebenfalls sein

Trinkhorn vom Gürtel löste und auf das feuchte Holz der Theke legte. »Niemand von uns hat je behauptet, dass euer Met nicht gut wäre.«

»Hmmpf.« Ihr ungläubiges Schnauben erinnerte an ein angriffslustiges Nilpferd mit Atemwegsbeschwerden. Ohne ein weiteres Wort griff sie nach den Hörnern und füllte beide mit heißem Honigwein, der dampfend aus einem Holzfass floss.

Bevor sie weiterredete, nahm Isa einen tiefen Schluck. Das Getränk war ein wenig herber, als sie es gewöhnt war, aber trotzdem lecker. »Wie ich sehe, läuft der Laden hier richtig rund«, stellte sie fest und sah zu, wie die Ältere zwei Becher Glühwein an ein gewandetes Pärchen verkaufte. »So gesehen ist Ollis Tod ja ein richtiger Glücksfall für euch.«

Maria hielt mitten in der Bewegung inne und starrte die junge Spielfrau an. Entschlossen warf sie den Lappen beiseite, mit dem sie einen gespülten Krug auswischen wollte, und beugte sich über den Tresen. »Was soll das heißen?«, zischte sie wütend.

Isa merkte, wie Alex hinter ihr unwillkürlich einen Schritt zurückwich. »Das soll heißen, dass du und Adam ein richtig gutes Motiv gehabt hättet, Olli umzubringen.«

»Hast du diese Dreadlocks auch in den Ohren? Die Polizei hat gesagt, es war ein Unfall!«

»So was lässt sich ganz leicht inszenieren«, wandte Alex ein und verschränkte bestimmend die Arme vor der breiten Brust.

Neben ihm flog die Seitenplane der kleinen Taverne auf und Adam Drömer erschien, unter dem Arm ein

Fässchen mit Kirschmet und augenscheinlich nicht besonders erheitert. »Habe ich gerade richtig gehört? Ihr beide werft mir und meiner Frau allen Ernstes vor, diesen Suffkopp um die Ecke gebracht zu haben?« Mit zornigem Schwung knallte er das volle Fass neben das leere. »Katz hat seit Jahren an seiner Rolle als Alkoholleiche gearbeitet – jetzt hat er mit Bravour das große Finale absolviert. Basta. Ihr beide habt eindeutig zu viele Krimis gelesen.«

»Fein.« Isa hatte nicht vor, sich so einfach abwimmeln zu lassen. »Wenn Olli tatsächlich irgendwie selbst im Pranger stecken geblieben ist und ich einfach nur spinne, dann macht es euch doch sicher nichts aus, uns zu verraten, was ihr in der besagten Nacht so gemacht habt, oder?« Sie beugte sich vor und lächelte zuckersüß. »Im Krimi nennt man das ein Alibi.«

Maria lachte übertrieben laut über ihre Bemerkung, weil ihre Kunden einen Teil des Gesprächs aufgeschnappt hatten und mit skeptischen Gesichtern ihre Getränke entgegennahmen. »Das ist Geschäftsschädigung!«, fauchte sie, als die Gruppe außer Hörweite war. »Ihr seid genauso schlimm wie dieser versoffene, tote Idiot!«

»Das Alibi, Maria.« Alex stützte sich mit den Ellbogen lässig auf den Tresen. »Es könnte sonst sein, dass ihr uns in der nächsten Zeit nicht loswerdet.«

Adams Gesichtsfarbe biss sich fürchterlich mit dem Pflaumenblau seines Umhangs. Das Barett auf seinem Kopf hingegen sah aus, als würde es gleich in die Luft fliegen wie ein Sektkorken. »Ich war die ganze Nacht auf und habe in unserem Wohnmobil die Buchhaltung gemacht«, presste er zwischen zusammengebissenen Zähnen hervor. »Meine Frau lag im Bett und hat geschlafen.«

Keine so gute Geschichte, wie Isa erwartet hatte. »Also deckt ihr euch beide gegenseitig?«

Die Schankwirtin beugte sich so weit nach vorne, wie es irgend ging, ohne Isa die Nase abzubeißen. »Jetzt hör gut zu, mein Fräulein. Mein Mann hat sich an besagtem Abend um den Papierkram gekümmert und dabei die Wiederholung von ›Der kleine Lord‹ geguckt, hast du das verstanden? Ich bin früh ins Bett gegangen, aber bevor du jetzt anmerkst, dass er sich danach ja hätte rausschleichen können: Das hätte ich bemerkt. Ich habe einen sehr leichten Schlaf.« Ihr Atem kondensierte vor ihrem Gesicht in weißen Wölkchen. »Und nun verschwindet ihr besser, bevor ich Richard rufe und ihn bitte, nächstes Jahr lieber ein Streichquartett zu engagieren.«

Bevor sie etwas darauf erwidern konnte, packte Alex Isa am Arm und zog sie weg, bevor Maria noch Feuer speien konnte.

Die beiden Spielleute schoben sich durch die schwatzenden Besucher und suchten Zuflucht neben der Garbräterei, wo die Verkäufer Räuberspieße und andere deftige Köstlichkeiten verkauften. Lärm und Gewimmel waren dort besonders dicht, und so konnte die grüne Fee ungehört aussprechen, was sie dachte. »Wenn das stimmt, was Adam und Maria erzählt haben, bin ich Rudolph das Rentier. Ich meine, ›Der kleine Lord‹. Ernsthaft?«

Alex studierte mit einem Stirnrunzeln das Fernsehprogramm auf seinem Handy. »Also, wie es aussieht, kam an dem Abend tatsächlich um kurz nach Mitternacht eine Wiederholung ... Was nicht heißen soll, dass sie die Wahrheit gesagt haben. Ich würde das Maria nur nicht so direkt ins Gesicht sagen. Nicht ohne Plattenrüstung und Stahlhelm.«

Isa schauderte ein wenig. »Mit diesem Blick hätte sie ihre Initialen auf den Arsch einer Kuh brennen können.«

»Die Mutter Oberin an meiner Schule hat genauso geguckt, als sie mich mal nach der Lateinstunde mit einer der Novizinnen im Schlafsaal erwischt hat.«

»Moment. Du warst auf einer Klosterschule?« Seine beiläufige Bemerkung warf Isas Gedankengänge durcheinander. »Du?«

Der junge Mann mit den langen Haaren und dem knielangen Kilt grinste und zuckte mit den Schultern. »Jede Legende hat ihren Anfang.«

»Dein Anfang würde zumindest einiges erklären.«

Durch die Lücken in der sich ständig bewegenden Menschenmenge konnte sie noch immer das Ehepaar Drömer erkennen, das in der kleinen Taverne Honigwein ausschenkte. Die Tatsache, dass ihr Alibi so hohl wie eine Christbaumkugel war, ärgerte Isa am meisten. Sie wusste einfach, dass die beiden logen, doch da sie keine Polizistin war, konnte sie es weder überprüfen noch zog das Ganze irgendwelche Konsequenzen nach sich. Die grüne Fee von Absinth stand mit nichts anderem da als ihrem guten Willen, ihrer großen Klappe und einem Klosterschüler mit Spätschäden.

Der womöglich rettende Gedanke schlug so plötzlich in ihrem Bewusstsein ein wie ein spontan geschwungener Streitkolben.

»Hey, wo willst du hin?«, rief Alex hinter ihr her, als sie sich in Bewegung setzte und dabei immer schneller wurde. Mit seinen langen Beinen trabte er hinter ihr her und holte sie nach wenigen Metern ein.

Isa schnitt eine Grimasse, denn das, was sie vorhatte, behagte ihr überhaupt nicht. Doch sie musste es einfach wissen. »Ich besorge mir eine Plattenrüstung und einen Stahlhelm, wie du gesagt hast. Und dann werde ich die Wahrheit herausfinden.«

Kapitel 6

Kennst du diese Foltermethode mit der Ratte, die dir in einem glühenden Eimer vor die Brust gehängt wird und versucht, sich durch deinen Körper von der Hitze weg ins Freie zu nagen?«

Die grüne Fee hatte gewusst, dass es unangenehm werden würde. Dass der Weg zu dem, was sie wollte, todsicher mit fürchterlichen Schmeicheleien und einem Hofknicks verbunden sein würde, der tiefer ging als das Niveau besoffener Jugendlicher in der S-Bahn. Eigentlich war sie dazu bereit gewesen, ein bisschen von ihrem Stolz herunterzuschlucken, um an die Beweise zu kommen, die sie brauchte.

Aber das ... das war zu viel.

»Darüber habe ich mal was gelesen, glaube ich. Wieso?«

Isa biss sich auf die Lippe. »Im Gegensatz zu dem, was ich in der letzten halben Stunde gemacht habe, ist das bestimmt eine echt hübsche Freizeitbeschäftigung.«

Auf dem Weg zu Wischnewksis wieder instand gesetzter Apfelkringel-Bäckerei hatte sie sich die ganze

Zeit gefragt, ob sie Bernd die Tage zuvor genauso Kontra gegeben hätte, wenn sie gewusst hätte, dass sie ihn danach um einen Gefallen bitten musste. Wahrscheinlich schon. Allerdings verwandelte die Aussicht auf seine Reaktion das vormals süße Honigbrot ihres rhetorischen Triumphs in eine gammelige Schüssel Labskaus.

Und Meyster Hubertus Pestbeule enttäuschte sie nicht. Er sorgte nicht nur dafür, dass Isa einen ordentlichen Bissen von dem Labskaus nahm, sondern rieb ihr die Pampe auch noch genüsslich ins Gesicht.

»Es geschehen also doch tatsächlich noch Zeichen und Wunder. Da kommt das kleine Fräulein von Absinth, das Spielweib mit der großen Klappe, das mich sonst mit Freuden beleidigt und beschimpft, auf Knien zu mir hingekrochen und bettelt ...«

»Ich knie und bettele nicht, Bernd. Ich stehe auf meinen Füßen und frage dich ganz einfach.«

»... auf den Knien angekrochen und bettelt mich um einen Gefallen an. Nondum omnium dierum sol occidit!« Er grinste wie ein fetter Kater, der weiß, dass sein Frauchen endlich die tote Ratte in ihrem Schuh gefunden hat. »Es ist doch noch nicht aller Tage Abend.«

Isa hatte sich vorsorglich einen ihrer alten Jonglierbälle aus Gummi in die Tasche gesteckt. Den quetschte sie nun zur Beruhigung in der Faust zusammen, damit sie dasselbe nicht mit der Kehle ihres Gegenübers tun musste. »Ich weiß, wir haben kein gutes Verhältnis zueinander, aber es ist wirklich sehr wichtig.«

»Und wofür genau solltest du die Aufnahmen meiner Überwachungskamera brauchen? Nicht dass ich sie dir geben würde – ich weiß einfach gerne, was ich den Leuten abschlage, wenn sie mich grundlos mit ihren Problemen belästigen.«

Stirb, kleiner Gummiball. Stirb, dachte Isa bei sich. »Du hast dein Wohnmobil am Walter-Mundorf-Stadion dieses Jahr genau neben dem der Drömers abgestellt«, sagte sie stattdessen laut. »Auf dem Video müsste zu sehen sein, ob sie in der Nacht, in der Olli Katz ermordet wurde, wirklich beide die ganze Zeit dort waren oder nicht.«

Zugegeben, Isa hatte Wischnewski sehr selten lachend erlebt. Doch das machte den Umstand, dass er es in diesem Augenblick tat, nicht gerade besser. Vor allem, weil er sie auslachte.

»Die Gauklerin betätigt sich also als Detektivin!« Atemlos wischte er sich eine Lachträne aus dem Augenwinkel, bevor sie auf die frisch geschnittenen Apfelscheiben fallen konnte. »Das ist ja noch besser, als ich dachte. Ein alter Säufer kratzt ab, und die große Isa Bocholt zaubert eine Lupe aus einem Dudelsack hervor und fasst den Mörder! Mit der Nummer solltest du mal auf die Bühne gehen. Das würde sich im Gegensatz zu dem Unsinn, den ihr Spielleute sonst da oben fabriziert, wirklich lohnen.«

Isa verdiente ihr Geld mit dem Lachen anderer Leute, aber nicht, wenn es derart auf ihre Kosten ging. Bernds kleine Schweinsäuglein funkelten sie mit solch diebischer Freude an, dass ihre Selbstbeherrschung zusammenschrumpfte wie ein Schokokuss unter einem Mühlstein. Irgendwie musste sie an dieses Überwachungsvideo herankommen, sonst konnte sie sich ihre

Recherchen in die Haare schmieren. Aber nicht so. Nicht mal der heilige Gral und ein Jahresvorrat Schokolade hätten das aufgewogen.

Das Problem beschäftigte sie eine halbe Stunde nach dem Gespräch noch so sehr, dass sie kaum merkte, wie sich der Platz vor der Bühne allmählich füllte. Sie und der Rest der Band standen halb hinter der großen Leinenplane, die als Rückwand des Holzpodestes diente, und bereiteten sich auf den nächsten Auftritt vor.

Vor einigen Jahren, als sie das erste Mal einen Fuß auf weihnachtlichen Siegburger Boden setzte, hatte die grüne Fee sich sofort in das abendliche Treiben auf dem Mittelaltermarkt verliebt. Es waren dieselbe Stadt, derselbe Markt und dieselben Verkaufsstände wie am Tag, doch trotzdem wirkte alles ganz anders. Sobald die Sonne hinter den Häusern versank, erschienen Hunderte von Kerzenflammen in der aufkommenden Dunkelheit, eine nach der anderen. Die Marktleute entzündeten Teelichter aus Talg und Bienenwachs und stellten sie in Laternen, die aus Holz und hauchdünnen Hornplatten hergestellt wurden. Einige Budenbesitzer steckten kleine Fackeln in gusseiserne Halterungen. All die orangefarbenen und gelben Lichter sandten trudelnde Funken in den schwarzen Himmel und erfüllten die Luft mit würzigem Rauch.

Während er probeweise in seinen Dudelsack blies und die grüne Fee ein paar kleine Fackeln vorbereitete, mit denen sie nach Sonnenuntergang jonglierte und rote Kreise zwischen die Sterne zeichnete, ließ Alex sich von Isas desaströser Friedensverhandlung in allen Einzelheiten berichten.

»Und er hat einfach abgelehnt? Also zugegeben, es verwundert mich nicht. Ich bin nur ein bisschen überrascht, dass er nicht versucht hat, dich zu erpressen oder so.«

»Oh, er hat es versucht. Mehrfach sogar.«

Als die junge Gauklerin schon fast so weit gewesen war, mit erhobenem Mittelfinger den Rückzug anzutreten, hatte Wischnewski die Miene eines Mannes aufgesetzt, der einem von Haien umzingelten Nichtschwimmer in Gönnerlaune eine Schwimmnudel zuwirft.

»Unter gewissen Umständen könnte ich es mir allerdings vielleicht noch einmal durch den Kopf gehen lassen, ob ich dir die Aufnahmen nicht doch für eine Weile überlasse. Bald ist schließlich Weihnachten, und ich bin ja kein Unmensch.«

Isa unterdrückte ein entnervtes Seufzen. »Was für Bedingungen?«

»Du und deine verlauste Sängerbande, ihr feiert ab sofort keine Trinkgelage mehr nach Feierabend auf dem Marktgelände. Das übt einen schlechten Einfluss auf alle aus, die mit euch in Kontakt stehen. Keiner von euch taucht mehr mit nicht authentischen Nahrungsmitteln auf, solange auch nur ein Einziger unserer Besucher euch damit sehen kann. Außerdem wäre es mehr als wünschenswert, wenn ihr bei euren Auftritten kurz auf mein Warenangebot und die hervorragende Qualität meiner Apfelkringel hinweisen würdet – einmal pro Konzert genügt, denke ich. Und ihr müsstet ein wenig leiser spielen. Von diesem Getrommel kriege ich Kopfschmerzen.«

»Was, das ist alles? Was ist mit Weltfrieden? Oder soll ich vielleicht noch das Bernsteinzimmer für dich finden?«

An diesem Punkt war die Diskussion zugegebenermaßen ein bisschen aus dem Ruder gelaufen. Wenigstens achtete Bernd auch bei seinen Beschimpfungen stets auf ein Mindestmaß an Authentizität, sodass er sie zumindest verstand, als sie ihn zum guten Schluss als ignorante Hofschranze bezeichnete und wütend von dannen zog.

»Fakt ist also, dass ich die Aufnahmen nicht bekomme und so auch nicht rausfinden kann, ob die Drömers in ihrem Wohnwagen waren oder nicht.« Isa präparierte ihre drei Fackeln vorsichtig mit nach Kiefern duftendem Lampenöl und ließ die überschüssige Flüssigkeit in einen Eimer tropfen. Nach einem fröhlichen Fackeltanz war ihr allerdings nicht gerade zumute.

Alex schob die Hand unter den Kragen seiner Lammfellweste und kratzte sich nachdenklich am Hals. Obwohl er sich im Jahr davor gegen Ende der Zeit in Siegburg beinahe eine Lungenentzündung eingehandelt hätte, trug er in der abendlichen Eiseskälte ansonsten nur wieder ein Leinenhemd und seinen Kilt. »Vielleicht ist es besser so.«

»Was meinst du damit?«

»Na ja, vielleicht hat dieser Musterpolizist ja doch recht und Olli hat sein letztes Glas allein …«

»Verdammte Scheiße!«

Der Fluch aus der Dunkelheit ließ Isa und Alex erschrocken herumfahren. Hinter ihnen, durch die Rückwand der Bühne abgeschirmt vor neugierigen Blicken und flankiert von Lena und Kevin, die aussahen, als wäre ihnen ein Schlossgespenst erschienen, stand Valentin und starrte in den Instrumentenkoffer, in dem er seine Laute herumzutragen pflegte. Das Entsetzen war ihm ins Gesicht geschrieben. »Wer zum Teufel war das?«

Erst als sie näherkam, wurde Isa klar, was Graf Galgenstrick so aus der Fassung gebracht hatte.

In dem Koffer befand sich kein mittelalterliches Zupfinstrument mehr, sondern Kleinholz. Das flackernde Licht der umliegenden Feuer warf Schatten auf Bruchstücke dessen, was einmal ein Klangkörper gewesen war. Durchtrennte Saiten kringelten sich wie Haarlocken über lange Holzsplitter.

Dass die Axt, mit der Valentins Laute zerstört worden war, noch zwischen den Trümmerteilen lag, machte den Anblick nur umso verstörender.

Kevin griff vorsichtig in den Koffer und zog das kleine Beil heraus. Seit Langem hatte Isa ihn nicht mehr so ernst erlebt. »Massenware.« Er hielt seinen Freunden das Werkzeug hin, damit sie es genauer betrachten konnten. »Das Modell gibt's in fast jedem Online-Versandhandel. Die könnte jeder da reingelegt haben.«

Eine ganze Weile sagte niemand etwas. Völliges Schweigen bedeutete nichts Gutes bei einer Gruppe von fünf Menschen, die auf Bühnen spielten, weil sie sich selbst gern reden hörten.

»Können wir unser Programm für den Auftritt noch anpassen?«, fragte Isa schließlich leise.

Valentin sah aus, als ob er geschlagen worden wäre. »Ich hab noch eine zweite Laute. Unten in der Umkleide.«

»Dann hol sie. Wir wollen die Leute nicht warten lassen.« Das war die erste Regel, die man lernte, wenn man sich in Schnabelschuhen und bunten Mänteln auf eine Marktbühne stellte. Dieselbe Regel galt für jede andere Vorstellung in jedem anderen Metier: *The show must go on*. Egal, ob mit einer beginnenden Grippe, bei arktischen Temperaturen oder trotz eines kaputten Lieblingsinstruments.

Als Valentin sich im Laufschritt Richtung Museum entfernt hatte, verschränkte Lena die Arme vor der Brust. »Das ist nicht mehr witzig.«

»War es schon vorher nicht. Mit diesem Artikel über den Markt in der Zeitung hat es angefangen, erinnert ihr euch? Dann der Einbruch bei Wischnewski. Nur ein bisschen Vandalismus bei einer unsympathischen Sackpfeife, ja, aber ein Einbruch. Außerdem die Sache mit Tells Stand. Und jetzt das.« Alex schüttelte grimmig den Kopf. »Wer auch immer das tut, fängt langsam an, sich seine Opfer gezielt auszusuchen.«

Kevins Schellenbänder klingelten leise, während er unruhig von einem Bein aufs andere trat. »Aber es gibt doch seit Jahren Leute, die uns nicht leiden können. Und das eigentlich in jeder Stadt, oder? Sie finden uns zu laut, zu seltsam, zu teuer – was auch immer. Und noch nie hat jemand angefangen, heimlich unsere Sachen zu zerstören.«

»Einmal ist immer das erste Mal.«

Isa hatte bis zu diesem Augenblick nichts gesagt. Sie hatte nachgedacht. »Wo hat Valentin die Laute aufbewahrt?«

Die anderen drei sahen sie irritiert an.

»Im Ernst, wo hat er sie aufbewahrt?« Die Frage behagte ihr genauso wenig wie ihren Freunden, doch sie musste gestellt werden. »Hätte irgendjemand, der nicht zum Marktpersonal gehört, in die Umkleide gehen und die Laute kaputt schlagen können?«

Wieder stand Schweigen in der vom Fackelschein durchbrochenen Dunkelheit. Die junge Gauklerin sah in die ernsten Gesichter ihrer Bandkollegen.

Alex war der Erste, der wieder das Wort ergriff. »Das Museum ist an Markttagen normal geöffnet. Jeder Besucher da drin hätte sehen können, wie einer von uns unten durch die Tür geht.« Er lachte, aber es klang nicht besonders fröhlich. »Verdammt, jeder Mensch im ganzen Rhein-Sieg-Kreis hat dich schon mal gesehen, wie du auf den letzten Drücker die Treppe hoch- und runtergerannt bist, Isa.«

Sie musste sich eingestehen, dass er mit dem letzten Punkt recht hatte. »Aber damit ist nicht gesagt, dass derjenige auch wusste, wie er ungesehen am Personal des Museums vorbeikommt. Die passen doch auf, dass niemand einfach da reinmarschiert, unser Zeug klaut und im Internet versteigert.«

»Überleg mal, was du da sagst! Der Gedanke, dass einer von uns Marktleuten was damit zu tun hat, ist doch total bescheuert!«

»Wir sollten uns schleunigst was ausdenken, anstatt uns zu streiten«, unterbrach Lena die beiden schließlich. »Die ganze Lage ist wegen Olivers Tod schon heikel genug.«

Als Isa den Blick von der kaputten Laute hob, entdeckte sie die Feder an Valentins Barett über den Köpfen der die Bühne umgebenden Menschen hin und her wippen. Dann tauchte ziemlich schnell auch Graf Galgenstrick selbst wieder auf, ein neues, dem alten sehr ähnliches Instrument unter dem Arm. »Ein Glück, dass ich sie vorsichtshalber immer gestimmt halte«, stieß er atemlos hervor und kam bei seinen Kollegen zum Stehen. »Alsdann, Brüder und Schwestern. Den Leuten da vorne ist es egal, wer hier wem an den Kragen will oder warum. Liefern wir ihnen also ein gar weihnachtliches Festspiel.«

Um die Bühne herum in das von Fackeln erzeugte Rampenlicht zu treten, war sogar noch seltsamer als an dem Tag nach Olivers Ermordung. Isa hörte, wie die munter schwatzende Menge ihre Anwesenheit bemerkte und die Aufmerksamkeit zunahm. Von dem erhöhten Podest aus hatte sie einen guten Ausblick auf die Familien und Touristen und die wenigen Gewandeten, die von dem bevorstehenden Konzert angezogen wurden. Im Hintergrund hob sich der weiß-rote Turm von Sankt Servatius, der von unten mit Leuchten angestrahlt wurde, vom dunkelblauen Himmel ab. Eigentlich wäre es ein ganz normaler Abend für die Musiker von Manus Furis gewesen, aber ein Mord hatte stattgefunden, und scheinbar war darüber hinaus auch noch eine Verschwörung im Gange. Isa hätte eigentlich frustriert sein müssen, weil sie keine Antworten auf all die offenen Fragen fand. Doch stattdessen ergriff plötzlich ein starkes Glücksgefühl von ihr Besitz. Es war so mächtig, dass sie sich an dem Feuerzeug in ihrer Hand beinahe die Finger verbrannte. Direkt vor ihr, auf dem Weg zurück zu ihrem Verkaufsstand und ständig nach allen Seiten grüßend, wieselte das Puzzleteil vorbei, das sie so dringend suchte.

Ein schrecklich geschwätziges Puzzleteil, ja. Aber genau darauf kam es an.

Als Doris Panthen zu ihr nach oben winkte, grinste Isa breit zurück.

Adam Drömer plauderte mit ein paar seiner Kunden, während er heißen, mit Kirschsaft versetzten Met in Tonkrüge füllte. Dampf wirbelte auf, der an der Feder, die an seinem Barett wippte, winzige Kondenstropfen bildete und schließlich gefror. Es glitzerte fast ein bisschen und verlieh seiner Gewandung noch ein wenig mehr Extravaganz. Als sich der aus dem Holzfass zischende Nebel wieder verzogen hatte, stand plötzlich eine in Grün gekleidete Gestalt an der Theke und lächelte wie ein Krokodil, das gerade seinen Wärter gefressen hat.

Adam zuckte vor Schreck ein wenig zusammen. »Was willst du denn schon wieder hier?«, fragte er unwirsch.

Isa hatte den Effekt mit dem heißen Dampf zwar nicht eingeplant, war aber deshalb umso begeisterter darüber. »Wir wollten noch einmal mit dir und deinem werten Eheweib sprechen.« Hinter ihr traten Alex und Kevin aus dem dunklen Flecken zwischen der Taverne und der angrenzenden Maronenrösterei. Nach dem Dudelsackspieler hatte auch Herr Ludger der Verderbte scheinbar Gefallen an der Detektivarbeit gefunden. Vielleicht war er aber auch nur mitgekommen, weil ihn der Plan, mit dem Isa endlich an ihre Antworten herankommen wollte, ziemlich zum Lachen gebracht hatte.

Adams holde Gemahlin hatte bis zu diesem Augenblick am anderen Ende der Schenke Kunden bedient und erst danach die kleine Gauklerschar bemerkt. Ihre Miene zeigte nicht allzu viel Begeisterung über diesen Besuch. »Was glaubt ihr eigentlich, wer ihr seid? Ein mittelalterliches Inkasso-Kommando?«, fauchte sie und knallte den leeren Tonbecher, den sie in der Hand gehalten hatte, direkt vor Isas Nase auf den Tresen.

Die grüne Fee ließ sich davon nicht einschüchtern. »Schöner Vergleich, aber nein. Alex und ich haben euch beide vor ein paar Stunden etwas gefragt, und wir hätten immer noch gerne eine Antwort darauf.«

»Also, das ist doch ... wisst ihr was, ihr impertinenten Landstreicher? Ich werde jetzt sofort zu Richard gehen und ihm sagen, dass es uns leider unmöglich ist, mit euch zusammen auf einem Markt zu arbeiten. Wollen wir doch mal sehen, wen er eher entbehren kann – einen Haufen Schmierenkomödianten oder die Betreiber der letzten Taverne.«

Eine durstige Gruppe junger Männer näherte sich der Schenke, doch anstatt selbst wieder an die Arbeit zu gehen, winkte Adam nur seiner Aushilfe, die gerade ein neues Fass Met herantrug.

»Wenn ihr nichts zu verbergen habt, könntet ihr uns doch eigentlich ruhig die Wahrheit sagen«, warf Alex ein. »Immerhin würdet ihr dabei helfen, einen Mord aufzuklären.«

»Zum allerletzten Mal: Katz ist bei einem Unfall gestorben, und wir waren in unserem Wohnmobil!« Maria schüttelte bitterböse den Kopf. »Es reicht jetzt, ich gehe zum Büttel. Ihr könnt euch schon mal nach einem anderen Job für die Feiertage umsehen.« Entschlossen kam sie hinter der Theke hervor und stampfte an den drei Spielleuten vorbei.

Isa drehte sich zu ihr um. »Dann solltest du ihm aber auch von Peppi und dem Honigbier erzählen.«

Maria blieb wie angewurzelt stehen. »Was ... was soll das heißen?« Auf einmal ähnelte sie mehr dem Reh und weniger dem Monstertruck, der mit Volldampf darauf zurast.

Isa blickte von ihr zu Adam, der zwischen all dem Pflaumenblau weiß wie eine Kalkwand geworden war.

»Na, ihr erinnert euch doch sicher an Peppi Lauerberg? Der gute Mann betreibt in Troisdorf einen Getränkehandel und ist wohl allgemein bekannt dafür, die besten Geschäfte unter der Theke zu machen. Ich muss gestehen, dass ich davon bisher nicht die geringste Ahnung hatte, aber wie es der Zufall will, macht Peppis Freundin Annabelle – die mittlerweile schon zum zweiten Mal schwanger ist – hier in Siegburg eine Ausbildung zur Friseurin.« Die grüne Fee lächelte. »Doris meint, sie wäre nicht nur eine nette Gesprächspartnerin, sondern könnte auch wundervolle Locken zaubern.«

»Doris? Doris Panthen?« Adam stieß die Frage aus wie eine faule Schnecke.

»Genau, unsere nicht allzu stille Post. Die hat mir erzählt, dass Annabelle zurzeit richtig, richtig glücklich ist. Und wisst ihr auch, warum? Weil ihr lieber Peppi gerade einen Vertrag mit einem gewissen Ehepaar vom Siegburger Mittelaltermarkt abgeschlossen hat. Dabei geht es wohl um die Dauerversorgung mit Bier aus

Tschechien und ein selbst gemischtes Met-Bier, das ganzjährig an die Touristen verkauft werden soll. Das wird nicht nur für Peppi und Annabelle das Geschäft ihres Lebens, sondern bringt auch diesen mysteriösen Tavernenbesitzern einen Riesenhaufen Geld. Denn das Bier kommt nicht auf legalem Weg nach Deutschland, weshalb weder der Zoll noch die Steuer was davon mitkriegen. Ein Umweg, der für alle Beteiligten von finanziellem Vorteil ist, meint Peppi. Und wie könnte so ein Kavaliersdelikt schon den Ruf des ältesten Mittelaltermarktes in Deutschland gefährden?«

Isa wusste, wie man die Aufmerksamkeit eines Publikums gewann. Während die Aushilfe am Ausschank der Drömers langsam aufgrund des wachsenden Ansturms an Kunden zu straucheln begann und sich immer wieder Hilfe suchend nach den beiden Chefs umsah, standen Adam und Maria nur stocksteif da. Ihre Köpfe schienen zu rauchen wie die Scheiterhaufen. »Wenn du Richard das erzählst, dann feuert er uns eiskalt. Dann gibt es keinen einzigen Schankwirt mehr auf diesem Markt.« Adam keuchte fast, als er sprach.

»Oh, ich glaube nicht, dass der Büttel das riskiert. Aber ihr werdet Ärger mit dem Vereinsvorstand kriegen, sobald der Weihnachtsmarkt hier seine Zelte abbricht. Die werden eure Waren und Bücher überprüfen, über eine Kündigung eurer Mitgliedschaft diskutieren. Vielleicht meldet sich ja sogar die Polizei ...«

»Warte, jetzt warte doch mal!« Maria fuchtelte abwehrend mit den Händen und gab Kevin, der neben ihr stand, dabei fast eins auf die Nase. »Hör zu. Niemand von uns muss Richard irgendwas sagen, ja?«

Alex zupfte lässig seinen Kilt zurecht. »Unter zwei Bedingungen. Ihr verzichtet auf die Durchführung eures kleinen Steuer-Tricks und verratet uns jetzt, wo ihr in der Nacht wart, in der Olli Katz ermordet wurde.«

»Zum letzten Mal: Wir waren in unserem Wohnmobil!«

Mag sie tratschen, wie sie will, dachte Isa. Es lohnt sich doch, jemanden wie Doris zu kennen. »Da haben wir leider was anderes gehört. Zufällig hat Irene vom ›Orient-Express‹ in dieser Nacht gegen zehn Uhr mit ihrem Freund per Skype gesprochen, der laut Doris – die übrigens jeden Tag bei Irene Kaffee und Mohnkekse kauft – ein ziemlich stattlicher Handballer ist, drei jüngere Schwestern hat und gerade eine Geschäftsreise nach Sydney unternimmt. Na ja, wie auch immer ... Irene jedenfalls hat durch ihr Wohnwagenfenster gesehen, wie ihr beide eine Viertelstunde nach Beginn ihres Gesprächs euer Wohnmobil verlassen habt.« Sie verschränkte die Arme unter ihrem halb geöffneten Umhang und sah Maria geradewegs in die Augen. »Als sie um circa halb eins ins Bett gegangen ist, wart ihr noch nicht wieder da.«

»In dieser Zeit hättet ihr Katz ohne Probleme zu einem Versöhnungstrunk einladen und ordentlich abfüllen können«, fügte Kevin hinzu.

»Genau. Danach habt ihr ihn zu zweit in den Pranger verfrachtet, vorsorglich ein paar zerbrochene Flaschen neben ihm drapiert und ihn eiskalt erfrieren lassen.«

»Nein!« Adam rang seine Hände in schierer Verzweiflung um ein Geschirrtuch.

Isa spürte, dass sie auf dem richtigen Weg war. Sie trat dicht an den Schankwirt heran und versuchte, ihn mit ihren grünen Augen festzunageln wie einen Schmetterling im Setzkasten. »War es das wert, Freunde? Alles nur wegen ein bisschen Sprühfarbe an der Zeltwand und ein paar blöden Sprüchen? Ich habe Olli gesehen, wie er da so tot und blau gefroren in dem Ding hing. Seine Augen waren offen und haben ins Weite gestarrt wie Kugeln aus geädertem Milchglas. Es war, als würde man von einem Eis am Stiel aus Fleisch angestarrt ...«

»Hör auf damit, Herrgott noch mal!« Maria flüsterte jetzt und sah hektisch von rechts nach links, ob jemand hören konnte, worüber sie sprachen. »Katz war ein versoffener Drecksack und hat mit seinem Met trotzdem mehr Geld verdient als wir, ja. Aber deswegen hätten Adam und ich ihn doch niemals umgebracht, das müsst ihr uns glauben!«

»Dann liefert uns ein beweisbares Alibi! Sagt uns, wo ihr gewesen seid!«

Wieder trafen sich die Blicke des Ehepaares. Und dieses Mal glaubte Isa, in der Mischung aus Angst und Zorn in ihren Gesichtern auch noch etwas anderes zu entdecken.

Eine verräterische Röte.

Maria Drömer, sonst Nudelholz schwingender Drache und eiserne Regentin der Taverne, rang tatsächlich nach Worten. Isa riskierte einen Seitenblick auf ihre Kollegen und sah, dass auch Alex und Kevin offenbar nicht wussten, was sie davon halten sollten. Es war, würde Dracula der Pfähler plötzlich anfangen, Plätzchen zu verteilen.

»Das ... das ist nicht so einfach. Ich meine – wir, wir kennen uns doch jetzt schon so lange, oder?« Die Wirtin grub ihre Klauen in Isas Arm. »Ihr könntet uns doch einfach glauben, wenn wir euch sagen, dass wir Olli nichts getan haben. Dass wir ... woanders waren.«

Die junge Gauklerin schüttelte den Kopf. »Jemand ist gestorben, Maria. Und ihr habt uns schon einmal belogen.«

In diesem Augenblick machte Adam ein Geräusch, als hätte er einen Frosch verschluckt.

Isa und die anderen folgten unwillkürlich seinem Blick. Durchs Fackel- und Laternenlicht kam der schöne Meister Isenhart daher und zählte mit angestrengter Miene Münzen aus einem Lederbeutel ab, während ihm die Umstehenden den Weg zur Schenke freimachten.

»Hallo, Adam.« Lars, dessen nackte Arme in der Eiseskälte nicht einmal die leiseste Gänsehaut zeigten, lächelte freundlich in die Runde. »Einen Met, bitte.«

»Lars!« Wenn Drömers Stimmlage noch höher geschossen wäre, hätten ihn auch die ansässigen Fledermäuse verstanden.

Kevin stieß Isa mit gerunzelter Stirn den Ellbogen in die Seite, doch sie konnte zur Antwort nur mit den Schultern zucken. Auch Marias hektischer Versuch, irgendeine Art von Kontrolle über die Situation an sich zu reißen, war nicht besonders aufschlussreich.

»Lars, wie schön, dass du uns besuchst! Natürlich kriegst du einen Met!« Sie lief wieder hinter die Theke und ließ den blonden Hünen, der immer noch sein Geld in der Hand hielt, überhaupt nicht zu Wort kommen. »Ach, steck das doch weg, heute Abend geht's aufs Haus. Möchtest du sonst noch irgendwas?«

Lars' Mund stand etwas offen, während er versuchte, gedanklich hinterherzukommen. Er erinnerte ein wenig an einen Weihnachtskarpfen auf Anabolika. »Äh, ich, ich glaub ...«

»Nein? Na wunderbar! Hier ist dein Met, du alter Gauner!«

»Stopp. Alle Mann stillgestanden.« Isa hob beide Hände in dem Bedürfnis, dieses Kasperletheater zum Stillstand zu bringen. »Lars«, begann sie dann von Neuem, wurde aber von Adam unterbrochen.

»Was soll das denn jetzt?«, rief er, aber Alex baute sich mit seiner ganzen, nicht gerade schmächtigen Gestalt vor ihm auf und schnalzte beschwichtigend mit der Zunge. »Na na, mein trauter Freund. Es ist unhöflich, Leute zu unterbrechen, die sich unterhalten wollen.«

Isa nickte ihm dankbar zu. »Lars, hilf mir doch mal bitte«, wandte sie sich wieder an den Schmied. »Wo warst du noch gleich in der Nacht, in der Oliver Katz gestorben ist?«

Die stahlgrauen Augen Meister Isenharts verschmolzen mit ihrem Blick wie flüssiger Nordwind, während er nachdachte. »Du meinst, am Samstag?«

»In der Nacht von Samstag auf Sonntag, genau.«

»Das ist doch nicht zu fassen! Verdächtigst du jetzt etwa schon den armen Lars?« Maria schien wieder etwas an Fahrtwind gewonnen zu haben und stemmte herausfordernd die Hände in die Hüften, aber Isa hob nur abschätzig die Augenbrauen. »An deiner Stelle wäre ich leise, Maria. ›Alter Gauner‹? Ernsthaft? So was sagt doch kein Mensch mehr. Es wäre unauffälliger gewesen, wenn du spontan mit einem falschen Schnurrbart das Weite gesucht hättest.«

Der Ausdruck auf Lars' Engelsgesicht wurde immer verwirrter. Er blickte abwechselnd von den Drömers zu den Gauklern und kratzte sich die blonde Mähne. »Was soll das denn alles?« Ohne die Samtstimme hätte er fast wie ein kleiner Junge geklungen, der nicht versteht, warum es keinen Weltfrieden und Bonbons für alle gibt. »Wir waren doch zusammen bei mir.«

»Lüge! Alles Lüge!«, kreischte Maria, doch Adam legte ihr mit blutrot gefärbter, aber resignierter Miene eine Hand auf den Arm. »Lass gut sein, Mausi. Vielleicht ist es ja doch besser, die Katze aus dem Sack zu lassen.«

Der Schmied verstummte überrascht – vermutlich, weil zu viele Tiere im Satz vorkamen. Stattdessen ergriff Isa wieder das Wort. »Okay, ihr habt also den Abend bei Lars verbracht. Was bitte, zum Henker, habt ihr denn dabei so Schreckliches fabriziert, das dieses Theater hier rechtfertigen könnte? Satan gehuldigt und ihm ein kleines Lamm geopfert?«

Bevor noch irgendjemand anders etwas sagen konnte, schien sich Isenhart plötzlich wieder an etwas zu erinnern. Mit einer Stahlpranke griff er in seine Umhängetasche und zog einen im Fackelschein schimmernden Gegenstand hervor. »Hier«, sagte er und hielt ihn Maria mit einem Lächeln hin. »Hattest du bei mir vergessen.«

Alex stieß ein lautes Ächzen aus und grabschte sich das Teil. »Ist nicht wahr!«

»Gib das sofort her!«, krächzte Maria, doch es war zu spät. Das dreckige Grinsen klebte bereits auf dem Gesicht des Spielmanns wie Karamell auf einem Nusstörtchen. Mit beiden Händen hielt er hoch, was Lars da ausgepackt hatte.

Es war ein knapp geschnittener BH aus kleinen Kettenhemd-Ringen.

»Aber hallo ...« Anerkennend pfiff Alex durch die Zähne. »Viking's Secret, Frühjahrskatalog?«

Isa hatte das dumpfe Gefühl, den Mund an diesem Abend einfach nicht mehr zukriegen zu können. »Also, wartet mal. Ihr beide wart nachts stundenlang bei Lars. Niemand durfte was davon erfahren. Und du hast dabei ein bisschen von deiner kampftauglichen Unterwäsche liegen gelassen.« Der Impuls, schallend loszulachen, wurde nur von ihrer Verblüffung im Zaum gehalten. »Soll das heißen, ihr habt ...?«

Beschämtes Nicken.

»Alle drei zusammen?«

Lars warf sich stolz in die Brust.

»In diesem BH?«

Maria wurde krebsrot.

Isa überlegte nicht lange. Sie nahm Alex das Schmuckstück vorsichtig aus der Hand, ging zur Schankwirtin und überreichte es ihr so, dass die Kunden an der Taverne nicht erkennen konnten, um was es sich handelte. Obwohl ihr auf Anhieb etwa zweihundert fiese Sprüche einfielen, mit denen sie die Drömers bis zum Jüngsten Gericht hätte auf die Schippe nehmen können, gestattete sie sich lediglich ein spöttisches Lächeln. »Ich denke, die Sache ist geklärt. Wir lassen euch ab jetzt in Ruhe und alles, was hier und heute besprochen wurde, bleibt unter uns.«

Adam runzelte skeptisch die Stirn. »Meinst du das ernst?«

»Klar. Das glaubt uns sowieso keiner.«

Kapitel 7

Die Stehtische an der großen geschmückten Tanne, die die Stadt Siegburg jedes Jahr zur Weihnachtszeit auf dem Marktplatz aufstellen ließ, waren mehr als gut besucht. Selbst eine Sardine wäre angesichts der Menschenmenge mit einem Freudenschrei zurück in ihre Büchse gesprungen, doch vier junge Freunde hatten es geschafft, einen der Tische für ein konspiratives Treffen zu ergattern. Eine Lage Met dampfte vor ihnen vor sich hin.

Marek nippte nachdenklich an seinem Wikingerblut. Er war erst vor einer halben Stunde von der Uni zurückgekommen und hatte am Siegburger Bahnhof direkt den Weg zum Mittelaltermarkt eingeschlagen. Nun steckte er mit Isa, Alex und Kevin die Köpfe zusammen und ließ sich erzählen, was die drei Spielleute an diesem Abend alles herausgefunden hatten.

»Also haben wir einen toten Säufer, der vielleicht sogar ermordet wurde, und ein betrügerisches Wirts-Pärchen, das nach außen hin das spießige Ehepaar mimt und nachts, wenn alle krummen Geschäfte abgewickelt sind, skurrile Rollenspiele mit dem Dorfschmied spielt.« Der Student strich sich über die unrasierte Wange und schüttelte den Kopf. »Hier geht's ja zu wie im finsteren Mittelalter.«

Alex stibitzte eine heiße Marone von Isa. »Ich wusste nicht mal, dass Menschen, die sich in der Öffentlichkeit mit ›Hasenschnäuzchen‹ anreden, überhaupt über eine Libido verfügen.«

»Tja.« Die grüne Fee kaute nicht nur auf dem von Vroni liebevoll zubereiteten winterlichen Snack herum, sondern auch auf dem immer noch ungelösten Fall. »Die mit den Gartenzwergen im Vorgarten sind immer die Schlimmsten.«

Durch das Stimmengewirr um sie herum hörte sie plötzlich ein dumpfes Piepsen und erkannte, dass sich ihr Handy meldete. Isa musste lächeln, als sie die Nachricht auf dem Display las. Lena hatte es tatsächlich geschafft, ihren Teil der Ballade um den Pfarrer und die Schreinersfrau, die gerade im Begriff waren, eine sehr intime Messe in einer Werkstatt abzuhalten, in Form von zwei Strophen festzuhalten:

Sie waren ganz versunken
in innigstes Gebet,
da plötzlich unser Schreiner
voll Zorn im Zimmer steht!

»Ei Pfaff', dich werd' ich lehren
mein Weibe zu verführ'n!
Drum sollst du auch gleich meine
gar große Säge spür'n!«

Wie passend, dachte Isa. Sie antwortete rasch und wandte sich dann wieder den Jungs zu, die immer noch beim Thema waren.

»... im Ernst, Maria wirkt doch nicht gerade wie Xena, die Kriegerprinzessin.« Kevin schnitt eine Grimasse. »Eher wie Frosty, der Schneemann. In der Grusel-Version.«

Bei diesen Worten verschluckte sich Alex beinahe an seinem Met. Allerdings nicht vor Lachen – hektisch kramte er sein eigenes Handy aus der kleinen Tasche an seinem Kilt und warf einen Blick auf die Uhrzeit. »Mensch, Kevin! Wir müssen los!«

»Was? Wohin?«

»Na, zu den Kriegerprinzessinnen!« Erklärend wandte er sich an die anderen beiden. »Ich hab uns ein Doppeldate mit zwei Mädels klargemacht, die den Markt hier als Steppenkriegerinnen aus dem Lande der Tataren besuchen.«

»Verdammt, die hab ich ja total vergessen.« Kevin stürzte den Inhalt seines Bechers in einem Zug hinunter. Dann strich er sich das Wams glatt und präsentierte sich Isa mit ausgebreiteten Armen. »Wie sehe ich aus?«

»Unwiderstehlich, du wilder Tatar. Vergesst nicht das Adventssingen heute Abend.«

Er knuffte sie spielerisch in die Seite, dann legte er einen Arm um Alex' Schultern. »Wohlan denn, trauter Bruder!«

Die beiden verabschiedeten sich und verschwanden so flink in der Menge der Marktbesucher wie ein Stück Weihnachtsgans in einem unbeaufsichtigten Hundemaul.

»Also bist du dem vermeintlichen Verbrechen des Jahrhunderts noch immer auf der Spur.« Marek grinste ein wenig ob seiner Formulierung. »Trotz ausdrücklichen Verbots von der Polizei.«

Isa ließ sich von seiner Skepsis nicht aus der Reserve locken und steckte sich in aller Ruhe noch eine Marone in den Mund. »Ach was, der Kommissar soll froh sein, wenn ich ihm über die Feiertage ein bisschen Arbeit abnehme. Dabei habe ich selber genug zu tun.«

»Oh ja, das seh ich. Du kommst kaum dazu, mal Luft zu holen.«

Er lachte leise, als sie ihm eine Marone an den Kopf warf. »Willst du auch noch was?«, fragte er dann, schwenkte den letzten Rest in seinem Tonbecher herum und beäugte die Schlange vor der Taverne.

»Klar, gerne. Soll ich mitgehen?«

»Nein nein, lass mal. Zwei Met kann ich durchaus tragen. Außerdem kriegen die Drömers vermutlich einen Nervenzusammenbruch, wenn du ihnen heute noch mal unter die Augen kommst.«

Als er weg war, ließ Isa sich von der Atmosphäre und ihren eigenen Gedanken berieseln – Schnee gab es ja leider keinen. Grübelnd betrachtete sie die gewandeten Leute, die in den Buden ihre Kunden bedienten. Sie lachten, wechselten Scheine gegen Kleingeld oder kontrollierten verstohlen ihre SMS-Eingänge, wenn gerade niemand hinsah. Isa kannte jeden von ihnen beim Namen, selbst die Aushilfen, die aus Siegburg und Umgebung stammten. Manche traf sie auf den verschiedensten Mittelaltermärkten wieder, seit sie überhaupt das erste Mal einen Wollfilzumhang übergeworfen hatte. Nur – wer, wer von ihnen war fähig, einen Mord zu begehen? Eigentlich hielt Isa sich für eine ganz passable Menschenkennerin. Ihr Leben als moderne fahrende Sängerin hatte aber nicht nur ihre Intuition, sondern auch ihre Gewissheit gestärkt, dass man nicht jedem das Wesen von der Nasenspitze ablesen konnte. Mit morbidem Genuss betrachtete sie die Passanten, die zwischen den Marktständen umherbummelten. Vielleicht lächelte der sportliche Blondschopf, der mit seinen Kumpels gerade Filzhüte ausprobierte und dabei Selfies schoss, nur deswegen so, weil er vorhatte, seine Erbtante am Weihnachtsmorgen mit der Heckenschere ... oder er hatte vorhin endlich den nervigen Köter der Nachbarin mit seinem Porsche Cayenne abgepasst. Isa wusste aus eigener Erfahrung, dass in jedem Menschen ein Monster steckte. Die Frage nach der Größe und Dominanz des jeweiligen Monsters hingegen war nicht so einfach zu beantworten.

Erschrocken erwachte sie aus ihrer Grübelei, als ihr jemand von der Seite an die Schulter fasste. »Entschuldige bitte, aber bist du zufällig Waldnymphe93?«

Die Tatsache, dass der junge Mann, der sie angesprochen hatte, fast mit ihr auf Augenhöhe war, verblüffte Isa fast noch mehr als sein aufforderndes Lächeln. »Ich bin's, Hrothgar_Ghoultöter.«

Vor ihr stand wahrlich ein waschechter Krieger. Der langhaarige Brillenträger überragte Isa um hünenhafte drei Zentimeter; seine nackte Brust umhüllte ein Lammfell, wie man es oft in den Kindersitzen echter Barbaren findet. Zu allem Überfluss hatte seine Haut den fahlen Farbton eines jeden Recken, der sich entweder gerade nach seiner ersten Schlacht übergeben hat oder viel zu viel Zeit damit verbringt, im Keller seiner Eltern Online-Spiele zu zocken.

»Oh, tut mir leid. Du musst mich mit jemandem verwechseln.« Mit einem entschuldigenden Lächeln wollte sie sich wieder ihren Maronen zuwenden, doch der Cyber-Krieger ließ sich nicht so schnell abwimmeln. »Aber wir wollten uns beide hier treffen, zur Stunde der sieben Dämonen von Rh'atski. Und jeder sollte etwas Grünes tragen.« Er tat einen Schritt nach hinten und präsentierte einen grünen Kilt, der dem von Alex zwar ziemlich ähnlich sah, dem armen Tropf aber nicht halb so gut stand.

»Na ja, ich trage immer grüne Gewandung ... äh, Hrothgar. Ich arbeite hier auf dem Markt als Gauklerin unter dem Namen ›Die grüne Fee von Absinth‹. Da liegt die Farbwahl nahe.«

»Ach so ...« Der junge Mann stützte sich enttäuscht auf seine Doppelaxt, die sich, als Isa etwas genauer hinsah, als martialisch gestaltete LARP-Waffe aus Kunststoff entpuppte. »Dann bin ich wohl versetzt worden.«

»Oh. Hm. Das passiert jedem mal.« Selbst in ihren eigenen Ohren klang dieser Spruch lahm, doch »Mach dir nichts draus, andere Websites haben auch schöne Mädchen« wäre vermutlich noch schlechter angekommen. Anstelle einer Antwort nickte er allerdings nur bedächtig.

Eine peinliche Pause entstand.

»Kennen wir uns nicht aus dieser kleinen, virtuellen Schenke vor der Eisburg der neun heiligen Tiger???«

Oh oh, dachte Isa. Nicht gut. »Nein, tut mir leid. Ich bin allergisch gegen digitale Katzenhaare.«

Der selbst ernannte Ghoultöter lachte laut. »Der war gut. Du solltest das Spiel im Netz wirklich mal ausprobieren. So jemand wie du würde das Ganze viel interessanter machen. Du könntest mit mir als Assassine auf die Suche nach dem Zauberschwert von König Hurgol gehen – also, es wären noch ein paar andere Typen dabei, aber die sind jetzt nicht sooo wichtig für die Mission ...«

Langsam wusste Isa nicht mehr, was sie sagen sollte. »Wow, das klingt ja wirklich verlockend, aber ich bin nicht so ein großer Fan von Computerspielen.«

»Kann ich dich dann vielleicht zu einem Met einladen? Also jetzt hier, nicht in der Schenke vor der Eisburg ...«

»Kann ich behilflich sein?«

Lautlos fiel Isa ein Felsbrocken vom Herzen, als Marek mit den Getränken wieder auftauchte. »Äh, das ist Marek, der ... der Bezwinger der brennenden Apfelkringel. Marek, das ist Hrothgar_Ghoultöter. Und er wollte auch gerade gehen, sein Date hat ihn offenbar versetzt.« Sie versuchte, höflich zu lächeln und gleichzeitig mit ihrem Blick ein SOS in Richtung ihres Mitbewohners zu morsen.

Mit einem abschätzigen Blick auf den Studenten entschied Conan der Blabar, dass er am heimischen Laptop schon größere Trolle bezwungen hatte. Er rührte sich nicht von der Stelle. »Entschuldige, aber ich hatte der Lady hier schon was zu trinken angeboten.«

Zu Isas Überraschung legte Marek seinen Arm um ihre Schultern und machte sich noch größer, als er es mit seinen eins neunzig ohnehin schon war. »Nichts für ungut, aber sie ist vergeben.«

Sie konnte sich weder bewegen noch etwas sagen, so erstaunt war sie. Hrothgar stutzte, blieb aber bei seiner trotzigen Haltung und legte die Hand auf den Griff seiner Kunststoff-Waffe. »Pah, das kauf ich dir nicht ab. Das ist doch nur so eine besitzergreifende Masche, weil es dir nicht passt, dass ein hübsches Mädchen lieber mit einem Kerl wie mir reden möchte.«

»Keine Masche. Wir feiern sogar heute unseren Jahrestag.«

»Jahrestag! Ha!«, machte Isas Verehrer und warf sich in das Stück Brust, das unter seinem flauschigen Lammfell noch zu sehen war. »So ein Quatsch. Kein Mann merkt sich freiwillig, wann er und seine Freundin Jahrestag haben.«

»Also schön.« Entschlossen knallte Marek seinen Metkrug auf den Tisch, beugte sich runter und küsste Isa auf den Mund. Seine Lippen wirkten wie ein Stromschlag, ihr blieb vor Schreck die Luft weg. Er schmeckte nach warmem flüssigem Honig, und sein Stoppelbart kratzte an ihrer Wange, während Isa wie von selbst reagierte und ihre Arme um seinen Hals schlang.

Dann war der Moment vorbei, und sie lösten sich voneinander. Die grünen und die braunen Augen begegneten sich, und Marek sagte zärtlich: »Alles Gute, Baby.«

»Danke«, antwortete Isa und wunderte sich, dass sie tatsächlich noch in der Lage war, sich verständlich zu artikulieren.

Marek sah den Pseudo-Berserker mit hochgezogenen Brauen an. »Zufrieden?«

Dessen entgeistertes Gesicht sprach Bände. »Tut mir leid, echt ... tut mir leid. Ich, äh, ich – schönen Abend noch.«

Der Ghoultöter gab Fersengeld.

Isas Herz war im freien Fall ins Bodenlose gerutscht. »Danke für die Rettung«, sagte sie und stellte erleichtert fest, dass sich ihre Stimme nicht genauso anhörte, wie sie sich fühlte.

»Kein Problem.« Vielleicht bildete sie es sich wegen des orangefarbenen Lichts der Feuer nur ein, aber Mareks Wangen schienen zu glühen. Er sah sie kurz an, lächelte und griff wieder nach seinem Becher, dessen halber Inhalt langsam als Pfütze auf dem Tisch gefror. Isa folgte seinem Beispiel. Fast gleichzeitig nahmen beide einen tiefen Schluck.

Und schwiegen.

In dieser Nacht zersplitterten Angst und Zweifel das ach so süße Land der Träume. Augen öffneten sich schreckgeweitet.

Atem pulsierte in der Dunkelheit.

Eine Gestalt lag in ihrem Bett und kämpfte gegen das lähmende Gefühl an, das nicht zum ersten Mal seit der Nacht, in der sich der Pranger um Hände und Nacken eines bewusstlosen Mannes geschlossen hatte, von ihr Besitz ergriff.

Eines Mannes?

Nein. Eines Schweins. Grunzend und saufend und lallend und vögelnd. Im Mittelalter hätte der Pöbel mit faulem Kohl und Steinen nach ihm geworfen.

Er hatte bekommen, was er schon all die Jahre verdient hatte.

Die Finsternis um die Gestalt herum blieb trotzdem kalt und lachte sie mit schwarzen Zähnen aus. Was, wenn es jemand herausfand?

Wenn sie *es herausfand?*

Angst kroch erneut unter dem Bett hervor. Das Dokument war immer noch dort. Wer wusste schon, was das Schwein damit gemacht hatte? Eigentlich wäre es nicht weiter wichtig gewesen. Die Kripo stellte keine Fragen mehr. Aber sie hörte einfach nicht auf. Machte den ganzen Markt verrückt.

Plötzlich durchbrach ein Licht mit zartem Strahl die Unnachgiebigkeit der Nacht. Dünn und scharf wie ein Eiszapfen, aber dennoch Licht.

Vielleicht musste sie dazu gezwungen werden, sich nicht mehr mit der Sache zu beschäftigen.

Vielleicht brauchte es einen neuen Plan.

»Du siehst müde aus. Ist irgendwas?«

»Nein, alles okay. Ich hab nur nicht besonders viel geschlafen.«

In Wahrheit fühlte sich Isa, als wäre sie von einem Kreuzzug überrollt worden. Die ganze Nacht lang hatten ihr Kopf und ihre Gefühle Karussell gespielt. Als ein kaum verstecktes Lächeln über Lenas Gesicht huschte, wusste sie, dass zu allem Überfluss auch noch jemand getratscht hatte.

»Liegt das vielleicht an einem gewissen jungen Mann, der dir gestern Abend angeblich seine Zunge in den Hals gesteckt hat?«, fragte die wilde Helena.

»So romantisch, wie du es ausdrückst, war es nun auch wieder nicht.« Isa zog eine Grimasse »Woher weißt du das überhaupt?«

»Vroni hat euch gesehen. Sie hat es Tell erzählt, Tell hat es Valentin erzählt, und der ...«

»... hat es dir erzählt, schon klar. Schafft euch doch ein paar Brieftauben an.«

Lena überging ihren Sarkasmus. »Und?«

»Was und?«

»Wie war's? Was ist passiert? Wie geht's weiter?«

»Oh, wir ziehen nächsten Monat zusammen und heiraten, bevor die Zwillinge zur Welt kommen.«

»Sehr witzig.«

Die beiden Gauklerinnen hatten das Marktgelände kurz zwischen zwei aufeinanderfolgenden Auftritten verlassen und liefen die Bahnhofsstraße hinunter. Lena klagte schon den ganzen Morgen über Halsschmerzen, war aber anscheinend immer noch fit genug, um ihre beste Freundin mit Fragen zu löchern, während sie eine Apotheke suchten. Eigentlich gehörte es zu Isas Lieblingsbeschäftigungen, in voller mittelalterlicher Gewandung in normale Geschäfte zu platzen und irritierte Verkäufer auf die Schippe zu nehmen. Aber jetzt gingen ihre Gedanken immer wieder auf Wanderschaft. Da sie sowieso die ganze Nacht kein Auge zugetan hatte, war sie früher aufgestanden als sonst und hatte sich still und heimlich aus Mareks Wohnung geschlichen. Gleich darauf hatte sie das allerdings auch schon wieder bereut. Wenn sie beide arbeiten mussten, gingen sie morgens immer zusammen von der Augustastraße zum Marktplatz. Dass sie nicht auf ihn gewartet hatte, würde ihm nur zeigen, dass etwas nicht stimmte. Entnervt schob sie diese Gedanken beiseite und versuchte, ihren Verstand dazu zu bringen, sich nicht wie ein Darsteller aus einer Seifenoper zu benehmen.

»Er hat mich nur geküsst, weil so ein schräger kleiner Kerl dachte, ich sei sein Blind Date von *templer-sucht-tussi.de* oder so ähnlich.« Herausfordernd sah sie Lena an. »Mehr nicht.«

»Dafür sollt ihr beide aber ziemlich heftig rangegangen sein.«

»Es musste ja auch überzeugend aussehen.«

»Isa.« Lena zog ihren Schal ein wenig höher und legte so viel Lebensweisheit in ihre heisere Stimme, wie sie nur konnte. »Fakt ist doch, dass du und Marek Koskov beide erwachsene Menschen seid und mindestens noch zwei Wochen lang zusammen in einer Wohnung wohnen werdet. Du musst dich mit ihm auseinandersetzen.«

»Quatsch, ich muss überhaupt nichts. Nur essen, schlafen, auftreten und mich von dir auf dem Weg zur Apotheke zutexten lassen, damit ich nachher ein Hustenbonbon schnorren kann.« Missmutig trat Isa gegen eine leere Getränkedose, die scheppernd bis zur Fassade eines Back-Shops rollte. Der Gedanke, früher oder später an der Apfelkringel-Bäckerei vorbeigehen zu müssen, bereitete ihr Bauchschmerzen.

»Und auswandern muss ich vermutlich auch«, grummelte sie.

Eine gute Stunde später rückten ihre kreisenden Gedanken wegen eines echten Karussells erst einmal in den Hintergrund.

Das große Holzkarussell, das erst seit ein paar Jahren zum Siegburger Mittelaltermarkt gehörte, war für Kinder die Attraktion schlechthin. Im Vergleich zu ihm konnte das grellbunte Exemplar, das in einem anderen Teil der Fußgängerzone am Ende der Kaiserstraße stand, nur den Kürzeren ziehen. Zwar lockte die moderne Variante mit blinkenden Lichtern und einer herrlich penetranten Hupe am Feuerwehrauto, doch der Mini-Vergnügungspark des Mittelalters hatte dafür andere Vorzüge. Das Karussell wurde logischerweise nicht mit Strom angetrieben – stattdessen befanden sich zwei Kurbeln am zentralen Pfeiler, der den Boden, auf dem hölzerne Pferde im Kreis zum Ausritt bereitstanden, mit dem blau-gelb gestreiften Dach verband. Dort mussten bei jeder Fahrt zwei Väter die Kurbeln bedienen, um das Karussell in Gang zu setzen. Am euphorischen Gelächter konnte man erkennen, dass es den Kindern großen Spaß machte, ihren ächzenden Eltern beim Schuften zuzusehen und sie mit lautem Gekreische anzutreiben.

Es gehörte zu den Pflichten der Spielleute, mindestens einmal am Tag beim Karussell vorbeizuschauen und die Stimmung dort mit ein bisschen Musik anzuheizen. Isa liebte es besonders, ihre Trommel wie ein Aufseher auf einer römischen Galeere zu spielen und dabei die Geschwindigkeit zu erhöhen, bis die Väter vom vielen Drehen hochrot im Gesicht wurden. Die Kinder wirbelten dann lachend auf ihren Holzrössern herum wie Sushi auf einem zu schnell eingestellten Laufband.

An diesem Morgen stand ihr Alec MacPipe mit seinem Dudelsack zur Seite. Sie spielten »Agelstern«, ein fröhliches Lied mit ordentlich Tempo. Der mittelhochdeutsche Titel bedeutete so viel wie »Elster« und war eine versteckte Anspielung auf das Halunken-Image der Band. Ein diebischer Vogel passte Valentin zufolge gut zu Manus Furis – der »Hand des Diebes«, die im Mittelalter oft dem Beil des Scharfrichters zum Opfer gefallen war.

Am Ende gab es nicht nur begeisterte Zurufe von den kleinen Fahrgästen, sondern auch Applaus von den Eltern, an denen der Kurbel-Kelch gnädigerweise vorübergegangen war.

Während sie sich verbeugten, sah Alex Isa immer wieder seltsam ernst von der Seite an. »Was?«, fragte sie schließlich, als sie es nicht mehr aushielt.

Er legte sich die langen Bordunpfeifen seines Dudelsacks wieder ordentlich an die Schulter. »Kann ich dich was fragen?«

»Wenn du dann aufhörst, mich so anzustarren.«

»Warum hatten wir zwei eigentlich noch nie was miteinander?«

Die grüne Fee zog die Augenbrauen hoch. Nach Lenas ungebetenen Ratschlägen hatte sie weitere peinliche Gespräche erwartet, aber nicht ausgerechnet mit Alex. Und schon gar nicht mit dieser Eröffnung.

»Mal überlegen.« Sie tippte sich ans Kinn, als würde sie nachdenken. »Ich bin so ziemlich die einzige Frau des Abendlandes, die du bei deinen amourösen Abenteuern ausgelassen hast. Vermutlich hast du mich für den Fall aufgehoben, dass die Welt untergeht und ich zum letzten weiblichen Wesen des vom Jüngsten Gericht gebeutelten Planeten werde.«

Er zog eine Grimasse, halb belustigt, halb verärgert. »Ich hatte eigentlich auf eine ehrliche Antwort gehofft.«

»Wieso? Geht es um gestern Abend?«

Alex nickte nicht, doch seine Miene sprach Bände. Sein üblicher Gesichtsausdruck, der an Robin Hood erinnerte, wenn er gerade einer Lady den Hof machte, während er ihr die Goldringe vom Finger stahl, war verschwunden. Er wirkte nachdenklich, fast ernst. »Du bist in ihn verliebt, oder?«

»Es war nur ein Kuss, Alex. Dass das nicht immer was mit Liebe zu tun hat, müsstest du doch am besten wissen.«

»Schon, aber du bist im Gegensatz zu mir nicht der Typ für so was.« Er brachte ein schiefes Grinsen zustande. »Und ich wär's auch nicht, mit der richtigen Frau.«

Isa wusste nicht genau, ob sie lachen, weinen oder ihm mit dem Schlegel ihrer Trommel eins überbraten sollte. Irgendwie fühlte sich alles richtig und falsch zur selben Zeit an. »Wir hatten noch nie was miteinander, weil du für mich nur ein Freund bist. Oder zumindest wie, na ja, wie ein ...«

»Wenn du jetzt Bruder sagst, geh ich runter zur Sieg und stürze mich hinein. Im Ernst, das überlebt mein Image nicht.« Er sagte es mit einem Augenzwinkern, aber sie war sich nicht sicher, ob nicht doch ein bisschen Enttäuschung in seiner Stimme mitschwang.

Mit betont unbekümmerter Miene blies Alex einmal kurz in seine Sackpfeife, als suchte er den richtigen Ton. Ein neuer Trupp Kinder stürmte das Karussell, und zwei weitere Väter wurden von ihren Sprösslingen und den übrigen Eltern, die ihnen spöttisch hinterherlächelten, zu den Kurbeln geschickt. »Geht mich ja auch nichts an, ob du lieber mit einem verstaubten Historiker anstatt mit einem Clansman zusammen sein willst, der mal bei den Highland Games mitgemacht hat«, murmelte Alex.

Isa musste gegen ihren Willen schmunzeln. »Du weißt, dass du kein echter Schotte bist, oder? Manchmal hab ich Angst, dass du das vergisst und ein bisschen verschroben wirst, mein Lieber.«

»Oh, du solltest eher Angst um dich haben. Wenn du und dein Professor verheiratet seid und in zwanzig Jahren die Kinder aus dem Haus sind, wirst du dich zwischen den ganzen vergilbten Wälzern und den mit Kreidestaub beschmierten Jacketts deines lieben Gatten nach meiner verschrobenen Art sehnen, Kleines.«

»Zieh besser schon mal deine Badehose an, Bruder.« Sie riskierte einen Blick zur Seite und bemerkte erleichtert, dass ihr Freund nicht böse aussah. Er lächelte sogar schon wieder ein wenig spitzbübisch. Mit einem etwas besseren, aber immer noch reichlich verwirrenden Gefühl in der Magengegend – dort, wo normalerweise die Schmetterlinge sitzen – schlug Isa den Takt für das nächste Lied an.

Zum Nachmittag hin berührte tatsächlich die müde Wintersonne mit ein paar Strahlen die Erde und ließ den Betrieb auf dem Mittelaltermarkt aufblühen wie einen Krokus im Neuschnee. Viele Menschen aus der Umgebung feierten das kurze Aufschmelzen der Kälte mit einem Spaziergang zwischen bunten Bannern, geschwungenen Hörnern und glühendem Eisen.

Auch vor dem Museum, das seine weiße Fassade in den blassblauen Himmel reckte, hatten es sich ein paar

Wagemutige mit Decken und heißem Kakao an Cafétischen gemütlich gemacht. Schwatzend betrachteten sie das Treiben zu ihren Füßen. Ganz besondere Aufmerksamkeit erregte die kleine Truppe bunter Galgenvögel, die am Fuße der Museumstreppe Stellung bezogen hatte. Die Mitglieder von Manus Furis plauderten, während sie auf eine gewisse junge Dame warteten, die mal wieder zu spät dran war. Der große »Tanz der Marktleut« mit der Band und ein paar Budenbesitzern stand auf dem Programm, und Isa hatte die Hälfte der Sachen, die sie dafür brauchte, in der Umkleide vergessen. Obwohl Lena ihr einen wissenden Blick zugeworfen hatte, weigerte sie sich hartnäckig, dieses Missgeschick auf romantische Träumereien oder andere Albernheiten zurückzuführen.

Etwas außer Atem und mit geröteten Wangen huschte die grüne Fee durch das Foyer des Museums. Im Gehen verstaute sie ihre Jonglierbälle in der Tasche, weshalb sie nicht auf den Weg vor sich achtete und erschrak, als sie plötzlich mit jemandem zusammenstieß. »Oh sorry, tut mir leid ...« Isa hob den Blick und sah in braune Augen.

Das Geplapper der Spielleute, die von unten das Geschehen beobachtet hatten, hörte mit einem Schlag auf.

Marek trug eine einfache Filzkappe auf dem Kopf und ein Leinenhemd, unter dem sich mindestens zwei Pullover verbargen. Er war nicht der Typ, der bei Stress nervös von einem Bein aufs andere trat, aber dass er sich nicht wohl in seiner Haut fühlte, war ihm trotzdem anzusehen. Die Ruhe, die er sonst ausstrahlte, wirkte sehr betont. »Hey ... Was geht ab?«

Isa war zu verblüfft, um zu antworten, während Marek ein Gesicht machte, als hätte er sich am liebsten selbst geohrfeigt. »Also ... also das gestern Abend, diese Sache ...«, begann er von Neuem.

»Ist schon okay.« Sie lächelte ungezwungen und war sich sicher, dass es halbwegs überzeugend wirkte.

»Na ja, ich meine, der Kerl hätte ja sonst nie aufgehört, dich anzugraben.«

»Genau.«

»Ich musste ihn irgendwie überzeugen.«

»Richtig.«

»Es war natürlich nicht ernst gemeint... es war eher so als, als ... als wär ich dein Bruder ...«

»Mein Bruder hat mich aber nie mit Zunge geküsst.«

Marek hörte auf herumzudrucksen und starrte sie an. Mit der Wucht seines Blickes hätte man einen Kochlöffel durch eine Plattenrüstung treiben können. Isa rutschte das Herz in die Hose, als ihr klar wurde, was sie da gerade gesagt hatte. »Na ja, einmal schon. Aber da hat er versucht, mich zu foltern«, plapperte sie los, ohne richtig darauf zu achten, was sie eigentlich erzählte. Die Temperatur der winterlichen Luft schien auf einmal Grad um Grad zu steigen. »Ich war erst fünf und er neun, glaube ich. Ich hatte seine Lieblings-Actionfigur geklaut und wollte ihm nicht sagen, wo sie versteckt war ...«

»Ach, verdammt noch mal!« Marek packte Isa kurz entschlossen bei den Schultern und bugsierte sie ohne viel Federlesens zwei Treppenstufen nach oben, sodass er ihr direkt in die Augen schauen konnte. »Sei einfach ruhig, Weib.«

Und mit diesen Worten küsste er sie.

Wie aus weiter Ferne hörte Isa den Applaus und das Gejohle ihrer Bandkollegen. Irgendjemand pfiff laut.

Um sie herum hätten die Barbaren ins Land einfallen können – es wäre ihr egal gewesen.

Kapitel 8

»Jetzt sieh mal einer an. Die junge Dame hat es nicht nur geschafft, die Finger von ihrem Geliebten zu lassen, sondern ist auch noch pünktlich!«

Valentin grinste unter seinem gefiederten Barett von einem Ohr zum anderen – in der von Feuerschein beleuchteten Abenddämmerung waren seine perlweißen Zähne gut zu erkennen.

Neben ihm hatte sich fast der gesamte Buschfunk des Marktes eingefunden. Bis auf Kevin bereiteten sämtliche Mitglieder von Manus Furis ihre Instrumente vor, während Vroni vom Maronenstand und Tell der Filzer ihnen Gesellschaft leisteten. Isa hätte die Szenerie vorher aufmalen können, doch irgendwie brachte sie es einfach nicht übers Herz, jemandem böse zu sein. Nicht einmal dieses vermaledeite Lächeln bekam sie vom Gesicht.

Die blonde Helena hüpfte wie ein wild gewordener Derwisch auf sie zu und umarmte sie stürmisch. »Ich wusste es, ich wusste es!«

»Oh Gott, Lena, ich krieg keine Luft mehr!« Der übliche Sarkasmus in Isas Stimme verlor den Kampf gegen das

Glücksgefühl, das sie fast zum Platzen brachte. Grinsend löste sie sich aus der Umarmung ihrer Freundin. Die Flasche mit dem Lampenöl und ihre Jonglierfackeln legte sie vorsichtshalber auf den Boden, bevor Lena zu einer weiteren Knuddelattacke übergehen konnte.

»Wie ich sehe, hat sich die Kunde schnell verbreitet.« Sie deutete auf Tell und Vroni, die soeben erschienen waren und – passend zu Weihnachten – aus der Wäsche schauten wie die Honigkuchenpferde. »Ihr seid solche Tratschtanten ...«

»Niemand von uns musste irgendwas weitererzählen, Kleines.« Tells gutmütiger Spott spiegelte sich in den dunklen Augen, die unter seinem Schlapphut hervorblitzten. »Die Einzigen, die noch nichts von dieser Beziehung wussten, waren Marek und du.«

Vroni bot Isa, der die Liebe keineswegs den Appetit verdorben hatte, Maronen aus einer großen Papiertüte an. Offenbar verköstigte sie zur Feier des Tages damit die ganze Band. »Wo ist denn dein Prinz Charming eigentlich?«

»Also bevor wir überhaupt weiterreden, verbitte ich mir zunächst mal jegliche albernen Spitznamen uns gegenüber.« An einer heißen Esskastanie knabbernd, schnappte sich die grüne Fee einen Blecheimer, der hinter der großen Bühne stand und den sie dazu benutzte, das überschüssige Öl, das von ihren Fackeln tropfte, sicher aufzufangen.

»In diese Kategorie gehören Namen wie Prinz Charming, die Schöne und das Biest, sämtliche Wortspiele rund um den Begriff ›Lanze‹ und ganz besonders Kunstwörter aus unseren beiden Vornamen. Verstanden?«

»Oh, keine Namenskombinationen?« Kevin hatte sich an der Seite des Podestes entlang angeschlichen und legte Isa nun von hinten einen Arm um die Schultern. »Wenn ich euch ›Sir Isek Newton‹ nenne, würde euch das doch intellektuell sehr schmeicheln.«

»Himmel, Kevin, der war ja furchtbar ... danke für das Kompliment, aber ich verzichte.« Grinsend befreite sie sich aus seinem Griff. »Marek steht da hinten am Museum und guckt uns gleich beim Auftritt zu. Er muss Wischnewskis Stand im Auge behalten, deswegen kommt er nicht her«, fügte sie an die Bayerin gewandt hinzu.

Natürlich sahen alle gleichzeitig zu der Stelle hin, auf die sie gedeutet hatte, und Mareks Blick, der in Richtung der sich vorbereitenden Spielleute gewandert war, begegnete plötzlich sechs neugierigen Augenpaaren. Dafür, dass er cool blieb und nur mit einem kurzen Winken zurückgrüßte, hätte Isa ihn glatt wieder küssen können. Aber das hatte ja noch ein bisschen Zeit.

Stattdessen tränkte sie die drei Fackeln sorgsam mit Lampenöl und schlug sie dann nach unten hin über dem Eimer ab. Ihr Taschendrachen – ein altes Zippo, das einmal ihrem Bruder gehört hatte – befand sich natürlich wieder ganz unten in ihrem Lederbeutel, aber sie lachte glücklich über einen von Kevins schrecklichen Scherzen, während sie kramte und schließlich die erste Fackel anzündete.

Eine Stichflamme schoss wie ein Schwert aus Feuer in die Luft.

Isa zuckte instinktiv zurück und ließ alles fallen, was sie in den Händen hatte. Die plötzliche Hitze schlug ihr ins Gesicht wie eine Ohrfeige. Lena stieß einen spitzen Schrei aus und sprang einen Schritt zurück, genau wie alle anderen, die hinter der Bühne standen.

Schützend hielt Isa sich einen Arm vors Gesicht und fluchte. Dann bemerkte sie den durchdringenden Gestank nach verkohltem Stoff und dass die Wärme, die sie verspürte, gar nicht von dem Schreck oder der am Boden brennenden Fackel kam.

Ihr Umhang brannte.

Gleichzeitig mit dieser Erkenntnis versuchte schon jemand, ihr den Wollfilzmantel über den Kopf zu reißen. Isa war geistesgegenwärtig genug, eine Hand zwischen sich und ihre Fibel – die schmiedeeiserne Schließe mit der langen Nadel – zu bringen, bevor ihr damit ein Auge ausgestochen wurde. Alex riss ihr fast ein Ohr ab, doch er achtete nicht darauf. Ohne zu überlegen warf er den Umhang, dessen Schulterpartie schwelte, zu Boden und trampelte darauf herum, bis kein Rauch mehr aus den Falten drang.

»Das ist mein einziger Umhang!«, rief Isa atemlos, obwohl ihr im nächsten Augenblick auffiel, wie bescheuert das war.

Valentin schlug ein paarmal mit einer alten Decke, die manchmal auf der Bühne verwendet wurde, auf die brennende Fackel ein, bis sie schließlich ausging.

Eine Schocksekunde lang sagte niemand etwas. Passanten blieben stehen und starrten in ihre Richtung.

»Alles okay?«, keuchte Alex schließlich.

Isa betastete vorsichtig ihre rechte Schulter und stellte erleichtert fest, dass der Schmerz ausblieb. »Ja, mir geht's gut.« Ihre Stimme klang nicht besser als seine. »Hat wohl nur den Umhang erwischt.«

»Das liegt am Wollfilz, der fängt nicht richtig Feuer. Das war Wahnsinnsglück.«

»Glaub ich auch.« Sie nickte ihm zu. »Danke.«

Im nächsten Moment schob sich Mareks besorgtes Gesicht in ihr Blickfeld. »Was war das denn gerade?« Er starrte abwechselnd auf Isa und die in der Kälte qualmenden Fackeln.

Lena, weiß wie ein Schlossgespenst, ergriff als Erste wieder das Wort. »Mit ... mit was hast du die Dinger denn angezündet?«

Die grüne Fee ging langsam zu der Flasche mit dem Lampenöl, die neben dem Blecheimer stand. Die Flasche selbst – ein bauchiges Tongefäß mit langem Hals, das sie seit Jahren benutzte, weil es authentischer wirkte als Glas oder Plastik – sah so aus wie immer, doch als sie den Deckel abschraubte und vorsichtig an der Flüssigkeit roch, biss ihr nicht wie sonst der chemische Duft von künstlichem Kiefernaroma in die Nase. Im Gegenteil, der Geruch erinnerte eher an ein Mixgetränk aus Wodka und Fruchtsaft.

»Das ist nicht der Brennstoff, den ich sonst verwende.« Noch während sie den Satz formulierte, verpasste ihr die Erkenntnis einen Schlag, der schlimmer war als die plötzliche Hitzewelle davor. Irgendein kleines, fieses Hormon in ihrem Kopf nahm eine Farbdose zur Hand und besprühte Isas Welt mit wütendem Rot »Jemand hat was anderes reingetan.«

»Zipfiklatscher«, zischte Vroni.

Sonst lächelten immer alle, wenn sie diesen Ausdruck verwendete, doch der bebende Zorn in ihrer Stimme nahm dem Wort jeglichen Witz.

Die mutwillige Zerstörung von Eigentum war eine Sache. Es aber billigend in Kauf zu nehmen, dass Isa sich beim Anzünden ihres Arbeitsmaterials das Gesicht vom Schädel röstete wie Schokolade von einer heißen Stahlplatte, war etwas völlig anderes. Das Ganze fühlte sich an wie ein plötzlicher Wechsel vom Drei- zum Zehn-Meter-Brett im Freibad. Zwischen den zerschnittenen Saiten einer Laute und möglichen Verbrennungen dritten Grades lagen Welten.

»Wir müssen die Polizei verständigen.« Lena sah von einem zum anderen. »So geht das doch nicht weiter!«

Alex stieß ein hämisches Schnauben aus. »Klar, die helfen uns ganz bestimmt. Dieser Pösch war ja dermaßen begeistert von uns, dass er am liebsten selbst in ein paar Beinlinge geschlüpft wäre.«

»Wer auch immer das war, ist jedenfalls genauso vorgegangen wie bei meiner Laute«, sagte Valentin. »Er muss in die Umkleide im Museum gegangen sein und den Inhalt der Flasche ausgetauscht haben.«

»Und dabei hat er auch gleich demonstriert, dass er auch nicht davor zurückschreckt, Menschen zu verletzen.« Isa hatte die Arme vor der Brust verschränkt und nicht übel Lust, wütend mit den Fäusten gegen den Stützpfeiler der Bühne zu hämmern. Bis vor einer Minute hatte sie sich noch richtig gut gefühlt, doch ihre Laune war mit der Stichflamme in Rauch aufgegangen.

Dass sich die Menschen an Weihnachten gerne an die Gurgel gingen, war ihr durchaus bekannt. Sie selbst erinnerte sich lebhaft an einen Heiligabend, an dem ihre Großmutter Adelheid nach einem Disput mit ihrem Sohn die Weincreme samt Meißner Porzellan ergriffen und an die Wand gepfeffert hatte, wobei sie Isas stets sorgsam frisierten Vater fast einen neuen Scheitel gezogen hätte. Alle Jahre wieder kam auf Erden die Zeit, das Fest der Liebe, der Magenverstimmungen und der rotierenden Bereitschaftsärzte zu feiern. Aber diese Boshaftigkeiten hier hatten nichts mit den explosiven Ausbrüchen eines Feiertagsmüden gemeinsam. Sie waren zielgerichtet. Geplant. Sie sollten den Leuten vom Mittelaltermarkt förmlich ins Gesicht schreien, dass sie in dieser Stadt nicht erwünscht waren.

Oder – ja, oder ...

Isa schluckte, als ihr ein Gedanke kam. Was, wenn Olivers Mörder anfing, sich von ihr bedroht zu fühlen? Immerhin war sie die Einzige, die nicht an einen Unfall glaubte und, was noch viel wichtiger war, die nicht aufhörte, Fragen zu stellen. Für jemanden, der einen Betrunkenen jämmerlich in einem Pranger hatte erfrieren lassen, war es bestimmt kein moralischer Konflikt, eine neugierige Gauklerin anzuzünden.

Obwohl sich dieser Verdacht unangenehm wie ein kalter Handabdruck auf ihr Herz legte, behielt Isa ihn für sich. Innerlich fasste sie jedoch einen Entschluss.

Das Ganze musste aufhören. Und sie würde es beenden.

Kahle Eichen und andere Laubbäume tanzten vor dem Nachthimmel im Wind. Das Walter-Mundorf-Stadion – Heimat des Siegburger SV 04, dessen blau-weißes Wappen matt an der Eingangstür im Zaun schimmerte – lag ein wenig außerhalb. Anwohner gab es so gut wie keine, und der Lärm, den die Arbeiter in der großen Werkstatt daneben tagsüber veranstalteten, war längst verstummt. Nur in der Ferne hörte man noch leise die Autos über die Zeithstraße brausen, die sich am Anno-Gymnasium mit der Straße kreuzte, die zum Stadion führte. Zwischen den Wohnmobilen war es so gut wie still. Nur aus einigen der weißen, motorisierten Ungetüme, in denen sich müde historische Darsteller von ihrem Tag im 15. Jahrhundert erholten, drangen noch Stimmen oder leise Musik. Der kleine, von Büschen und Bäumen gesäumte Teich neben dem Parkplatz war spiegelglatt gefroren.

Ollis Wohnwagen – ein steinalter Kasten von der Größe eines Schuhkartons mit fiesen Dellen in der Seite – sah im Gegensatz zu den umstehenden Modellen aus wie das ungeliebte Kind aus einem Märchen, das von seinen Eltern jahrelang in einem Kellerloch versteckt gehalten wurde. Die Dunkelheit verstärkte diesen unheimlichen Eindruck noch.

»Ich glaube nicht, dass das so eine gute Idee ist«, sagte Marek nicht zum ersten Mal, seit sie sich auf den Weg gemacht hatten, und wie zuvor ignorierte Isa seinen Einwand.

Natürlich war es keine gute Idee, nachts in den Wohnwagen eines Toten einzubrechen. Vermutlich war die Klapperkiste sowieso mit Polizei-Absperrband oder ähnlichem gesichert worden, aber es war der einzig verbliebene Ansatzpunkt, der der grünen Fee noch einfiel. Vielleicht hatten Kommissar Pösch und seine überarbeiteten Kollegen ja in der Annahme, dass der Fall sowieso nicht die Mühe wert sei, bei der Durchsuchung etwas übersehen.

Nachdem sie ihm von ihrem Plan erzählt hatte, war Marek ziemlich lange damit beschäftigt gewesen, ihr die Sache auszureden. Er behauptete, der Unfall mit den Fackeln habe seinen Bedarf an gefährlichen Aktionen erst einmal gedeckt, doch nachdem er bemerkt hatte, dass seine Argumente an Isa abprallten wie Tischtennisbälle an einem Panzer, war er eingeknickt.

»Dann komme ich eben mit«, hatte er geknurrt und resigniert seinen Rucksack geschultert. »Einer muss ja auf deinen Dickschädel aufpassen.«

Obwohl sie wusste, dass er starke Zweifel an ihrer Theorie vom Mord an Oliver Katz hatte, war sie froh, dass er mitgekommen war. So kam sie sich in der spärlich ausgeleuchteten Nacht zwischen den Wohnmobilen und -wagen ihrer Kollegen wenigstens nicht so allein vor. Sie mussten leise und schnell wie die Schatten vorgehen, um nicht entdeckt zu werden.

Das hier ist wie in ein seltsamer Krimi-Stil-Mix, dachte Isa und musste unwillkürlich lächeln. *Miss Marple* meets *TKKG*. Außerdem konnte Marek ihr behilflich sein, weswegen es doppelt praktisch war, ihn dabei zu haben. »Du musst die Trittstufe rausziehen«, flüsterte sie, knipste eine kleine Taschenlampe an und deutete damit auf eine Vorrichtung, die unterhalb der Tür verborgen war und ohne die man ein gutes Stück größer als Isa hätte sein müssen, um bequem an das Türschloss zu gelangen.

Mit einem Seufzer, der wohl noch einmal verdeutlichen sollte, was er von der ganzen Sache hielt, ging Marek in die Hocke und zog vorsichtig an der Metallstufe. Das verrostete Ding quietschte beängstigend laut, aber dann glitt es in die gewünschte Position. Ein oder zwei Herzschläge lang verharrten die beiden lauschend, doch um sie herum blieb alles still. Niemand schien sie bemerkt zu haben.

Marek grummelte etwas, das verdächtig nach »Mehr Glück als Verstand« klang. Isa stellte sich auf die Zehenspitzen und gab ihm einen kleinen Kuss auf die Wange, bevor sie die Stufe hochstieg.

Er hielt sie am Arm fest. »Jetzt erzähl mir nicht, dass du weißt, wie man ein Schloss knackt.«

Sie grinste und zog eine Haarnadel aus der Tasche.

Anerkennend pfiff er durch die Zähne. »Wo lernt man denn so was?«

»Wie sagte schon Cäsar, als er Cleopatras Schmuckkästchen nicht aufbekam: Veni, vidi, Wikipedia.« Mit diesen Worten wollte sich die grüne Fee ans Öffnen des Schlosses machen und wäre vor Schreck fast von der Trittstufe gefallen, als die Tür lautlos nach innen aufschwang.

Der Geruch, der von drinnen kam, wirkte wie eine olfaktorische Ohrfeige.

»Gott verdammt, was ist das?« In dem Moment, in dem die Tür von alleine aufging, war Marek genauso wie Isa instinktiv zur Salzsäule erstarrt, doch der Gestank ließ ihn ganz schnell wieder lebendig werden. Angeekelt schnitt er eine Grimasse und zog sich seinen Schal vor das Gesicht. »Ist da etwa noch eine Leiche drin?«

»Ich glaube, das Einzige, was da drin verendet ist, ist Olivers Würde«, gab Isa gedämpft zurück, während sie sich die Hand vor Mund und Nase hielt.

Das heimelige Aroma, das der Wohnwagen verströmte, erinnerte weniger an etwas Totes als vielmehr an einen sehr alten, in Schnaps getränkten Turnschuh. Ein Blick auf den Türrahmen verriet Isa, dass es kein zerrissenes Absperrband der Polizei gab.

»Hier. Das Schloss ist kaputt«, sagte sie und deutete auf den Schaden.

Marek kam widerwillig ein paar Schritte näher und begutachtete das Ganze mit angehaltenem Atem. »Da hatte wohl jemand dieselbe Idee wie wir.«

»Unwahrscheinlich. Siehst du den Rost auf dem Metall?«

Im schwachen Schein von Isas Taschenlampe waren die braunen Flecken deutlich zu erkennen. »Wenn jemand das Schloss erst kürzlich aufgebrochen hätte, wären frische Kratzspuren zu sehen. Ich denke, Olli hat das Ding nie reparieren lassen, und die Kripo hat sich nach der Durchsuchung nicht die Mühe gemacht, darauf zu achten, ob der Wagen auch ordentlich abgeschlossen wurde.«

»Hm.« Prüfend fuhr er mit dem Finger über das verrostete Stück Altmetall. »Klingt logisch. Gut kombiniert.«

»Danke. Reingehen müssen wir aber trotzdem.«

»Das habe ich befürchtet.« Mit einer einladenden Geste deutete Marek auf die Tür. »Nach dir.«

Isa verzog das Gesicht, fügte sich aber. Schließlich war es ihre Schuld, dass sie überhaupt in diesem Mief standen. Entschlossen atmete sie noch einmal tief die kalte Nachtluft ein, dann schob sie sich ins Innere des Wohnwagens.

Das Bild, das sich ihr im trüben Licht der Taschenlampe bot, erinnerte die grüne Fee an ein Zitat aus Charles Dickens' Erzählung *Das Spukhaus*: »Drinnen war es genauso, wie ich es erwartet hatte: im höchsten Maße schaurig.«

Zu ihrer Linken hatte ein sadistischer Innenarchitekt eine arme kleine Sitzecke mit ausklappbarem Tisch und abgewetzten, rot karierten Polstern in den vorderen Teil des Wohnwagens gequetscht. Die wohl ehemals weißen Gardinen vor den Fenstern sahen aus, als wären sie zwischendurch immer wieder abgehangen worden, um als Putzlappen für öffentliche Toiletten missbraucht zu werden. Das Heck der Kabine wurde von einer Kombination aus Spüle und Herd beherrscht, die mit verkrustetem Geschirr übersät war wie ein Straßenhund mit Flöhen. Eine der Türen des Unterschranks war an den Scharnieren gesplittert und hing nur noch schief in den Angeln. Die Bettwäsche in der Koje daneben lag zu einem unordentlichen Haufen zusammengeknüllt an der Wand und war vermutlich vor Christi Geburt das letzte Mal gewechselt worden.

»Eins muss man ihm lassen.« Marek stand im Türrahmen und betrachtete das Chaos. »Jeder wusste, dass Katz ein Säufer war. Aber dass er dermaßen abgestürzt ist, hat er ganz gut geheim gehalten.«

Isa nickte. Es war eine Sache, Witze über einen gescheiterten Frauenhelden zu reißen, der nachts orthografisch nicht ganz korrekte Beleidigungen an die Zeltwände der Konkurrenz sprühte. Doch zu sehen, in was für einem Saustall der Mann gehaust hatte, der es trotz allem jahrelang geschafft hatte, eine gut gehende Taverne auf hohem Niveau zu führen, war etwas ganz anderes. Die leeren Flaschen, die überall herumstanden – auf der Küchenzeile, dem Klapptisch, in einem überquellenden Mülleimer oder wo sich sonst noch Platz fand –, zu zählen, hätte Stunden gedauert. Isa wollte tief durchatmen, um das mulmige Gefühl im Magen loszuwerden, doch bei dem Gestank sparte sie sich das lieber.

»Okay. Such nach allem, was uns irgendwie weiterhelfen könnte. Verdächtige Gegenstände, Papiere ... irgendwas.«

»Soll ich auch Fingerabdrücke nehmen?«

Sie lachte gekünstelt. »Hör auf und komm endlich rein, bevor dich noch jemand sieht.«

Marek stieg folgsam in den Wohnwagen und machte die Tür vorsichtig hinter sich zu, bis sie nur noch einen Spalt breit offen stand. Das Licht ihrer Lampen sollte keine Aufmerksamkeit erregen.

Tatsächlich war es verblüffend schwierig, in Ollis kleinem Reich überhaupt etwas zu finden, das von Interesse war. Marek entdeckte in den Hängeschränken nichts weiter als eine angebrochene Packung Cornflakes und den Staub der Jahrhunderte. Isa durchwühlte das relativ ordentliche Kleiderfach neben der Koje, das allerdings nur saubere Wäsche und eine Flasche Scotch enthielt, die Olli offenbar für den Fall einer spontanen Apokalypse oder Prohibition gebunkert hatte. Die einzigen Papiere, die sie fanden, waren Lieferscheine und Abrechnungen, die der Tote fein säuberlich in einem Aktenordner abgeheftet hatte.

Nach einer Viertelstunde richtete Isa sich genervt auf und warf angeekelt einen Müllsack beiseite, den sie unter der Küchenzeile hervorgeholt hatte. »So ein Mist. Ich glaube, selbst Saddam Husseins Erdloch war komfortabler als diese Bude hier.«

»Das mit dem Erdloch war ein Fake. Genau wie die Mondlandung.« Marek stöberte immer noch in der Mappe mit der Buchhaltung – vielleicht, weil es sich dabei um einen der wenigen sauberen Gegenstände in dem Wohnwagen handelte.

»Ich wusste gar nicht, dass du dich auch mit neuerer Geschichte auskennst«, erwiderte sie überrascht. »Oder mit Verschwörungstheorien.«

»Die Zeitgeschichte gehört bei mir zum Studium dazu und die Verschwörungstheorien ... na ja, ich glaube, du färbst langsam auf mich ab.«

»Das ging aber schnell.« Plötzlich stockte Isa mitten in der Bewegung. Während ihres verbalen Geplänkels hatte irgendetwas am Rande ihres Sichtfelds ihre Aufmerksamkeit erregt. Stirnrunzelnd ließ sie ihren Blick noch einmal über Herd und Spüle schweifen.

Und dann wusste sie mit einem Mal, wonach sie die ganze Zeit gesucht hatten.

»Marek. Komm her und sieh dir das an.«

Vorsichtig tastete sie mit dem Strahl ihrer Taschenlampe die Oberfläche des Gasherdes ab. Dort, direkt am Brenner der vorderen Kochstelle, lagen Fetzen verkohlten Papiers. Isa hatte sie zunächst für schwarze, eingebrannte Essensreste gehalten, doch in dem schwachen Licht blitzten hier und da ein paar weiße Flecken auf. Die blauen Flammen, die entstanden, wenn man den Herd anzündete, hatten offenbar nicht alles vernichtet, was vernichtet werden sollte.

Behutsam zupfte sie einen der am besten erhaltenen Schnipsel heraus und musste gleich noch einmal nachfassen, als das eine Ende des Zettels zwischen ihren Fingerspitzen zu feiner Asche zerfiel. Zum Glück blieb jedoch noch ein ganz brauchbarer Rest übrig. Isa spürte, wie Marek hinter sie trat und sein warmer Atem ihren Nacken berührte, während sie ihren Fund näher betrachtete.

»Was hast du da?«

»Irgendein Schriftstück, das Olli wohl loswerden wollte.« Stirnrunzelnd richtete sie ihre Lampe direkt auf den Papierfetzen. »Schau mal, ein paar Buchstaben sind noch zu erkennen.«

Tatsächlich waren einige Wörter von den Flammen verschont geblieben. Doch während sie las, erkannte Isa enttäuscht, dass ihr eigentlicher Sinn mit den Resten der Sätze trotzdem auf dem Gasherd in Rauch aufgegangen war. Alles, was zu erkennen war, war unverständliches Kauderwelsch:

Dem Du ein-, zweimal
dass Du Dich noch an meine N
glauben.
Vor fünfundzwanzig Jahren half e

Eine Weile starrten die Gauklerin und der Student schweigend auf das angesengte Stück Papier.

»Verstehst du, was das heißen soll?«, fragte Isa schließlich und richtete die Taschenlampe wieder auf Marek.

Der sah genauso ratlos aus, wie sie sich fühlte. »Und du?«

»Nein.« Frustriert blies sie die Backen auf und schnaubte. »Santas Liste mit unartigen Tavernenbesitzern wird's wohl nicht sein.«

Aber auch Galgenhumor half ihr nicht dabei, das Rätsel zu verstehen. Und während sie in der Dunkelheit des stinkenden Wohnwagens stand und ihre Fingerspitzen betrachtete, die von der Asche ganz schwarz waren, fragte sie sich, ob ihr kleiner nächtlicher Einbruch überhaupt etwas gebracht hatte.

Dann hörte sie plötzlich Stimmen.

»Runter! Da kommt jemand!« Ohne zu zögern riss Isa Marek am Ärmel nach unten zwischen Einbauschränke und Müllsäcke. Er fluchte leise. »Aua, ich hab mir das Knie an der verdammten Schranktür gestoßen!«

»Schhh! Hör doch mal!«

Beide hielten den Atem an. Zuerst war da nur Stille, aber dann drangen tatsächlich Geräusche durch die Wände des Wohnwagens. Schritte und Stimmen. Unverständliche Worte und dann ein kurzes, helles Lachen.

Schnell schaltete Isa ihre Taschenlampe aus. Marek tat es ihr gleich. Bewegungslos kauerten die beiden in der Dunkelheit und warteten, um nicht zufällig durch die schmutzige Fensterscheibe gesehen zu werden.

Rasch kamen die Personen – es waren mehrere, dessen war Isa sich sicher – näher. Um wen es sich handelte, konnte sie bei dem Lärm, den ihr vor Aufregung wild schlagendes Herz machte, leider nicht sagen. Der Gestank war am Boden, so nahe an der Nische mit den Abfallbehältern, sogar noch schlimmer als vorher und legte sich wie ein schmutziger Film auf ihre Lungen, während sie versuchte, nicht zu atmen. Lauter und lauter wurden die Stimmen, bis sie sich schließlich ihnen direkt gegenüber befanden, auf der anderen Seite der dünnen Wohnwagenwand.

Dann wanderten sie langsam vorbei, bis sie nach einer Weile schließlich ganz verklungen waren.

Neben Isa raschelte Mareks Parka, als er sich wieder aufrichtete. »Komm schon. Lass uns endlich nach Hause gehen.«

Für einen Augenblick verharrte die grüne Fee und überlegte, was zu tun war. Dann steckte sie das Papier vorsichtig in ihre Manteltasche, ohne dass ihr Freund es sehen konnte, und erhob sich.

»Du hast recht. Gehen wir.«

Ein Uhr morgens. Im Capitol-Kino in der Augustastraße waren die Vorhänge für die Nacht längst wieder vor die Leinwände gezogen worden, doch in einem gemütlichen Zimmerchen ganz in der Nähe ging es noch recht lebhaft zu.

Isas linke Hand spielte locker mit einem grünen Filzball. In der rechten Hand hielt sie zwei von der Sorte. Sie wollte jonglieren, aber das war gar nicht so einfach, denn Marek hatte seine Arme um ihre Taille geschlungen und machte Tanzbewegungen zu der Musik, die aus der Stereoanlage kam. Keine Dudelsäcke diesmal. Stattdessen sanfter Jazz. Obwohl es mitten in der Nacht war, hatten die beiden Isas Schlafsofa noch nicht ausgeklappt. Der hölzerne Couchtisch stand immer noch davor, beladen mit einer angebrochenen Flasche Wein, ein paar Gläsern und einer leeren Pizzaschachtel, die der Flamme einer brennenden Kerze gefährlich nah kam.

»Jetzt lass doch mal los, Dummkopf!« Isa hatte energischer klingen wollen, doch weil sie lachen musste, ging das bisschen Autorität in ihrer Stimme baden wie Santas defekter Schlitten im Gartenteich. Trotzdem gehorchte Marek und stellte sich brav vor sie hin. »Na gut, dann zeig mir, wie es geht.« Er deutete mit dem Kinn auf die Bälle in ihren Händen. »So schwer kann das doch nicht sein.«

Isa setzte eine unschuldige Miene auf. Immerhin war er es gewesen, der um ein Uhr morgens auf die glorreiche Idee gekommen war, dass sie ihm das Jonglieren beibringen sollte. Was die Nachbarn unter ihnen darüber denken mochten, wollte sie lieber gar nicht erst wissen.

»Das hier ist die Grundposition. Du hältst zwei Bälle in der starken, also deiner rechten Hand, und einen Ball in der linken. Verstanden?«

Er grinste schief. »Klar.«

»Gut. Jetzt wirfst du einen Ball aus der rechten in die linke Hand und versuchst dabei, einen Bogen zu werfen, okay?« Sie machte es vor.

»Okay.«

»In dem Moment, in dem Ball Nummer eins seinen Zenit erreicht, wirfst du den Ball aus der linken Hand – Ball zwei – in die rechte Hand ...« Eine grüne Kugel flog durch die Luft. »Und wenn Ball Nummer zwei den höchsten Punkt seiner Flugbahn erreicht hat, wirfst du den dritten Ball nach links.«

Mareks Stirn runzelte sich ganz leicht.

Isa wiederholte das Ganze noch einmal von vorn. »Siehst du? Eins, zwei, drei. Und wenn du das kannst, musst du nur noch damit aufhören, die Bälle zwischendurch festzuhalten.« Während sie sprach, ließ sie die drei grünen Kugeln hin und her tanzen wie schwerelose, flauschige Artisten. »Du kannst aber auch eine Kaskade machen. Das sieht immer ganz gut aus, wenn du es gleichmäßig hinbekommst.« Dieses Mal warf sie zwei Bälle in die Höhe und gleich darauf, als die beiden wieder hinunterfielen, den dritten zwischen ihnen hindurch. Das wiederholte sie, sodass der Eindruck entstand, die Bälle bewegten sich immer genau entgegengesetzt zueinander.

»Wie du gesagt hast. So schwer ist es wirklich nicht.« Die Falten auf Mareks Stirn wurden größer. »Also, zuerst von rechts nach links, dann der zweite Ball und dann wieder Ball eins nach ... nein ...« Eine Weile verdichteten sich die schwarzen Denkwolken um seinen Kopf herum wie ein Gewitter um eine Bergspitze, dann resignierte er, und mit seinem verwunderten Lächeln kam auch wieder die Sonne heraus. »Wo, bitte schön, hast du das gelernt?«

Spielerisch ließ sie zwei Bälle mit einer Hand in der Luft kreisen, während sie mit der anderen nach ihrem Weinglas auf dem Tisch griff. Ihre Angeberei ging aber nach hinten los, denn Marek griff kurzerhand nach den Filzkugeln, die aus der Flugbahn gerieten. Als Isa versuchte, sie schnell wieder aufzufangen, verlor sie das Gleichgewicht, stieß gegen Marek, und beide plumpsten auf das Sofa.

»Vorsicht! Der Wein!«

Zum Glück besaß sie als Artistin einen guten Gleichgewichtssinn, denn es ging kein Tropfen des gefährlich schwappenden Getränks daneben. Dicht nebeneinander ließen sich der Student und die Gauklerin in die Polster sinken und legten die Füße auf den Tisch. Marek trug dunkle, zueinander passende Socken, Isa zwei völlig verschiedene.

»Also, Madame?« Obwohl er die Hälfte einer Quattro Stagioni verdrückt und Alkohol getrunken hatte, roch Marek immer noch furchtbar gut. Ein bisschen nach dem Rauch von Holzfeuern, ein bisschen nach Moschus.

»Du hast meine Frage nicht beantwortet.«

Isa löste ihre Konzentration widerwillig von seinem Duft. »Das Jonglieren hab ich von einer Frau namens Thekla von der Mühle gelernt, wenn du es genau wissen willst. Das war, bevor ich und die anderen Manus Furis gegründet haben.«

»Was hast du damals gemacht?«

Sie zuckte mit den Schultern. »Lena und ich sind von Markt zu Markt gefahren und hatten ganz verschiedene Jobs. Wir haben an den Buden ausgeholfen, Getränke verkauft, bei Konzerten die Bühnen vorbereitet ... Was halt so anfiel. Thekla kam jedes Jahr zu den großen Spektakeln auf Burg Satzvey, zusammen mit Valentin. Die waren damals ein Paar. Sie war die erste weibliche Jongleurin, der ich begegnet bin. Mein Metier ist nämlich eher eine Männerdomäne.«

Marek lächelte. »Und da hast du dir gedacht, du mischst die Herren ein wenig auf, was?«

»So in etwa.« Thekla war eine wahre Wucht gewesen. Obwohl Isa sich beim Klang ihres Namens immer an

Spinnen erinnert fühlte, hatte sie die feuerrot gekleidete Gauklerin mit der Stupsnase und der schwarzen Wallemähne gleich gemocht. Trotz der neun Jahre Altersunterschied hatte sie Isa nie wie ein dummes Gör behandelt, sondern immer von gleich zu gleich mit ihr gesprochen. Ein Privileg, das der grünen Fee früher nicht immer zuteilgeworden war.

Marek ließ die letzten Sätze eine Weile im Raum stehen. Dann richtete er sich im Sitzen ein wenig auf. »Wie alt bist du eigentlich?«

»Mylord, Ihr vergesst Eure Manieren. So etwas fragt man eine Dame nicht.«

»Ich kann aber auf dem Ausweis der Dame nachsehen, wenn ich will«, gab er spöttisch zurück und stemmte die Hände zu ihren beiden Seiten ins Sofa, damit er sich über sie beugen konnte.

Sie hielt seinem Blick stand. »Bedaure, aber mein Perso wurde leider von einem Drachen gefressen.«

Die Ausrede ließ er offenbar nicht gelten, deshalb küsste sie ihn. Das half ein bisschen, aber locker ließ er trotzdem nicht. »Jetzt sag schon.«

Isa seufzte. »Ich bin vierundzwanzig Jahre alt.«

»Wann hast du dich den Marktleuten denn dann angeschlossen? Direkt nach dem Abi?«

Seine Frage balancierte gefährlich nah an einem Abgrund, in den Isa lieber nicht hineinsehen wollte. »So ungefähr«, antwortete sie und schob Marek wieder ein Stück von sich weg.

»Komm schon, du erzählst nie irgendetwas von dir. Ich meine, etwas von deiner Familie oder so.« Vielleicht spürte er ihr Unbehagen, denn er versuchte, das

Gespräch auf eine scherzhafte Ebene zu bringen. »Sieh mal, über mich weißt du alles. Meine Mutter schreibt Bücher für Kinder, die in der Schule keinen Anschluss finden, kann nicht kochen und liegt ständig im Clinch mit ihren Eltern. Mein bester Freund aus der Schulzeit studiert mittlerweile Pharmazie bei der Bundeswehr, ich dagegen hab Zivildienst gemacht. Meinen Vater habe ich nie kennengelernt, und ich studiere heute sicherlich nur Geschichte, weil ich als kleiner Junge einen Stoff-Ritter samt Pferdchen überall mit hingeschleppt habe.« Er grinste schief. »So. Jetzt du.«

Sie lächelte automatisch. »Ich gehöre weniger zu der Sorte Mensch, die gern lustige Familienanekdoten erzählen, Marek.«

Plötzlich wurde er ernst. Was sich von ihren eigenen Gefühlen in seiner Miene spiegelte, gefiel Isa überhaupt nicht. »Vertraust du mir?«

Die Frage überrumpelte sie. »Ja«, antwortete sie, doch sofort pikste sie ein kleiner Stachel in den Magen und warnte sie davor, was kommen würde.

Mareks Gesicht war nun ganz nah bei ihrem. Isa fiel auf, dass die Jazz-CD schon seit ein paar Minuten zu Ende war. »Dann sag mir, warum du an Weihnachten nicht nach Hause fährst.«

Mit einem Mal schmeckte der Wein auf ihrer Zunge bitter wie Galle. Isa spürte gleichzeitig, wie der Stachel in ihrem Inneren immer größer und größer wurde und wie Mareks Augen sie festhielten. Zwei Fixsterne, die sie nicht weglassen würden.

Als die Worte endlich ihren Mund verließen, klang ihre Stimme nicht wie ihre eigene. »Ein ehemaliger

Freund hat mal zu mir gesagt, dass es sich mit dem Leben ähnlich verhält wie mit den Bundesjugendspielen in der Schule. Niemand will, dass auf seiner Urkunde nur: ›Hat teilgenommen‹ steht.« Früher hatte sie über den Vergleich immer gelacht. Doch in diesem Augenblick war ihr nach allem, nur nicht nach Lachen zumute.

»Mein Vater und meine Mutter sind beide Akademiker. Verkopfte Koryphäen auf dem Gebiet der mediävistischen Literaturwissenschaft und mittelalterlichen Geschichtsforschung. Seit ich denken kann, sind sie der Inbegriff der theoretischen Teilnahme am wirklichen Leben. Ich meine, wir hatten immer ziemlich viel Geld, als ich klein war, und unser Haus war riesig. Aber meine Eltern haben ... nie aus dem Bauch heraus gehandelt. Von Herzen, meine ich. Im Hause Bocholt herrschten schon immer Verstand und Kalkül mit eiserner Faust – da gab es so gut wie keinen Platz für Emotionen oder ganz normale, infantile Sinnlosigkeiten. Man musste ziemlich schnell erwachsen werden, sonst hatte man nichts zu lachen. Und es war von Anfang an geplant, dass wir Kinder in dieselbe akademische Kerbe schlagen wie unsere Eltern. Eine Wahl gab es nie.«

»Hast du Geschwister?« Marek berührte sie nicht, aber sie spürte seine Nähe trotzdem.

»Zwei. Ich bin das jüngste Kind. Und das schwarze Schaf der Familie.« Sie schnaubte. »Ich glaube, ich bin sogar die Einzige, die nicht einmal das Latinum hat. Mein Bruder Tris ist Archäologe geworden, leitet Ausgrabungen und schreibt Bücher über römische Vasen, die Konstruktion von mittelalterlichen Brücken und so weiter.«

Marek runzelte die Stirn. »Augenblick mal. Tris?«

Wie ich diesen Teil hasse, dachte Isa. »Das ist die Abkürzung für Tristan.«

»Wie in Tristan und Isolde?«

»Ja. Mein Bruder heißt mit vollem Namen Tristan Siegfried. Und meine Schwester Ginover Brunhild.« Als sie sein Gesicht sah, musste sie doch ein wenig schmunzeln.

»Wow. Muss ja eine interessante Kindheit für euch gewesen sein«, stellte er fest.

»Oh, meine Schwester liebt diesen bescheuerten Namen abgöttisch. Sie verbittet sich bis heute jegliche Abkürzungen und hat mir früher fast den Kopf abgerissen, wenn ich sie Ginny oder Bruni genannt habe.« Ihre Miene verfinsterte sich wieder. »Hat Theologie studiert und ist jetzt Professorin, die dumme Kuh. Mutter ist angeblich wahnsinnig stolz auf sie.«

»Wieso angeblich?«

»Ich weiß nur davon, weil Tris es mir erzählt hat. Er ist der Einzige aus meiner Familie, der noch Kontakt zu mir hält.« Während sie die Worte aussprach, erinnerten sie Isa wieder daran, warum sie ständig davor weglief. Sie taten immer noch weh, nach all den Jahren. »Ich war nie ... nie die Tochter, die meine Eltern sich gewünscht haben. Klar, ich hab mich für Geschichte interessiert, aber ich hab mich nie ernsthaft damit beschäftigt, wie mein Vater so schön gesagt hat. Er fand, dass ich weniger mit meinen Freunden auf Mittelaltermärkten und Konzerten rumhängen und dafür mehr lernen sollte. Versteh mich nicht falsch – ich liebe Bücher. Lesen ist toll. Aber ich wollte mehr von der Welt sehen als immer nur meinen eigenen Schreibtisch. Nach meinem schon nicht berauschenden Abitur wurde dann erwartet, dass ich mich an einer Uni einschreiben und anfangen würde zu studieren. Hab ich aber nicht. Stattdessen bin ich zu meinen Eltern gegangen und habe ihnen gesagt, dass ich noch nicht wüsste, was ich mit meinem Leben anfangen wollte. Dass ich gerne reisen würde, bevor ich mich entscheide. Wir hätten genug Geld gehabt, wie gesagt.«

Marek drehte nachdenklich sein Weinglas in den Händen. »Sie haben ›Nein‹ gesagt.«

»Sofort und unwiderruflich. Es käme für sie nicht infrage, dass eines ihrer Kinder durch die Gegend vagabundiere wie ein – Zitat – dahergelaufendes Hippie-Mädchen. Zuerst haben wir noch diskutiert, aber dann fingen wir an, uns richtig zu streiten und anzubrüllen. In diesem Moment kam irgendwie alles hoch, was sich in den Jahren an Wut in mir angestaut hatte. Ich glaube, ich hab ihnen vorgeworfen, dass sie die toten Menschen in ihren Büchern mehr lieben würden als ihre eigenen Kinder. Daraufhin haben sie mich dann rausgeschmissen.«

Genervt ballte sie die Hand zur Faust, denn der Satz schmeckte jedes Mal auf der Zunge wie verdorbener Karpfen. Marek schaute dagegen so perplex, als hätte sie verkündet, dass ihre Eltern in Wahrheit vom Mars stammten. »Rausgeschmissen? Einfach so? Ich meine ... so richtig?«

»Klar, mit allem Drum und Dran. Nur ohne weitere Gefühlsausbrüche, das wäre zweier Super-Akademiker nicht würdig gewesen. Sobald sie wussten, was sie wollten, haben mir meine Eltern eine Stunde Zeit gegeben, meine Sachen zu packen, und hinzugefügt, dass ich mich erst wieder zu melden bräuchte, wenn ich zur Vernunft gekommen sei.« Sie grinste schief. »Danach kam dann irgendwie eins zum anderen, und heute bin ich hier.«

Marek war ehrlich verblüfft, das konnte man ihm ansehen. Mit so etwas hatte er nicht gerechnet. »Aber du hast deswegen nie den Mut verloren«, sagte er langsam. »Ich meine, du wärst heute sogar fast verbrannt worden, und du sitzt trotzdem jetzt neben mir und lächelst.« Es klang mehr wie eine Frage und weniger wie eine Feststellung.

Einem spontanen Impuls folgend nahm sie seine Hand. Sie blickte auf die verschlungenen Finger, während sie sprach. »Ich habe gelernt, dass Familie nicht unbedingt was mit Blutsbanden zu tun hat. Für mich sind die Märkte mein Zuhause und meine Freunde meine Familie.«

Er lächelte. »Und wieso feierst du Weihnachten nicht bei deinem Bruder?«

»Der ist auf einer Ausgrabung in Südengland und steckt bis zum Hals in antikem Schutt und unfähigen Studenten.«

»Also, wenn du willst, ich meine ... du kannst auch mit mir mitkommen ...«

»Das sagst du nur, weil du Angst vor dem Essen mit deiner Mutter und deinen Großeltern hast.«

»Quatsch!«

Sie lachte. »Und ob! Du willst mich nur als Rückendeckung, aber das kannst du vergessen. Ich muss mir das übliche Drama mit der Verwandtschaft an den Feiertagen nicht mehr antun.«

Seine braunen Augen funkelten schelmisch. »Du bist ein fieser kleiner Grinch, weißt du das?«

Sie rückte so nahe an ihn heran, dass sich ihre Nasen fast berührten. »Ach ja?«, fragte sie.

Er legte den Kopf ein wenig schräg. Seine Lippen schmeckten nach süßem Rotwein, weswegen es ihr nur recht war, dass er sich eine Antwort sparte.

Kapitel 9

Als Isa am nächsten Morgen aufwachte, kitzelten sie die Strahlen der Wintersonne im Gesicht.

Das war neu. Irritiert öffnete sie die Augen und konnte im ersten Moment nicht ausmachen, wo sie sich befand. Erst als sie den Duft der blauen Bettwäsche einatmete, vertrieb die Erinnerung an die letzte Nacht den letzten Rest von Schläfrigkeit. Sie lag in Mareks Schlafzimmer.

Die Jalousien waren halb nach oben gezogen, sodass Tageslicht den kleinen Raum erhellte, in dem kaum mehr als das Bett, ein Schrank und ein mit Bücherstapeln übersäter Schreibtisch Platz fanden. Isa drehte sich vorsichtig um, doch die andere Hälfte des Bettes war leer. Statt auf einen unrasierten, unter den Laken höchstwahrscheinlich nackten Geschichtsstudenten fiel ihr Blick auf ein Holzregal an der Wand, das ihm als Nachttisch diente. Neben einem Funkwecker, der die Botschaft, dass die neunte Stunde bereits geschlagen hatte, in die Welt hinausblinkte, standen eine kleine silberne Thermoskanne und eine Tasse, an der ein Zettel lehnte.

Guten Morgen. Bin in der Uni, wollte aber etwas dalassen, das Dir an meiner Stelle den Morgen versüßt. Hoffe, ich hab ihn richtig hinbekommen. Marek.

Gespannt setzte Isa sich auf, öffnete die Thermoskanne und schnupperte daran. Der weihnachtliche Duft von Kaffee, Zimt und Mandelmilch brachte sie zum Lächeln.

»Hey, mir ist gestern ein ziemlich guter Witz eingefallen. Willst du ihn hören?«

»Hab ich eine Wahl?«

»Nein. Was sagt der Philosoph bei Tisch zu seinem Sohn?«

Isa zog skeptisch die Augenbrauen hoch.

»›Iss schön dein Camuse auf, mein Junge!‹« Kevin grinste sie über seinen Bart hinweg erwartungsvoll an.

Die grüne Fee stand mit Herr Ludger dem Verderbten kurz nach Eröffnung des Markttages an einem Tisch vor der Garbräterei und frühstückte. Ein mit kross gebratenen Spanferkel-Stücken gefülltes Brot konnte sich zwar – was die allgemeine morgendliche Beliebtheit betraf – mit Müsli und Schokobrötchen nicht ganz messen, doch das hatte den Vorteil, dass die beiden Gaukler nicht in einer ellenlangen Schlange auf ihr Essen warten mussten.

»Wow, Kevin ... sonst tun deine Pointen ja einfach nur weh, aber diesmal hast du dich selbst übertroffen.«

»Findest du?«

»Ja. Das war der Bauchschuss unter den Wortwitzen.«

Der Schlaks mit dem Ziegenbärtchen zog eine Schnute. »Jetzt komm, so flach war der ... Na ja, gut. Vielleicht ein bisschen.« Er ließ den Zeigefinger über seinem gefüllten Brot kreisen, wählte dann ein besonders krosses Stück Fleisch aus und schob es sich in den Mund. »Aber mal was ganz anderes: Meinst du, ich sollte meiner Schwester zu Weihnachten irgendwas besorgen, dass man nur hier in Siegburg kriegen kann? Die verkaufen doch im Museum Blumenvasen und anderes Zeug aus Keramik, weil die Stadt im Mittelalter mal berühmt für ihr Töpferhandwerk war.«

»Finde ich ganz gut, die Idee«, antwortete die grüne Fee. »Siegburg selbst ist wirklich faszinierend, wenn man sich mal ein bisschen mit der Geschichte beschäftigt.« Ihr Blick glitt versonnen zum Michelsberg, der über den Dächern in den grauen Himmel ragte. »Wusstest du zum Beispiel, dass die Abtei St. Michael im 19. Jahrhundert als Irrenhaus benutzt wurde? Jedenfalls so lange, bis die Lebensbedingungen in dem baufälligen Gemäuer so schlecht geworden waren, dass man dort niemanden mehr behandeln wollte. Danach war es bis zum Ausbruch des Ersten Weltkriegs das schlimmste Zuchthaus, das damals im ganzen Rhein-Sieg-Kreis existierte. Unglaublich, oder?«

Kevin starrte sie kauend eine Weile an. »Aber der Abtei-Likör ist wirklich lecker«, sagte er schließlich.

Vielleicht hat Marek ja recht, dachte Isa düster und wischte sich ihre Finger ab. Vielleicht bin ich doch zu morbide. Sie zog eine Grimasse, während sie versuchte, sich den unbequemen schwarzen Umhang wieder ordentlich um die Schultern zu ziehen. Das alte Ding war eigentlich Lenas Ersatzmantel und der grünen Fee nicht nur ein gutes Stück zu groß, sondern roch auch noch entsetzlich nach Mottenkugeln und den Räucherstäbchen, die Lena zusammen mit dem Kleidungsstück in ihrer Esoterik-Phase gekauft hatte. Trotzdem hatte Isa ihn dankbar angenommen, denn auf dem Markt musste sie sich korrekt gekleidet präsentieren. Ihr eigener Umhang hatte bei dem Unfall mit der Fackel am vorherigen Abend stark gelitten, aber Tell hatte ihn mitgenommen und versprochen, ihn bis zum nächsten Morgen auszubessern.

Von dem Stehtisch aus, an dem sie ihr Frühstück verspeist hatten, konnte Isa die mit bunten Filzbändern und -blumen behangene Bude des Schweizers ganz genau sehen. Der Weidenkorb mit den grünen Bällen, die aussahen wie quakende Froschköpfe, baumelte fröhlich vor dem Eingang an seiner Aufhängung im Wind. Tell selbst dagegen machte einen ganz anderen Eindruck. Als Isa seinen schwarzen Schlapphut schließlich zwischen den vorbeigehenden Besuchern ausgemacht hatte, erkannte sie den traurigen Gesichtsausdruck sofort, der sich hinter seinem dichten Bart verbarg. Vor ihm stand Vroni, die mollige Maronenverkäuferin, und redete auf ihn ein. Die Art, wie sie seine Hand hielt und ihm dann tröstend mit dem Daumen über die Wange streichelte, ließ die junge Gauklerin stutzen.

»Was ist?« Kevin hatte auch aufgegessen und folgte mit den Augen Isas Blick. »Ach so. Die beiden.«

»Da geht doch nichts zwischen Vroni und Tell, oder? Ich meine, sie gehen schon ziemlich ... vertraut miteinander um. Und hängen ständig zusammen, ist dir das mal aufgefallen?«

Herr Ludger der Verderbte zuckte mit den Schultern. »Wundern würde es mich nicht.«

»Tell ist verheiratet.«

»Das ist ein Grund, aber kein Hindernis.«

Isa hob die Augenbrauen. »Du bist schon genauso ein kleiner Romantiker wie Alex. Ihr solltet ein Buch schreiben.«

»Bist du verrückt? In der Zeit, die wir hier darstellen, gab's noch keinen Buchdruck.« Kevin grinste. »Da bleib ich lieber bei der Musik. Wenn ich schon umschulen müsste, wäre ich lieber Ritter und würde Turniere ausfechten.«

»Auf einem Pferd? Bei unseren Einnahmen könntest du dir ja nicht mal eine Kokosnuss leisten.« In einem eleganten Bogen warf Isa ihr zusammengeknülltes Papiertuch in den Müllkorb neben dem Tisch und verabschiedete sich von ihrem Kollegen. Sie würden sich später beim ersten Auftritt des Tages auf der Bühne wiedersehen.

Als Isa sich Tells Bude näherte, sah sie, dass Vroni immer noch da war. Das Gespräch zwischen den beiden hatte allerdings deutlich an Heiterkeit gewonnen. Der Schweizer und die Bayerin scherzten miteinander, während Tell einer Kundin ein purpurrotes Filzstirnband verkaufte.

»Seid gegrüßt, meine werten Zünftler«, rief die grüne Fee und versuchte, das Verhalten ihrer Freunde aus einem neuen Blickwinkel zu betrachten. Doch obwohl sie sich eben über die starke Vertraulichkeit zwischen ihnen gewundert hatte, zeigten weder Tell noch Vroni irgendwelche Reaktionen, die auf mehr als gute

Freundschaft hinwiesen. Kichernd wie zwei Knappen, die ihren Rittern Ameisen in die Rüstung schmuggeln, standen sie an dem Stuhl, unter dem Tells Heizstrahler versteckt war, und wärmten sich die Füße.

»Servus, Spatzl!« Vroni hatte schon wieder eine Tüte voll heißer Maronen aus den Untiefen ihres Umhangs hervorgezaubert. Mampfend sah sie klammheimlich nach links und rechts, als wollte sie überprüfen, ob die Luft rein war, und lüftete dann das Fell, das den Heizstrahler verdeckte. »Guck dir des an: Die Dinger sind scho' wieder eingefroren.«

Tells bunte Bücherwürmer reihten sich tatsächlich genau wie einige Tage zuvor Seite an Seite auf dem warmen Gerät und tauten langsam vor sich hin. Ihr Besitzer sah eher resigniert als verärgert aus – vermutlich, weil er schon so oft darüber geflucht hatte. »Ich weiß gar nicht mehr, was ich machen anstellen soll«, seufzte Tell. »Ich kann die Zeltleinwand so gut abdichten, wie ich will: Wenn ich morgens ankomme, hat schon jemand die Knoten gelöst und die Auslage gewässert wie eine Topfpflanze. Vielleicht sollte ich doch zur Polizei gehen.«

»Hast du mit Richard darüber gesprochen? Eine der Nachtwachen muss doch etwas bemerkt haben.«

»Bei Richard war ich längst, Isa. Aber der hat mir auch nur geraten, den Stand besser zu verrammeln.« Tell wedelte mit der Hand unbestimmt zur rechten Seite seiner Bude, an der unter einem Vordach aus gewachster Plane und Holzstützen lange Filzbänder in allen erdenklichen Farben von einem gespannten Seil hingen. Daneben steckten albern aussehende Hüte mit

Hörnern und Federbüschen auf einem selbst gebauten Gestell und auch der grobe Hauklotz, auf dem sonst die Bücherwürmer und Stulpen auslagen, stand noch dort. »Jeden Abend schieb ich den Klotz an die Theke und mache die Plane von außen fest. Es ist zum Verrücktwerden.«

Während der Schweizer sprach, schien er sich an den eigentlichen Grund für Isas Besuch zu erinnern. Ohne mit dem Reden aufzuhören griff er nach einem riesigen Ding, das wohl mal ein alter Seesack gewesen, nun aber über und über mit bunten Filzflicken bestickt war. Tell öffnete ihn an einer Lederschlaufe und hängte sich mit Armen und Kopf so weit hinein, dass die grüne Fee ihm beinahe ein Seil und einen Grubenhelm empfohlen hätte. »Ich habe deinen Umhang repariert, aber weil sich die Nähte nicht so gut verstecken ließen, wie ich eigentlich gedacht hatte, habe ich mir die Freiheit erlaubt, ein paar weitere Eingriffe durchzuführen«, kam es dumpf aus dem Sack.

Bevor Isa noch fragen konnte, was er damit meinte, tauchte Tell wieder auf und hielt ihren Umhang mit beiden Händen hoch, damit sie ihn betrachten konnte. »Siehst du? Ich hoffe, das ist so in Ordnung.«

Das Ergebnis seiner Künste übertraf das Aussehen des Originals, das Isa all die Jahre so geliebt und um das sie seit dem gestrigen Abend im Stillen gebangt hatte, bei Weitem. Das Gewebe hatte durch das Feuer zu stark gelitten, als das man es irgendwie wieder hätte verfilzen können, doch der Schweizer hatte die angesengte Schulterpartie des Umhangs mit einem Stück Filz in genau dem gleichen Farbton, in dem auch der

Rest des Kleidungsstücks gehalten war, ausgebessert. Damit der gut sichtbare Flicken, den er mit dunkelgrünem Faden vernäht hatte, nicht nach einer notdürftigen Reparatur aussah, hatte Tell sich etwas ganz Besonderes einfallen lassen. Überall auf dem Umhang waren ein halbes Dutzend anderer Flicken in verschiedenen Größen verteilt. Dabei hatte er so geschickt gearbeitet, dass die kleinen Stoffreste mehr nach Zierde als nach Provisorien aussahen und dem Mantel den Charme eines echten Gaukler-Gewandes verliehen. Die absolute Krönung des Ganzen aber stellten zwei hübsche Blätter aus dunkelgrünem Filz da, die Tell am Kragen angenäht hatte.

»Und?« Die funkelnden Augen unter den buschigen Brauen zeigten, wie stolz Tell auf sein Werk war. »Gefällt's dir?«

Statt zu antworten, fiel die grüne Fee dem Schweizer einfach um den Hals und drückte ihm einen Kuss auf die Wange.

Ein Schmunzeln breitete sich auf seinem Gesicht aus und ließ wie von Zauberhand tiefe Grübchen hinter dem struppigen Bart erscheinen. »Na na«, brummte er. »Lass das mal nicht dein Herzblatt sehen.«

»Der Umhang sieht riesig aus, Tell!« Begeistert – und auch ziemlich erleichtert – zog sich Isa Lenas Ersatzmantel von den Schultern und schlüpfte in ihren eigenen, den ihr Tell wie ein echter Edelmann aufhielt. Das Gefühl war perfekt, wie ein verschneiter Weihnachtsmorgen.

Vroni guckte fast genauso stolz wie der Urheber des Werks. »Er hat mia des eben scho' gezeigt. So ist bei dem, was gestern passiert ist, wenigstens noch ein bissel was Gutes bei rausgekommen.«

Der Filzer griff nach dem Saum des Umhangs und zeigte Isa einen der angebrachten Flicken aus der Nähe. »Nachdem ich die verbrannte Stelle genäht hatte, konnte ich das einfach nicht so lassen. Der Flicken sah ... schäbig aus. Also habe ich beschlossen, aus der Not eine Tugend zu machen – Gott sei Dank bist du Gauklerin und kein Burgfräulein. So ein Spielfrauen-Mantel kann schon ein paar hübsche Flicken vertragen. Die sehen zwar nur so aus, als hätte man damit Löcher repariert, aber sie machen das Ganze schön gleichmäßig.«

PENG.

In Isas Kopf prallten zwei Gedanken so heftig aufeinander, dass ihre Lanzen zersplitterten und das Rüstzeug nur so schepperte. »Es hat nur so ausgesehen!« Sie packte Tell bei den Schultern, der vor Schreck ihren Umhang losließ, und lief ein paar Schritte aus der Bude heraus – nur, um gleich darauf wieder hineinzurennen. Am liebsten hätte sie sich selbst vor den Kopf geschlagen, weil sie so verdammt langsam gewesen war. »Es war nur zum Schein! Herrgott, wie konnte ich nur so blöd sein?«

Vroni starrte sie an wie eine entlaufene Irre, die gerade beschlossen hatte, ihr mit dem Breitschwert die Haare zu schneiden. Tell runzelte die Stirn.

»Ich hab jetzt keine Zeit, das zu erklären, okay?« Ohne viel Federlesens herzte Isa ihre beiden überraschten Freunde zum zweiten Mal und schaute die beiden dann eindringlich an. Um das, was ihr gerade klar geworden war, auch beweisen zu können, würde sie vermutlich

Hilfe benötigen. »Ich muss erst ein paar Leute zusammentrommeln, aber ich denke, ich weiß jetzt, welcher Störenfried hier auf dem Markt sein Unwesen treibt.«

Sie hörte nicht auf.

Hörte einfach nicht auf.

Als die Flammensäule am Abend zuvor in den Himmel gelodert war und die Panik auf ihrem Gesicht ausgeleuchtet hatte wie ein Scheinwerfer, sah es so aus, als wäre der Plan gelungen. Nur für einen kurzen Moment. Hoffnung keimte wie eine zarte Pflanze auf dem Grab des Schweins, dessen Tod auf ewig als Unfall gelten sollte.

Der Plan war gut gewesen. Sie war nicht einmal verletzt worden. Nur eine stumme Drohung hatte sich in ihr Gedächtnis einbrennen sollen: Hör auf, Fragen zu stellen. Hör auf, nach Antworten zu suchen.

Aber das tat sie nicht.

Was musste noch passieren, damit sie endlich Ruhe gab? Damit die Dunkelheit in den langen, langen Nächten aufhörte, hämisch von Strafe und Wahrheit zu flüstern?

Damit die Worte des Mädchens in dem grünen Mantel – egal, von was sie gerade sprach – aufhörten, sich wie eine Gänsehaut auf das Herz der Person zu legen, die schon einmal getötet hatte?

Musste auch sie sterben?

Hätte sich am Abend dieses eisigen Dezembertages ein besonders aufmerksamer Besucher des Mittelaltermarktes dazu entschlossen, sich mit einem dampfenden Becher Met in der Nähe der großen Bühne aufzustellen und das geschäftige Treiben zwischen den

Buden zu beobachten, so wären ihm mehrere Dinge aufgefallen, die anders waren als gewöhnlich.

Während sich das kalte schwarze Banner der Nacht über Siegburg herabsenkte und sowohl oben im Himmel als auch unten zwischen den Zelten kleine Lichter aufflammten, liefen einige Angehörige des Mittelaltermarktes umher wie Ameisen, die »Stille Post« spielen. Wegen der vielen Menschen, die sowieso schon durch die Gegend wuselten, wäre das eigentlich kaum der Rede wert gewesen, doch in ihren Bewegungen lag eine eigenartige Dynamik.

Irgendetwas war im Gange.

Zuerst standen sich der lange Büttel mit dem komischen Hut und der Spielmann, der sich dem Publikum bei der Vorstellung noch als Graf Galgenstrick vorgestellt hatte, auf den Stufen des Museums gegenüber und redeten kurz, aber umso heftiger aufeinander ein. Der Büttel schien mit irgendetwas ganz und gar nicht zufrieden zu sein und wedelte ein paarmal entschlossen mit den Händen, als wollte er die Worte des anderen einfach aus der Luft wischen. Ein paar Gesprächsfetzen wurden fast unhörbar vom Wind herangeweht:

»... das geht entschieden zu weit!«

»Beruhige dich ... nur mal ausprobieren ...«

»... Verein hat Richtlinien!«

Der Federbusch am Barett des Gauklers wankte im Streit wild hin und her, bis sich beide schließlich trennten, ohne dass ersichtlich gewesen wäre, ob sie sich geeinigt hatten.

Kaum zehn Minuten später huschte ein Schatten auf klappernden Holzpantoffeln zwischen den Buden umher. Es war die ältliche Frau, die an ihrem eigenen Stand Holzspielzeuge verkaufte und immer eine Geschichte auf Lager hatte für ihre Kunden und alle anderen, die zuhören wollten – oder auch nicht. Flink wieselte sie von Zelt zu Zelt und versicherte sich ab und zu mit einem bedeutsamen Blick über die Schulter, ob auch niemand lauschte, wenn sie mit einem der anderen Händler sprach. Ihr Gebaren hätte gut in einen Agententhriller gepasst, doch statt Sonnenbrille und eines tief in die Stirn gezogenen Huts trug sie einen dunklen Umhang und einen Helm aus vor Haarspray starrenden Locken, den nicht mal ein Streitkolben hätte plattmachen können.

Zuerst stand sie neben der orientalischen Bude in der Nähe der St.-Servatius-Kirche und sprudelte vor lauter Sensationen scheinbar nur so über, während die Verkäuferin für einen ihrer Kunden Sambuca in den persischen Mokka schüttete. Danach ging es weiter, am Zelt der Wahrsagerin vorbei zu einer winzigen runden Hütte aus Holz und Leinen, in der Edelsteine und Halsketten feilgeboten wurden. Der Händler dort machte große Augen angesichts der Nachrichten, die sie mitbrachte, und wollte mehr von der Sache hören. Mit einem verschwörerischen Lächeln wurde ihm der Wunsch erfüllt.

So drehte sie in gebotener Eile ihre Runde über den ganzen Markt, damit jeder einzelne historische Darsteller mitbekam, was gerade los war – und damit bekannt wurde, dass sie, Doris Panthen, es zuerst gewusst hatte. Kurze Zeit später tauchte sie wieder aus der Menge am Museum auf und gaffte unverhohlen, als der junge Spielmann mit dem Schottenrock ein sperrig aussehendes Leinenbündel die Treppe zum Museum hinauftrug und damit im Gebäude verschwand. Seine Last hatte eine komische Form; Größe und Form erinnerten an eine Schaufensterpuppe, sodass es beim Tragen so aussah, als wollte er in aller Öffentlichkeit eine Leiche verschwinden lassen.

Scheinbar alle Mitwirkenden des Marktes, zu denen sich das Lauffeuer der neuesten Neuigkeit den Weg gebrannt hatte, richteten ihre Aufmerksamkeit während dieses Ereignisses unwillkürlich auf den Eingang des Museums, bis der Mann nach einer knappen Minute ohne das Bündel wieder herauskam. Ob der kräftige Gaukler sich der vielen Augenpaare bewusst war, die auf ihm ruhten, war ihm nicht anzusehen. Er wirkte seelenruhig, selbst als ihm der Büttel auf den Stufen in den Weg trat und auch mit ihm eine Diskussion begann. Eine Weile wirkte das Gespräch so, als könnte es jeden Moment in einen lauten Streit ausarten, doch die beiden beherrschten sich. Irgendwann klopfte der falsche Schotte dem Älteren freundschaftlich auf die Schulter, worauf dieser resigniert mit den Achseln zuckte. Dann verschwanden beide wieder im Gewühl.

Wie gesagt – hätte sich jemand die Mühe gemacht und das Treiben der Marktleute etwas eingehender beobachtet, hätte er all dies an diesem Abend bemerken können. Ehrlich gesagt war Isa das aber total egal. Sie wusste, dass derjenige, auf den es ankam, die Szene gesehen haben musste. Und wenn alles nach Plan lief, brauchte sie nur darauf zu warten, dass er ihr in die Falle ging. Heimlich grinste sie in sich hinein. Ehrlich gesagt freute sie sich sogar darauf, doch zuvor hatte sie noch einiges zu erledigen.

Mit wehendem Umhang sprang sie von ihrem erhöhten Beobachtungsposten auf der Bühne und lief los, um sich auf den letzten Auftritt der Band an diesem Tag vorzubereiten. Außerdem musste sie sich irgendwo einen großen Topf Schminke besorgen.

Ba-duuuu!
Ba-duuuu!
Ba-duuuu!

Dreimal ertönte der Klang eines Horns über den Siegburger Marktplatz. Man hätte meinen können, dass sich so ein altertümliches Signal nicht gegen den Lärm der Neuzeit durchsetzen könnte, doch es erreichte jeden Winkel.

»Die achte Stunde hat geschlagen, drum hört, ihr Leut', und lasst euch sagen: Das Treiben auf dem Markt ist um! Geht heim zum completorium.

Kramer und Spielvolk stell'n ein nun ihr Tun, doch seid nicht traurig; ein jeder muss ruh'n. Da helfen kein Schimpf, kein Gezänk und Beschweren: Am Morgen sie alle erst wiederkehren.

Drum eilt von dannen, macht nicht Halt! Gehabt euch wohl und kommt wieder recht bald!«

Für den allabendlichen Ruf des Nachtwächters hatte Richard die Gewandung, die er tagsüber als Büttel trug, abgelegt. Stattdessen trug er einen silbernen Halbhelm, der im Fackelschein glänzte, und einen senkrecht geteilten Wappenrock von schwarzer und roter Farbe. Sein Kurzschwert hing wie immer an seiner Seite, nur trug er außerdem noch eine Hellebarde in der rechten Hand, während er mit der Linken das Signalhorn von den Lippen nahm. Für die Besucher des mittelalterlichen Weihnachtsmarktes bedeutete sein Gedicht an jedem Abend, an dem das bunte Treiben in Siegburg gastierte, dass die Buden, Zelte und Tavernen für die Nacht ihre Pforten schlossen und sich ein jeder Schaulustige aufmachen musste, um rechtzeitig zur besten Sendezeit vor dem heimischen Zauberkasten zu sitzen. Auch das Stadtmuseum würde bald die Türen verriegeln, nachdem auch der letzte historische Darsteller seine Sachen aus der Umkleide im Erdgeschoss geholt hatte. Nur eine einsame Rezeptionistin saß noch am Empfang und blätterte in einer Zeitschrift für Brautmoden, während sie darauf wartete, endlich nach Hause gehen zu können.

Im vorderen Teil des Museums war niemand mehr zu sehen. Die meisten der Marktleute waren noch damit beschäftigt, ihre Abrechnung zu machen und ihre Waren zu verräumen. Beinahe gespenstische Stille herrschte zwischen den Ausstellungsstücken. Das »Lottchen« saß wie immer auf der Treppe und starrte als Einzige stumm auf die Halle hinab. Zumindest, bis jemand mit einem Kopfnicken die gelangweilte Rezeptionistin passierte und die Stufen zur Umkleide hinuntereilte.

Schwere Schritte auf den Steinstufen hallten von den Wänden wider. Im Halbdunkeln war das Gesicht der Gestalt nicht zu erkennen, doch man konnte sehen, wie sie sich mit einem raschen Blick über die Schulter versicherte, dass niemand ihr folgte. Dann wandte sie sich nach rechts und trat unter dem Türbogen hindurch, der zum Hexenkeller des Museums und auch zum provisorischen Reich der Marktleute führte.

Langsam, fast behutsam wurde die Klinke zur Umkleide nach unten gedrückt. Sie quietschte nur leise, doch in der Stille schwoll das Geräusch zu einem schrillen Schrei an. Ein paar Herzschläge lang bewegte sich nichts. Dann wurde die Tür vorsichtig aufgeschoben.

Das Licht in dem kleinen Raum war ausgeschaltet. Es zischte, als die Gestalt ein Streichholz anriss und damit eine Laterne anzündete, die sie aus einer Tasche hervorgeholt hatte. Die flackernde Flamme warf einen trüben, gelben Schein durch die hauchdünnen Hornplatten, die anstelle von Glas dazu dienten, das Feuer vor Wind und Regen zu schützen, und ließ tanzende Schatten durch den Raum gleiten. Der Lichtschein wanderte einmal von links nach rechts.

Regalbretter waren zu sehen, auf denen sich Kleider, Taschen, Motorradhelme, Bücher und Medikamente stapelten. Der Holzstern mit dem langen Stab, der beim Adventssingen zum Einsatz kam, lehnte neben einem großen, leeren Fass an der Wand.

An der rechten Wand standen zwei große Schränke aus kaltem, angelaufenem Metall. Die Türen des einen waren geschlossen und verbargen den Inhalt des Ungetüms, doch die des anderen standen einen Spaltbreit offen und gaben den Blick auf etwas frei, das den Puls der Gestalt in die Höhe trieb. Entschlossen zog sie ein Messer aus den Falten ihres Umhangs. Es war weder eine Gummiwaffe, wie sie die LARPer verwenden, noch ein stumpfes Messer für den Schaukampf.

Diese Klinge war scharf.

Der Eindringling stieß die Schranktür mit einem angewiderten Fußtritt auf und leuchtete hinein. Der Lichtschein der Laterne fiel auf das bleiche Gesicht einer Schaufensterpuppe in einem Piratenkostüm.

Das Ding hatte offensichtlich schon bessere Tage gesehen. Ein Arm war gebrochen und hing in einem unnatürlichen Winkel herunter, sodass die Manschetten des prachtvollen roten Mantels, der salopp über ein schwarzes Rüschenhemd gezogen worden war, über die Fingerspitzen hinaus in der Luft baumelten. Große goldene Knöpfe, geformt wie Totenköpfe, grinsten im Halbdunkeln. Neben einer schwarzen Hose, die der Figur um die Knie schlotterte, und braunen Stulpenstiefeln trug die Puppe eine Augenklappe und einen viel zu großen Dreispitz aus Leder, den man ihr schief auf den Kopf gesetzt hatte.

Grimmig betrachtete die Gestalt ihren Fund von oben bis unten.

»Das ist ja noch schlimmer, als ich dachte«, murmelte sie leise und packte den Griff des kalt schimmernden Messers so fest, dass ihre Knöchel weiß wurden. »Was, bitte, soll das sein?«

Plötzlich schlug die Puppe die Augen auf. »Ich bin dein Verderben, du Landratte!«

Bernd Wischnewski stieß einen schrillen Schrei aus und stolperte zurück. Vor Schreck vergaß er das Messer in seiner Hand. Die Laterne fiel klappernd zu Boden und ging aus, doch in diesem Moment flutete grelles Licht durch die Umkleide. Jemand hatte die Deckenbeleuchtung eingeschaltet.

»Was soll das? Ich – arrgh!«

Bei dem Versuch, dem wölfischen Grinsen der Schaufensterpuppe zu entkommen, übersah Bernd einen Schemel, der ihm im Weg stand, und plumpste auf seinen fetten Hintern. Das Messer glitt ihm dabei durch die Finger und segelte quer durch den Raum bis zu den geschlossenen Türen des zweiten Metallschranks.

Aus dem plötzlich zwei Männer heraussprangen.

»Steh gefälligst auf, du räudiger Bastard!« Valentin sah aus, als wollte er dem Apfelkringel-Verkäufer den Kopf mit bloßen Händen abreißen. Er und Alex kletterten aus ihrem Versteck im Schrank, packten Wischnewski bei den Schultern und zerrten ihn auf den Schemel, wo sie ihn mit wütenden Gesichtern festhielten. Lena, die sich draußen im Gang verborgen und im richtigen Moment das Licht angeschaltet hatte, wischte durch die halb geöffnete Tür herein und kam mit Kevin – der mit einem eleganten Satz aus dem Fass sprang, in dem er die ganze Zeit über gehockt hatte – auf ihre Freunde zu. Mit einem kurzen Blick auf Bernd, der deutlich zeigte, dass sie selbst von einer mit der Pest infizierten Kanalratte mehr hielt als von ihm, ging die wilde Helena zum Schrank und reichte der Schaufensterpuppe ihre Hand. »Alles okay bei dir?«

Isa nahm ihre Hilfe dankbar an und kletterte mit steifen Gliedern heraus. »Ja, aber lange hätte ich das nicht mehr ausgehalten. Diese verdammte Schminke juckt wie verrückt.« Sie befreite ihre Dreads, indem sie sich den Dreispitz vom Kopf zog und in eine Zimmerecke pfefferte. Die Augenklappe flog im hohen Bogen hinterher.

Bernds Gesicht war blass geworden. Er sah aus wie ein Stück Schweinefleisch, das viel zu lange keinen Kühlschrank mehr von innen gesehen hatte. »Was soll das? Lasst mich sofort los! Ihr habt kein Recht, mir hier aufzulauern wie eine Bande lumpiger Straßenräuber!« Er versuchte, echte Empörung in seine Fistelstimme zu legen.

»Ach so?« Die grüne Fee funkelte ihn wütend an. »Wenn wir eine Lumpenbande sind, was bist dann du? Ein Saboteur, der nachts herumschleicht und sich heimlich am Eigentum anderer Leute zu schaffen macht, bloß weil sie nicht nach seiner Pfeife tanzen?«

»Das ist Verleumdung!«, kreischte Bernd und bekam einen hochroten Kopf. »Eine infame Unterstellung, für die ihr keinerlei Beweise habt! Affirmanti incumbit probitas! Wer behauptet, muss auch beweisen!«

Der sonst stets ruhige Valentin beugte sich drohend vor. »Halt lieber den Ball flach, Wischnewski. Du gehst mir schon lange auf den Geist mit deiner ewigen Besserwisserei und deiner Arroganz. Glaubst du im Ernst, dass du als Einziger hier mal Latein in der Schule hattest?«

»Da, du gibst es zu! Ihr habt euch gegen mich verschworen, weil ihr mich nicht leiden könnt! Infandum! Oh Schande, oh Gräuel!«

Graf Galgenstricks Augen blitzten. »Ich warne dich zum letzten Mal! Non omnibus dormio – ich übe nicht gegen alle die gleiche Nachsicht, du alberner Klugscheißer.«

»Das lasse ich mir nicht bieten von einem, einem Pecus! Einem faulen Nequissimus!« Wischnewski verstummte abrupt, als sich Alex mit grimmiger Miene in sein Blickfeld schob.

»Jetzt pass mal gut auf, Cicero«, sagte der. »Ich bin nämlich auch ein Sprachtalent. Ich kann den Satz ›Halt die Klappe‹ sogar in vier verschiedenen Sprachen ausdrücken: Deutsch, Englisch, Französisch und Physisch. Verstanden?«

Bernd starrte auf die Hand des Dudelsackspielers, die immer noch mit trügerischer Leichtigkeit auf seiner Schulter lag, und schluckte.

»Nachdem ihr eure geistigen und körperlichen Muskeln habt spielen lassen, können wir jetzt hoffentlich in einer Sprache fortfahren, die alle verstehen«, unterbrach Isa. »Falls es dich beruhigt, Bernd – wir haben tatsächlich Beweise dafür, dass du derjenige bist, der unsere Arbeit und die anderer Darsteller hier auf dem Markt seit Wochen manipuliert. Den eindeutigsten hast du selbst geliefert, als du heute Abend hierhergekommen bist, um ein absolut nicht zum Thema und zur Zeit des Mittelaltermarktes passendes Piratenkostüm zu zerstören, das Manus Furis angeblich gleich morgen beim ersten Auftritt dem Siegburger Publikum präsentieren wird.« Isa bückte sich und hob das Messer auf, das halb unter einen der Metallschränke gerutscht war. »Wir alle haben gesehen, wie du damit auf die arme, unschuldige Schaufensterpuppe losgehen wolltest.«

Ihre Worte lockten Wischnewski aus der Reserve. Die empörte Miene glitt von seinem Gesicht wie ein eingeölter Pfannkuchen. »Was? Wieso angeblich?«

Sie grinste. »Weil das alles hier ein einziger Bluff war, um dich dazu zu bringen, dich zu verraten. Und du, Meyster Oberschlau, bist darauf hereingefallen.«

Lena beugte sich verstohlen in Isas Richtung. »Warum noch mal haben wir eigentlich keine echte Schaufensterpuppe genommen? Immerhin war er bewaffnet«, wisperte sie.

»Ich wollte schon immer mal ›Ich bin dein Verderben‹ zu jemandem sagen.«

»Ach so. Klar.«

»Wir haben Doris absichtlich das Gerücht von einer neuen Nummer für das Marktprogramm zugespielt«, fuhr die grüne Fee wieder etwas lauter fort. »Richard war auch eingeweiht. Und obwohl er ein echt mieser Schauspieler ist, hat uns die Tratschtante vom Dienst die Geschichte abgekauft. Der halbe Markt hat gesehen, wie Alex ein ominöses Paket ins Museum hineingetragen hat und wie er und Valentin sich zu verschiedenen Zeiten mit dem Büttel gestritten haben. Ich glaube, von deinem Stand aus hattest du einen perfekten Blick auf das Geschehen, oder? So ein offensichtlicher Verstoß deiner Erzfeinde gegen die hochheiligen Regeln der korrekten historischen Darstellung musste dich ja aus der Reserve locken. Deswegen haben wir uns auch – als Hommage an deinen Ausraster von neulich Nacht, als du uns an der Bühne heimlich belauscht hast – für ein Piratenkostüm entschieden.«

»Und weil Isa zu klein für eine Elbin ist«, gluckste Kevin. Die grüne Fee stieß ihm den Ellbogen in die Rippen.

Valentin beugte sich so weit zu Bernd herab, dass sich ihre Nasen fast berührten. Seine blauen Augen funkelten so kalt, dass sie die Atmosphäre im Raum um mehrere Grad herunterkühlten. »Ich bin wirklich ein friedfertiger Mensch, Wischnewski. Wirklich. Und natürlich habe ich bereits neue Saiten auf meine Laute gezogen. Du hast keinen bleibenden Schaden angerichtet, also bräuchte mich dein Verhalten eigentlich nicht im Mindesten zu kümmern.« Er bohrte Bernd einen Zeigefinger in die Brust. »Aber der Grund, warum so ein schmieriger, selbstverliebter, nach Bratfett stinkender Schleimbeutel wie du mich richtig wütend macht, ist die Absicht, die hinter diesen kindischen Aktionen steckt. Ich kann ja noch damit umgehen, wenn sich irgendwelche Anwohner über den ach so furchtbaren Gestank und ohrenbetäubenden Lärm eines Mittelaltermarktes beschweren. Solche Leute gibt es in jeder Stadt, in die wir kommen, und vermutlich wird es sie auch immer geben. Aber wenn einer aus unseren eigenen Reihen anfängt, sich wie ein Blockwart in einer Schrebergartenkolonie aufzuführen und den Menschen, mit denen er die Liebe zum Mittelalter eigentlich teilt, bewusst Schaden zuzufügen, dann macht mich das einfach krank.«

Die Angst stand Meyster Hubertus Libarius förmlich ins Gesicht geschrieben. Selbst eine Höhlenmalerei aus Blut und Ruß auf einer Wand aus Kalk hätte nicht deutlicher sein können. Trotzdem klammerte er sich – seinem feigen Naturell gemäß – an den allerletzten rhetorischen Strohhalm, der ihm noch geblieben war: die Verleugnung. »Was für eine Laute? Ich weiß nichts von einer Laute und Saiten oder derlei Zeug!«

»Jetzt hör aber auf!« Isa spürte, wie Valentins Zorn sie allmählich ansteckte. Der Spaß über ihre kleine Maskerade war mittlerweile jedenfalls verflogen. »Du hast versucht, unseren Auftritt zu sabotieren, weil du uns für asoziales Gesocks hältst, für das der Begriff ›Pöbel‹

noch ein echtes Kompliment wäre. Ich meine, du verheimlichst deine Meinung ja nicht gerade, sondern posaunst sie jedes Mal aus, wenn du auch nur das Wort ›Dudelsack‹ hörst. Leute, die Spaß am Leben haben, passen nicht gerade in dein Weltbild, oder?«

»Aber ich wurde doch auch überfallen! Man hat meinen Stand demoliert, das haben alle gesehen!«

Die ganze Zeit über, in der der geheimnisvolle Saboteur sein Unwesen auf dem Mittelaltermarkt getrieben hatte wie ein Poltergeist, hatte Isa sich verzweifelt gefragt, wo sie den Hebel ansetzen konnte. Wie sollte sie ihm das Handwerk legen? Ich hatte die Lösung direkt vor der Nase, dachte sie. Es war offensichtlich, und doch wieder völlig unlogisch. Doch nun war sie endlich dahintergekommen und hatte vor, Bernd mit selbigem Hebel das Genick zu brechen.

»Richtig. Der Einbruch.« Die weiße Schminke in ihrem Gesicht juckte wie wahnsinnig, doch sie ignorierte das Gefühl. »Weißt du, wenn man mich gefragt hätte – ohne, dass ich etwas von diesem Einbruch gewusst hätte –, wer meiner Meinung nach von unseren eigenen Leuten hinterhältig genug wäre, um dem Weihnachtsmarkt und den Mitwirkenden zu schaden, dann hätte ich ohne zu zögern deinen Namen genannt, Bernd. Aber meine Augen und Ohren haben mich eines Besseren belehrt. Die anderen haben mir erzählt, dass sich jemand nachts an deiner Bude zu schaffen gemacht hat. Ich habe das Loch ja gesehen und von der Bühne aus beobachtet, wie du die Wand repariert und deswegen sogar der armen, nach Ollis Tod arbeitslosen Bianca kurzfristig einen Job als Mareks Vertretung gegeben hast. Zu diesem Zeitpunkt dachte ich noch, dass der Schaden vielleicht durch ein paar Jugendliche aus der Gegend entstanden sein könnte, die nach ein paar Bier Lust auf eine Mutprobe hatten. Als Tatverdächtiger kamst du somit anscheinend nicht mehr infrage. Selbst dann nicht, als klar wurde, dass niemand von außerhalb für all die kleinen ›Unfälle‹ verantwortlich war ... bis mich ein kleiner, unbedeutender Nebensatz von Tell auf die richtige Fährte zurückgestoßen hat. Ja, richtig – genau von dem Tell, dem du seit Wochen nachts heimlich Wasser in die Auslage leitest, weil du glaubst, er würde mit Vroni seine Frau betrügen. Wegen deiner absurden Moralvorstellungen – und natürlich, weil er sich mit uns fragwürdigen Subjekten angefreundet hat – frierst du wieder und wieder seine Filz-Bücherwürmer ein wie ein Kindergartenkind, dem einfach kein originellerer Streich einfallen will. Aber ich muss dich enttäuschen, Bernd. Ich hatte vorhin noch ein kleines Gespräch mit den beiden, um meine zugegebenermaßen erwachte Neugier zu befriedigen.«

Es war Isa ziemlich peinlich gewesen, den Schweizer und die Bayerin so direkt auf ihren vertraulichen Umgang miteinander anzusprechen, aber sie hatte Wischnewskis Verdacht überprüfen müssen, um ihre Theorie zu bestätigen und ihm gleichzeitig den Wind aus den aufgeblasenen Segeln zu nehmen.

Und ihre Bemühungen hatten sich gelohnt.

»Vroni und Tell haben gar keine Affäre. Selbst wenn sie miteinander römische Orgien nachstellen würden, würde Tell seine Frau genau genommen nicht betrügen, denn die hat ihn vor zwei Monaten verlassen. Vroni hilft ihm, darüber hinwegzukommen – aber nur als Freundin. Zufrieden? Wenn du das nächste Mal den Moralapostel spielen willst, dann informier dich gefälligst besser, du Superhirn. Fang zum Beispiel bei deinen spießigen Freunden Adam und Maria Drömer an – das sind wirklich keine Heiligen.«

Mit zusammengepressten Lippen starrte Bernd Isa an, sagte jedoch nichts. Offenbar hatte er sich dazu entschlossen, sie vorerst nur mit finsteren Blicken zu strafen. Der grünen Fee war das jedoch egal.

»Tell sprach heute in einem anderen Zusammenhang von Schein und Sein. Es ging um Flicken auf einem Umhang, die eigentlich gar keine Löcher verdecken ... und da hatte ich es. Ich meine, was bitte hätte dich davon abhalten sollen, deinen eigenen Stand zu beschädigen, um den Verdacht von dir abzulenken?«

»Was für eine völlig absurde Idee!«, platzte es aus Wischnewski heraus. Dass seine Stimme eine Oktave nach oben schnappte, konnte er allerdings nicht verhindern.

»Absurd, ja? Ich will dir mal was sagen.« Isa wischte sich mit dem Ärmel über die Stirn und erntete einen bösen Blick von Alex, weil sie Schminke an seinen guten Piratenmantel schmierte. »Absurd ist einzig und allein der Gedanke, dass du Bianca, die vorher als Aushilfe bei Olli Katz, dem fleischgewordenen, ständig besoffenen Dorn in deinem Auge, gearbeitet hat, in einem spontanen Anfall von Nächstenliebe einen Job anbietest. Oder dass du dir mit Hammer und Nägeln selbst freiwillig die Finger an deiner demolierten Bude schmutzig machst – es sei denn natürlich, du willst explizit die Aufmerksamkeit auf deine Rolle als armes Opfer lenken, um dein falsches Alibi aufrechtzuerhalten. Hab ich recht?«

Die Stille im Raum war lauter als jede Fanfare.

»Und wenn schon!« Bernds Fistelstimme schraubte sich so scharf in die Höhe, dass Isa halb erwartete, den Schall im Gesicht wie einen Peitschenhieb zu spüren. Sie sah, wie Lena neben ihr sogar erschrocken zusammenzuckte.

»Wisst ihr eigentlich, was es bedeutet, seit fast dreißig Jahren mit solchem ... solchem Pack wie euch zusammenarbeiten zu müssen? Was es bedeutet, sich als Einziger ernsthaft darum zu bemühen, eine wahrhaft perfekte Imitation historischer Gegebenheiten zu erzeugen? Nein, wisst ihr nicht! Niemand weiß das! Ich spreche fließend Latein, trage von mir höchst selbst handgefertigte Untergewänder aus Wolle, die schrecklich kratzen, und bereite die Speisen für meine Kundschaft ausschließlich aus Nahrungsmitteln und Gewürzen zu, die hierzulande Anfang des 15. Jahrhunderts für den typischen Marktbesucher erschwinglich waren. Und alle anderen? Die schreiben im Schutz ihrer Umhänge heimlich Nachrichten mit ihren Handys, tragen Brillen und verkaufen Reibekuchen aus verdammten Kartoffeln. Kartoffeln!«

Das letzte Wort kreischte er so laut, dass der Stab mit dem Adventsstern in der Ecke klappernd von selbst zu Boden fiel. Bernds Gesicht hatte während seiner Ansprache die Farbe einer Tomate angenommen.

Auch kein mittelalterliches Gemüse, dachte Isa.

»Ich habe nur getan, was ich eigentlich schon lange hätte tun sollen. Irgendjemand musste ja schließlich etwas unternehmen, bevor alles, wofür ich mein ganzes Leben lang gearbeitet habe, vor die Hunde geht –«

»Du meinst, bevor all die Leute, die nicht so perfekt sind wie du, das ›Unternehmen Mittelalter‹ in den Sand setzen?« Isa sprach es direkt aus, und Bernd war trotz der Tatsache, dass er verloren hatte, trotzig genug, um ihre Frage genauso direkt zu beantworten. »Ja«, schnaufte er.

»Leute, die nicht deinem Benimm-Kodex entsprechen?«

»Ja, Herrgott noch mal! Alle, die sich nicht an die simpelsten Regeln halten können! Man sollte euch alle den Wölfen zum Fraß vorwerfen!«

Isa beugte sich ganz dicht zu ihm herunter. »Und genau deswegen hast du auch Oliver Katz umgebracht, oder?«

In Bernds Gesicht stand plötzlich der blanke Schreck. »Was?«

»Was?«, machten Alex, Kevin, Lena und Valentin im Chor.

»Ach komm, Bernd. Ich dachte immer, du hörst dich selbst so gerne reden? Immerhin hast du uns gerade lang und breit dein Motiv für den Mord erläutert. Olli war ein Säufer, der seinen Rausch sogar manchmal nachts auf dem Marktgelände ausgetobt hat. Der Inbegriff dessen, was du eben noch verflucht und zwischen die Zähne wilder Tiere gewünscht hast. Den hättest du auch nicht durch irgendwelche kindischen Streiche dazu gebracht, sein Verhalten zu ändern – also hast du kurzerhand deine Nachtschicht an den armen Mathis weitergegeben, weil du wusstest, dass der sowieso früher oder später einschlafen würde. Das gab dir die Gelegenheit, die du brauchtest, und außerdem sollte dadurch jeder denken, dass du dich an dem Abend wer weiß wo aufgehalten hast – nur nicht in Ollis Nähe. Anprangern und erfrieren lassen war bestimmt ein prima Ersatz für ein Rudel hungriger Wölfe, was?«

Isa hatte während ihres ganzen Vortrags über Wischnewskis Gesicht nicht aus den Augen gelassen. Direkt nach seinem kleinen Ausbruch war es dunkel vor Wut gewesen und zu einer Grimasse verzerrt. Nach ihrer zusätzlichen Anschuldigung hatte sich der rote Pfannkuchen in eine leichenblasse Wand verwandelt.

Allerdings nur für einige wenige Sekunden. Danach war Schritt für Schritt wieder die alte, geradezu widerwärtige Maske der Selbstzufriedenheit zurückgekehrt. Keine Schweißperlen mehr auf der Oberlippe, obwohl es kalt war in der Umkleide. Kein zur Seite geneigter Kopf mehr wie bei einem Straßenköter, den man in die Ecke gedrängt hat und der bereit ist, jederzeit zuzuschnappen.

Das ist nicht gut, dachte sie plötzlich.

»Wie ich es mir immer gedacht habe. Du hältst dich für besonders schlau, aber du bist nichts weiter als eine gewöhnliche Herumtreiberin, die glaubt, sie hätte das Recht, ihre Nase in die Angelegenheiten anderer Leute zu stecken.« Meyster Hubertus lächelte süffisant. »Deine Wunschvorstellung, mich als Mörder überführen zu können, wirst du wohl oder übel begraben müssen.«

»Das glaube ich nicht. Und dass ausgerechnet du das Wort ›begraben‹ in den Mund nimmst, finde ich ziemlich geschmacklos.«

»Augenblick mal.« Alex, immer noch eine Hand locker auf Bernds Schulter, runzelte die Stirn. »Er hat Katz also umgebracht? Soll das heißen, wir haben gerade nicht nur entdeckt, dass es wirklich einen Mord gab, sondern ihn auch noch gleichzeitig aufgeklärt?«

»Ja.«

»Nein!« Bernd lachte. Er lachte kurz und hell, und das machte Isa so wütend, dass sie ihm am liebsten ins Gesicht geschlagen hätte.

»Habt ihr vielleicht irgendwelche Beweise dafür, dass ich Katz in den Pranger gesteckt habe? Ah, ich weiß schon – ihr habt wahrscheinlich Fingerabdrücke mit Kakaopulver und Klebestreifen genommen, oder? Oder vielleicht Schuhabdrücke mit Abgüssen aus Bienenwachs sichergestellt?«

Bevor sein Lachen noch ein zweites Mal scharf durch den Raum schneiden konnte, verstärkte Alex kurz den Druck auf seine Schulter. »Lass das und komm zum Punkt. Du bist nicht in der Position, Witze zu reißen«, knurrte der Spielmann.

Wischnewski beruhigte sich wieder, aber das überhebliche Grinsen in seinem Gesicht blieb. »So sehr es mir auch wie göttliche Gerechtigkeit vorkommt, dass Katz zur Schau gestellt in einer langen, kalten und sehr einsamen Nacht sein Leben ausgehaucht hat, wie es ein verkommenes Subjekt seines Schlages auch verdient – ich war an diesem Abend ganz woanders. Und das kann ich auch beweisen.«

Den Blick mit hochgezogenen Augenbrauen provokant auf Alex gerichtet, öffnete Bernd den metallenen Verschluss an der Tasche aus glattem braunen Leder, die an seinem Gürtel hing. Eine Weile kramte er darin herum, dann zog er einen kleinen Fetzen Papier daraus hervor und reichte ihn Isa.

Es war eine Kinokarte.

»An diesem Abend wurde im Cineplex am Siegburger Bahnhof ›Die lange Nacht der Doris-Day-Filme‹ veranstaltet. ›Schick mir keine Blumen‹ und ›Was diese Frau so alles treibt‹ für nur zwölf Euro! Ich habe mit diesem armen Trottel Mathis meine Schicht getauscht, weil ich wusste, dass er nicht ablehnen würde, wenn ich ihm erzähle, ich wäre zu krank, um zu arbeiten.«

Isa starrte auf die Karte in ihrer Hand und konnte es einfach nicht fassen. An den Mienen ihrer Freunde konnte sie ablesen, dass es ihnen ähnlich ging. Sie war sich so sicher gewesen. »Wer sagt mir, dass du wirklich dort warst?« Die grüne Fee war nicht bereit, so einfach aufzugeben.

»Ach, bitte – das Ende der Karte wurde vom Kassierer abgerissen.«

»Das kannst du auch selbst getan haben. Warst du alleine da?«

»Natürlich, aber ich hatte ein äußerst ausführliches Gespräch mit dem obersten Geschäftsführer, an das er sich bestimmt erinnern wird. Ich habe ihm versucht klarzumachen, dass sich sein Etablissement durch die Ausstrahlung derart geschmackvoller klassischer Filme zwar auszeichnet, dieser positive Eindruck aber schnell zerstört werden kann, wenn er weiterhin Getränke anbietet, die temperaturtechnisch nicht den Wetterbedingungen draußen angepasst sind oder Käsesauce auf den Nachos verkauft, die selbst die stupiden Aushilfskräfte mit ein paar wenigen Handgriffen nachwürzen und damit erheblich aufwerten könnten.«

Die grüne Fee zog eine Grimasse. »Oh ja. Das klingt nach dir.«

»Wollt ihr vielleicht im Kino anrufen? Bitte sehr – ich habe die Nummer nicht, aber ich bin sicher, dass ihr sie mit euren verdammten, ach so gut versteckten Smartphones sehr schnell herausfinden könnt.« Bernd schlug die pummeligen Beine übereinander. »Ich warte.«

Obwohl sich jede einzelne Faser ihres Körpers dagegen wehrte, glaubte Isa ihm seine Geschichte. So viel Arroganz konnte man unmöglich spielen. Sie kannte diesen Mann mittlerweile lange genug, um zu wissen: So verhielt sich Meyster Hubertus Pestbeule, wenn er seinem Gegner den Todesstoß versetzt hatte und den Dolch in der Wunde noch einmal genüsslich herumdrehte.

Trotzdem musste sie sein Alibi überprüfen. »Kevin, könntest du bei diesem Kino anrufen?«, bat sie und zupfte an ihrem Piratenkostüm. »Leider hab ich vergessen, mein Handy mit auf See zu nehmen.«

»Schon dabei.« Der bärtige Spielmann hatte bereits die Telefonnummer herausgesucht und lauschte mit gerunzelter Stirn dem Freizeichen. Nach ein paar Sekunden meldete sich schließlich eine muffelnde Stimme am anderen Ende der Leitung.

»Schönen guten Abend. Äh, könnte ich bitte den Geschäftsführer sprechen?« Kevin hörte kurz zu, bedankte sich dann artig und zuckte zusammen, weil ihm plötzlich eine unrhythmische Big Band ins Ohr dudelte. »Warteschleife«, erklärte er seinen Freunden entschuldigend, da die Musik in der ganzen Umkleide zu hören war.

Dann war wieder jemand am Apparat.

»Guten Abend. Spreche ich mit Herrn Kahlenbach?« Kevin nahm unbewusst seine typische Telefon-Haltung ein: Beine über Kreuz, den Kopf leicht zur Seite geneigt, die freie Hand streichelte intellektuell den Bart. »Herr Kahlenbach, ich hätte da eine Frage. Erinnern Sie sich zufällig, ob Sie am letzten Samstag mit einem Kinobesucher namens Bernd Wischnewski ...«

Weiter kam er nicht. Der Rest des Satzes ging in wüsten Beschimpfungen unter, die aus dem Lautsprecher des Handys quollen wie Rauch.

»Schon gut! Danke!«, rief Kevin laut, während er das Telefon auf Armeslänge von sich weghielt, und legte dann einfach auf. Eine schiefe Grimasse ziehend blickte er zuerst auf Bernd und dann zu Isa. »Kein Zweifel. Er war da.«

Während die anderen Spielleute ziemlich ernüchtert aus der Wäsche guckten und der Apfelkringel-Bäcker ein triumphierendes Lächeln aufsetzte, sah Valentin aus, als wäre ihm gerade etwas wieder eingefallen. »Wartet mal. Aber den Brennstoff für Isas Fackeln – den hast du doch auch manipuliert, oder?«

Wischnewskis Fistelstimme verlieh seiner süffisant-hasserfüllten Miene etwas Lachhaftes und gleichzeitig etwas sehr, sehr Gruseliges. »Oh, das. Natürlich war ich das. Ich habe die Flaschen ausgetauscht, um allen zu demonstrieren, dass hinter einer Gauklerin immer eine Hexe steckt, die auf den Scheiterhaufen gehört anstatt auf eine Bühne.«

Die Schlagader an Alex' Hals begann vor Wut zu pochen. »Bist du verrückt? Sie wäre deinetwegen fast in Flammen aufgegangen!«

»Moment.« Mit einer Handbewegung bedeutete Isa ihm, ruhig zu bleiben. »Du hast also die Flasche mit meinem Brennstoff für die Auftritte weggenommen und stattdessen eine andere hinter die Bühne gestellt, als ich nicht da war?«

Bernd nickte selbstzufrieden. »Genau. Ich wollte dir eine hübsche kleine Lektion erteilen.«

»Tja. Dumm nur, dass nicht das komplette Gefäß, sondern nur die Flüssigkeit darin ersetzt wurde. Jemand hat mein Lampenöl weggeschüttet und irgendein anderes Zeug in meine Flasche gefüllt. Ergo geht das Barbecue nicht auf deine Rechnung, egal, wie sehr du dir wünschst, die Lorbeeren dafür einzuheimsen.«

Kevin schüttelte fassungslos den Kopf. »Mein Gott, ist das krank.«

Noch während sie sprach, konnte Isa förmlich dabei zusehen, wie ihre Worte das dumme Grinsen aus Bernds Gesicht wischten. Eine Weile kaute er fest auf seiner fleischigen Unterlippe herum und starrte sie an, wie man ein Stück Hundedreck auf seiner Fußmatte anstarrt. »Na und?«, schrie er schließlich fast, als seine Wut sich Bahn brach. »Dann war ich es eben nicht! Aber demjenigen, der das getan hat, kann ich nur zu seinem hervorragenden Einfall gratulieren!« Er blickte höhnisch vom einen zum anderen. »Schließlich kann ich das hier einfach sagen, nicht wahr? Hier ist ja keine Polizei, wir sind ja unter uns! In diesem Raum gibt es nur ein paar Amateur-Detektive, die dem Herrn Oberkommissar sowieso schon auf die Nerven fallen. Mit eurer kleinen Maskerade habt ihr mich vielleicht überrascht, aber ihr könnt nichts von dem, was ich gesagt habe, beweisen. Mein Wort wird immer gegen das eure stehen, also werde ich gleich frohen Mutes aus dieser Tür spazieren, mich zu meinem Wohnwagen begeben und mir eine schöne Flasche Rotwein aufmachen.« Er nickte mit dem Kopf heftig in Richtung von Valentin und Alex, dessen Hände noch immer auf seinen Schultern ruhten. »Und deine Muskelmänner werden dir dabei auch keine Hilfe sein!«

»Die vielleicht nicht«, antwortete Isa achselzuckend. »Aber dafür meine bezaubernde Assistentin.« Dabei gab sie Lena, die direkt neben ihr stand, ein Zeichen, worauf diese das Tuch mit den Glöckchen, das sie stets über dem Rock um die Hüfte gebunden trug, etwas anhob. Zum Vorschein kam ein weiteres Handy, dessen Aufnahmefunktion schon seit einer ganzen Weile lief.

»Scheiße ...«, ächzte Wischnewski.

»Dieses formschöne Wunderwerk der Technik hat von Beginn an dein Geständnis, dein falsches Geständnis und jede noch so gemeine Kleinigkeit aufgezeichnet, die du durch die Gegend gebrüllt hast«, fuhr Isa fort, während Lena das Gerät präsentierte, indem sie sich drehte und das Bein anwinkelte wie eines der Modelle vom Homeshopping-Kanal.

»Da du Olli offenbar nicht auf dem Gewissen hast, wird es wenig Sinn haben, mit den anderen Sachen zur

Polizei zu gehen. Kriminaloberkommissar Pösch wird sich nicht sonderlich für eine zerstörte Laute interessieren. Aber ich bin sicher, dass Richard und der Vereins-Vorstand förmlich darauf brennen zu hören, wie du hier für Recht und Ordnung sorgst. Jungs, führt ihn ab.«

Während Alex den kalkweiß gewordenen Bernd mit sanfter Gewalt vom Schemel hievte, schlich sich ein leises Grinsen auf Valentins Gesicht. Er tätschelte der gut zwei Köpfe kleineren Isa das Haar. »›Jungs, führt ihn ab‹? Wohin denn, Boss?«

Sie schob seine Hand energisch beiseite. »Kittchen, Kerker, Folterkammer – mir egal.«

»Jawohl, Ma'am.«

Alex, Kevin und Graf Galgenstrick führten den wüst vor sich hin fluchenden Wischnewski aus der Umkleide.

»Na ja«, murmelte Isa, als sie und Lena allein waren. »Wenigstens beleidigt er uns jetzt auf Deutsch.«

»Hat er mich gerade eine vermaledeite Hofschranze genannt?«

»Ich fand dieses Wort schon immer allerliebst.«

Die Umkleide wurde zwar um diese Uhrzeit nicht mehr beheizt, aber durch das Adrenalin, das ihr kleines Manöver und das improvisierte Verhör danach in ihrem Körper freigesetzt hatte, fühlte Isa sich wie in einer Sauna. Als sie sich mit der Hand über die Stirn wischte, fluchte sie leise, weil ihre Finger voller klebriger Schminke waren.

»Einen Störenfried hätten wir damit beseitigt«, sagte sie und kramte so lange in dem Regalfach mit ihren

Sachen herum, bis Lena sich schließlich erbarmte und ihr aus ihrem eigenen Vorrat ein Päckchen Taschentücher reichte.

Die grüne Fee zog ein Tuch heraus und begann, ihr Gesicht damit zu reinigen. »Aber so wie ich das sehe, läuft da draußen immer noch ein Mörder frei herum.«

Bevor sie weiterreden oder den Rest Schminke von ihrer Wange wischen konnte, packte Lena sie am Arm und hielt sie fest. In ihren kornblumenblauen Augen spiegelte sich Besorgnis. »Das denke ich auch. Und nach der Sache mit deinen Jonglierfackeln zu urteilen ... hat er es jetzt auf dich abgesehen.«

Kapitel 10

Böse Zungen hätten behaupten können, dass sich die grüne Fee von Absinth keinen besseren Ort zum Nachdenken hätte aussuchen können.

Eine Frauenfigur mit zwei Gesichtern aus von Wind und Wetter grob abgeriebenem Stein, daran hängend eine rostige Eisenkette mit einer großen Schelle für den Hals und einer kleineren für die Hände – sich zu Füßen des Siegburger Schandpfahls zu setzen, wirkte nach Olivers unseligem Ende am Pranger des Mittelaltermarktes vielleicht ein wenig makaber, aber an diesem Morgen war es der einzige Ort, an dem Isa eine kurze Pause einlegen konnte, ohne von Besucherströmen umhergetrieben zu werden wie ein Pinball. Gleichzeitig hatte sie genug Menschen um sich herum, sodass sie hoffen konnte, für gewisse Leute unsichtbar zu bleiben.

Die Pflastersteine unter ihr waren kalt wie Eis, deshalb hatte sie den grünen Wollfilzumhang eng um sich geschlungen, bevor sie sich setzte. Zu ihren Füßen gab eine alte, in den Boden eingearbeitete Eisentafel Auskunft über das alte Strafinstrument:

SCHANDPFAHL

(Käx). Verurteilte Verbrecher wurden hier der öffentlichen Schande preisgegeben. Entstanden 1495–1496.

Nicht einmal das unwiderstehliche Aroma frischgebackener Rosinenwecken von Alfs Bäckerei konnte Isa aus ihren Gedanken reißen. All die Gestalten um sie herum verschwammen wie die Farben eines Aquarellbildes im Regen, während sie auf den angesengten Fetzen Papier in ihrer Hand starrte.

Dem Du ein-, zweimal
dass Du Dich noch an meine N
glauben.
Vor fünfundzwanzig Jahren half e

Je länger sie auf das kryptische, vom Feuer einer Gasflamme erzeugte Kauderwelsch blickte, desto mehr wurmte es sie, dass sie den Sinn dahinter nicht verstand. Warum hatte Oliver, in dessen Wohnwagen sich überall der Müll stapelte, ausgerechnet diesen Brief vernichten wollen? Hatte der Inhalt des Schreibens etwas mit seinem Tod zu tun oder mit dem Streit zwischen ihm und einem Unbekannten, den Isa zufällig mit angehört hatte? Oder sogar mit beidem?

Der Verfasser hatte den Brief an einem Computer getippt, was eine Identifizierung durch eine auffällige Handschrift unmöglich machte. Und obwohl die Marktleute alle entweder in Wohnwagen oder Gästezimmern in Siegburg logierten, wäre es doch für jeden ein Leichtes gewesen, ein Dokument am eigenen Notebook oder an einem der PCs der städtischen Bibliothek aufzusetzen und irgendwo drucken zu lassen – bei Freunden, bei der Post oder in einem Copyshop. Der Papierfetzen lieferte also keine brauchbaren Hinweise. Die grüne Fee betrachtete stattdessen wieder die übrig gebliebenen Buchstaben.

»›Dass Du Dich noch an meine N‹...«, murmelte sie kaum hörbar vor sich hin. Für Isa klang der Satzbau so, als hätte sich Olli an irgendetwas erinnern sollen, das mit einem »N« begonnen hatte und nun zu ihrem Ärger für immer ausgebrannt worden war. Doch ganz sicher war sie sich nicht. Und selbst wenn – welches Wort war gemeint?

Jeder, der schon einmal »Stadt, Land, Fluss« gespielt hat, kennt wahrscheinlich die Reaktion des menschlichen Gehirns, wenn es den Befehl erhält, in seiner unaufgeräumten Krypta nach einem Begriff mit einem bestimmten Anfangsbuchstaben zu einem ganz bestimmten Thema zu suchen. Man starrt auf das weiße Blatt Papier und wartet verzweifelt darauf, dass vor dem eigenen inneren Auge endlich ein Land mit »K« auftaucht. Doch anstatt relevante Ergebnisse auszuspucken, entscheidet sich das Hirn dafür, seinem Besitzer sämtliche anderen Wörter mit diesem Anfangsbuchstaben mit einem Megafon ins Bewusstsein zu brüllen: Kartoffelsalat, Kielwasser, Karoline, Klosterfrau Melissengeist ... nur Kanada und Kamerun sind natürlich nicht dabei.

Die grüne Fee von Absinth fixierte den verflixten Buchstaben so angestrengt, dass er vor ihren Augen beinahe zu tanzen schien, doch trotzdem konnte sie nicht verhindern, dass ihr Kopf sich mit allem möglichen Blödsinn anfüllte. Meine Nüsse, meine Nase, meine Nahkampfwaffen, dachte sie zusammenhanglos und schüttelte sich schließlich entnervt.

Die Zeitangabe in dem bisschen Text brachte sie auch nicht viel weiter. Vor fünfundzwanzig Jahren war sie selbst noch nicht einmal auf der Welt gewesen. Katz dagegen hatte vermutlich die Blütezeit seines Lebens genossen, mit täglich je einer Mieze im Arm und einer noch relativ gesunden Leber. Doch was das mit seinem Tod zu tun haben sollte, war ihr ein Rätsel. Alles in allem, gestand Isa sich ein und zog den Umhang enger an sich, als ein kalter Windstoß vorbeipfiff, sagte ihr ihr einziges Beweisstück noch genauso wenig wie vor einer Stunde, als sie sich an diesen Ort zurückgezogen hatte, um endlich ihre Aufpasser loszuwerden.

Als Isa an diesem Morgen das Museum verlassen und sich auf den Weg zu ihrer ersten Show des Tages gemacht hatte, bemerkte sie schon nach ungefähr fünfzehn Sekunden, dass ihr irgendjemand folgte. Dabei beschlich sie eigentlich noch nicht einmal dieses unbestimmte Gefühl, bei dem sich einem die Nackenhaare sträuben. Weder fühlte sie den Blick eines fremden Augenpaares ständig an sich kleben wie heißes Kerzenwachs noch spürte sie plötzlich warmen Atemhauch am Ohr, dessen Verursacher verschwunden war, sobald sie sich herumdrehte.

Dass sie so schnell Bescheid gewusst hatte, lag einfach daran, dass Kevin seine Sache unglaublich schlecht machte.

Aus all den Kriminalromanen und Thrillern, die Isa im Laufe der Jahre regelrecht verschlungen hatte, war ihr vor allem eines in Erinnerung geblieben: Wenn du etwas verstecken willst, dann verbirg es vor aller Augen. Diese Devise galt laut zahlreicher fiktiver Detektive nicht nur für Gegenstände, sondern auch für Personen. Herr Ludger der Verderbte allerdings führte diese nützliche Methode ad absurdum, indem er sich dermaßen auffällig unauffällig verhielt, dass es Isa nicht gewundert hätte, wenn Touristen stehen geblieben wären, um ihn zu fotografieren und nach dem Namen seines Impro-Theaterstücks zu fragen.

Kurzerhand beschloss die grüne Fee, den Spieß umzudrehen und sich ihrerseits an ihren Bandkollegen anzuschleichen. Als eine Reisegruppe mit einheitlichen Nikolausmützen zwischen ihr und Kevin von dem Stand, an dem Öllampen und Töpferwaren verkauft wurden, zu der Bude mit den duftenden Knobi-Broten wanderte, ergriff sie die Gelegenheit beim Schopf. Flink wie ein grün-schwarzes Wiesel wischte sie an der Rückseite der Buden entlang, quetschte sich in Kevins Rücken wieder zwischen den Holzbalken und Zeltbahnen hindurch und tappte auf ihn zu, während er den Kopf reckte, um zu sehen, wohin sie plötzlich verschwunden war.

»WEN HABEN WIR DENN DA?«, schrie Isa und pikste den Schlaks mit den Fingern in die Seiten.

»Heilige Scheiße!«

Kevin machte einen Satz wie ein Pastor, dem die Ministranten eine Krabbe unter den Talar geschmuggelt haben. Als er erkannte, wer hinter ihm stand, wurde er noch weißer im Gesicht. »Verdammt, Isa! Ich hab fast einen Herzinfarkt gekriegt!«, keuchte er und glättete sich aufgeregt den Bart.

Die grüne Fee stemmte die Hände in die Hüften und starrte ihn herausfordernd an. »Nun mach dir mal nicht in die Beinkleider. Verrate mir lieber, was das hier werden soll.«

»Ich weiß nicht, was du meinst.«

»Kevin, du folgst mir, seit ich vorhin im Museum war, um mich umzuziehen.«

»Das stimmt gar nicht! Ich stehe nur hier so rum!«

»Genau – du lehnst an einer Laterne, guckst demonstrativ in den Himmel und pfeifst die Melodie von *Catweazle*. Das Gleiche hast du schon an drei anderen Laternen und an der Siegessäule gemacht. Es wäre unauffälliger gewesen, wenn du mitten auf dem Marktplatz aus einem Ufo gestiegen wärst.«

Der Spielmann holte tief Luft, um zu einer Verteidigungsrede anzusetzen, doch er kam nicht weit. Eine in eine Steppjacke eingemummelte Frau mit einem Baby auf dem Arm blieb freundlich lächelnd neben ihnen stehen. »Entschuldigung, können Sie mir sagen, wo ich hier eine Toilette finde?«

Kevin wollte die Gelegenheit dankbar beim Schopf ergreifen: »Verehrteste, erlaubt mir, Euch dorthin zu gelei…«

Isa jedoch war schneller. »Im Museum dort drüben wird man Euch weiterhelfen können, edle Dame«, sagte sie und deutete auf einen Wegweiser neben dem Stand, an dem Spätzle mit Wildbret verkauft wurden. »Es ist auch ausgeschildert.«

Kaum waren Mutter und Kind wieder außer Hörweite, verstieß Isa gegen ihre persönliche Regel zum Thema Gewaltfreiheit und boxte Kevin fest gegen die Schulter.

»Aua!«

»Jetzt sag mir, was hier los ist, oder ich putz dir die Zähne mit der Streitaxt!«

Missmutig rieb er sich den Arm. »Ist ja gut ... Lena hat mich gezwungen, dich im Auge zu behalten. Aber sag ihr nicht, dass ich dir das verraten habe! Die kann noch rabiater werden als du ...«

Isa verstand überhaupt nichts mehr. »Lena hat gesagt, du sollst mich im Auge behalten? Wieso denn das?«

»Weil sie Angst hat, dass der Typ, der Katz um die Ecke gebracht hat, dich ebenfalls in den nächstbesten Pranger steckt.«

Und da fiel bei ihr endlich der Silberling. Kurz bevor sie sich am vorherigen Abend auf den Heimweg in die Augustastraße hatte machen wollen, um ihrem neuen Freund zu erklären, wieso sie ihre Nächte lieber als Piratenpuppe verkleidet in unbeheizten Umkleideräumen verbrachte als mit ihm, hatte Isa sich mit ihrer Bandkollegin gestritten. Lena glaubte zwar endlich auch daran, dass Oliver nicht durch einen Unfall ums Leben gekommen war, doch sie war ebenso felsenfest davon überzeugt, dass der Mörder mit der Manipulation von Isas Jonglierfackeln deutliches Interesse daran bekundet hatte, die Gauklerin und ihre Schnüffelnase ebenfalls aus dem Weg zu räumen. Sie hatte Isa gebeten, alle neuen Informationen an Kriminaloberkommissar Pösch weiterzuleiten.

Die grüne Fee schnaubte verächtlich bei dem Gedanken daran, wie sie es auch am Abend zuvor getan hatte. Ihrer Meinung nach hatte Pösch ziemlich klar zum Ausdruck gebracht, dass er auf sie und ihre Theorien in etwa so viel gab wie auf einen Haufen Pferdemist zum Frühstück. Als sie sich weigerte, zur Polizei zu gehen, hatte es zwischen ihr und Lena gekracht.

Stur verschränkte sie die Arme vor der Brust. »Ich weiß eure Besorgnis zu schätzen, ehrlich. Und es tut mir leid, dass ich Lena gestern so angefahren habe. Aber weder werde ich mich von einem eingebildeten Kripo-Fritzen auslachen lassen, der sowieso glaubt, dass ich nicht mehr alle Nadeln an der Tanne habe, noch brauche ich einen Babysitter.«

Kevin hob abwehrend die Hände. Er hatte sie in dicke Lederhandschuhe gepackt und sah aus wie ein sibirischer Torwart, der einen Elfmeter halten will. »Hey, ich werde dir bestimmt nicht vorschreiben, was du zu tun hast. Lena denkt nur – und damit hat sie vielleicht nicht ganz unrecht –, dass dir der Gedanke, einen echten Mörder zu jagen, zu viel Spaß macht.«

»Zu viel Spaß? Und das vom König der schlechten Witze, der über jeden noch so hanebüchenen Quatsch lacht.«

Andererseits musste Isa zugeben, dass die Aktion am vorherigen Abend für sie der reinste Nervenkitzel gewesen war – vor allem, weil sie bis zu dem Zeitpunkt, da Bernd seine Vorliebe für alte Kitsch-Filme enthüllt hatte, tatsächlich überzeugt davon gewesen war, er hätte Oliver in den Pranger gesteckt und eiskalt erfrieren lassen. Der Gedanke an Katz' blau gefrorene

Hände und seine milchig weißen Augen, die ins Leere gestarrt hatten, jagte Isa zwar jedes Mal einen Schauer über den Rücken, doch Angst um ihr eigenes Leben hatte sie nicht. Es war nicht nur unbezähmbare Neugierde, die sie antrieb. Auch ein merkwürdiges Pflichtgefühl hatte von ihr Besitz ergriffen. Olli war ermordet worden, und wenn das Gesetz blind genug war, um diese Tatsache zu übersehen, dann musste sie die Ermittlungen eben selbst in die Hand nehmen.

Mit bedrohlich erhobenem Zeigefinger trat sie ganz nahe an Kevin heran. »Kein. Babysitter. Verstanden?«

»Klär das mit Lena, nicht mit mir! Ich bin nur derjenige, dem mit – Zitat – ›der Hölle auf Erden‹ gedroht wurde, wenn ich nicht auf dich aufpasse.« Er zog beleidigt eine Schnute. »Und außerdem sind meine Witze nicht schlecht. Hab ich dir den schon erzählt? Der Papst, der Gegenpapst, ein Drache und eine Marketenderin kommen in eine Bar ...«

»Verschwinde!«

Nachdem Isa ihren Verfolger auf diese Weise losgeworden und ihre erste Solo-Nummer des Tages gut verlaufen war, hatte sie sich also in Gedanken versunken zu Füßen des Siegburger Schandpfahls in ihren warmen Umhang gekuschelt und versucht, aus den spärlichen Hinweisen, die sie bisher gefunden hatte, ein sinnvolles Muster zu bilden.

Je eher ich rausfinde, wer Olli auf dem Gewissen hat, desto schneller kriegen die anderen sich wieder ein, dachte sie. Sonst musste sich Kevin am Ende noch eine verspiegelte Sonnenbrille und eine Perücke zulegen.

Doch all das Brüten über dem angekohlten Stück Papier hatte rein gar nichts gebracht. Ihr war davon nur kalt geworden, weswegen sie schon nach kurzer Zeit nicht mehr still sitzen konnte. Wie der Schatten einer Sonnenuhr rutschte sie nach und nach um den steinernen Pfahl herum, bis sie dem Markt und seinen Besuchern schließlich den Rücken zukehrte. Vor ihr befanden sich zwei Parkbänke unter einem kahlen Baum, die von einer altertümlichen Straßenlaterne und ein paar Geschäften eingerahmt wurden. Eine Krähe hockte auf dem obersten Ast, aufgeplustert wie ein explodiertes schwarzes Daunenkissen, und ließ ab und zu ein missmutiges Krächzen hören. Natürlich setzte sich niemand hin, um eine Pause vom Stress der Vorweihnachtszeit einzulegen und den Blick über den Platz schweifen zu lassen, denn die Bänke waren aus blankem Metall, das der Wind ganz und gar durchgekühlt hatte. Plötzlich trug eine dieser frostigen Böen ein ganz köstliches Aroma direkt zu Isas Nase.

»Wenn du noch lange hier so sitzen bleibst, frierst du am Boden fest.«

Überrascht hob sie den Kopf. Vor ihr stand Marek mit einer braunen Papiertüte und zwei orientalisch verzierten Gläsern in den Händen, aus denen es gewaltig dampfte. Wegen der Kälte trug er offenbar wieder mehrere Pullover unter seinem dünnen Leinenhemd; dazu passend hatte er sich einen dicken Wollschal um den Hals geschlungen.

»Keine Sorge, nach meinem Auftritt heute hat mir jemand anstelle von Geld heimlich einen Eiskratzer fürs Auto in die Sammelkiste geworfen«, erwiderte sie grinsend und zog an seinem Hosenbein, damit er sich neben sie setzte.

Ungelenk lehnte er sich ebenfalls mit dem Rücken gegen die doppelte Frau aus Stein und überreichte Isa eines der Gläser. Das dunkelbraune Getränk darin duftete wie eine flüssige Gewürzkammer. »Heißer Mokka vom ›Orient-Express‹«, erklärte Marek. »Und ein paar Mohn-Kekse. Die magst du doch auch, oder?«

»Denen konnte ich noch nie widerstehen.« Dankbar gab Isa ihm einen Kuss und nahm dann einen Schluck von dem Kaffee, der sich durch ihr durchgefrorenes Inneres schlängelte wie heiße Lava, die einen Vulkanhang hinunterfließt. Die Wärme breitete sich bis in ihre Fingerspitzen aus. »Musst du nicht arbeiten?«, fragte sie und nahm sich einen Keks.

Marek biss von seinem ab und schüttelte mit entnervtem Gesichtsausdruck den Kopf. »Doch, aber ich bin nicht lebensmüde. Der bescheuerte Wischnewski benimmt sich heute Morgen wie eine wandelnde Tellermine und ich wollte nicht derjenige sein, der aus Versehen drauftritt.«

Zerknirscht schürzte Isa die Lippen. Die Nachricht, dass der Apfelkringel-Verkäufer der heimliche Saboteur war, hatte wie ein Lauffeuer unter den historischen Darstellern die Rund gemacht, kaum dass der Markt seine Tore geöffnet hatte. Valentin und Alex hatten Bernd und das Handy, auf dem sein Geständnis zu hören war, noch in derselben Nacht zu Büttel Richard gebracht. Der Vorsteher des Mittelaltermarktes war über Meyster Hubertus' Aktionen derart wenig begeistert gewesen, dass er den kompletten Vereinsvorstand von »Handwerk, Kram & Gaukelspil e. V.« aus den Betten geklingelt hatte, um über die Vorfälle zu berichten und zu entscheiden, was zu tun war.

Das Ergebnis war eindeutig. Bernd durfte seine Apfelkringel weiter verkaufen, bis der Siegburger Weihnachtsmarkt kurz vor Heiligabend die Zelte abbrach. Nach Ollis Tod wollte niemand riskieren, dass es wegen des plötzlichen Verschwindens eines anderen Händlers noch mehr schlechte Presse gab. Danach allerdings erwartete Wischnewski eine ein- bis zweijährige Sperre, die es ihm verbot, seine Waren auf egal welchem Mittelaltermarkt, der durch den Verein organisiert wurde, anzubieten. Nachdem Richard ihm die Entscheidung mitgeteilt hatte, war Bernd angeblich an die Decke gegangen und hatte mit rechtlichen Konsequenzen, körperlicher Gewalt und dem Zorn Gottes gedroht.

»Tut mir leid, dass du wegen unseres kleinen Manövers gestern Abend jetzt Ärger hast.« Isa sah ihren Freund besorgt an, doch der winkte leichthin ab. »Nicht schlimm, ich hätte mir im nächsten Winter sowieso einen anderen Job gesucht. Noch mal hätte ich es unter der Fuchtel dieses Spinners nicht ausgehalten.« Während er einen Schluck von seinem Mokka nahm, deutete er mit der freien Hand auf das Papier in ihrem Schoß. »Warum sitzt du hier so alleine? Ist irgendwas nicht in Ordnung?«

Sie seufzte. »Das ist der Rest von dem verbrannten Brief aus Olivers Wohnwagen. Ich wollte herausfinden, was die Worte darauf bedeuten, und brauchte einfach einen Ort, an dem ich in Ruhe nachdenken kann.«

»Und dafür hast du dir ausgerechnet diese zugige Ecke hier ausgesucht? So wie du hier sitzt, kann man dich vom Marktplatz aus gar nicht sehen. Ich hatte schon Angst, dass der Kaffee kalt wird, bevor ich dich finde.«

Sie runzelte die Stirn. »Es sollte mich ja auch niemand sehen. Wie gesagt, ich wollte in Ruhe nachdenken.«

»Ich meine ja nur.«

Irgendetwas an der Art, wie Marek das sagte, gefiel ihr nicht. Über den Rand ihres Glases hinweg musterte sie ihn so lange, bis er schließlich den Blick erwiderte. Eine Weile hielt er stand, doch als er schließlich die braunen Augen niederschlug, wusste sie Bescheid.

»Das gibt's doch nicht!« Vor lauter Empörung ließ Isa beinahe ihren Keks fallen. »Lena hat dich auch beauftragt, mich zu überwachen, stimmt's?«

»Also zu meiner Verteidigung möchte ich anführen, dass ich keine Ahnung habe, wie sie an meine Handynummer gekommen ist ...«

Wütend funkelte Isa Marek an und hielt ihm Glas und Gebäck unter die Nase. »Und was ist das hier? Ein Ablenkungsmanöver? Oder ein Bestechungsversuch, damit ich ein braves Mädchen bin und die Füße stillhalte?«

»Nein, das ist Koffein für mich, weil ich bis spät in die Nacht gelernt habe, und Süßkram für dich, weil du süß aussiehst, wenn du sauer bist.«

Er lächelte, doch das brachte sie nur noch mehr auf die Palme. »Marek, versuch jetzt nicht, das Thema zu wechseln –«, begann sie wieder, doch statt ihr zu antworten, legte er einfach seinen Arm um ihre Schultern und küsste sie.

Ziemlich heftig sogar.

Als er sich wieder von ihr löste, gelang es Isa zu ihrer großen Freude, nicht nur die Fassung zu bewahren, sondern auch weiterhin ärgerlich auszusehen. »Hör auf damit, das hier ist kein ›Twilight‹-Roman. Damit bringst du mich nicht aus dem Konzept, Marek.«

Der nächste Kuss hatte die umwerfende Wirkung zweier aufeinanderprallender Streitheere. Irgendwo in der hintersten Ecke ihres abwinkenden Verstandes hörte Isa die Fanfaren klingen.

»Und jetzt?«, fragte Marek.

»Hm ... versuch's noch mal.«

Mit einem zufriedenen Grinsen angelte er sich noch einen Mohn-Keks aus der Tüte. »Deine Freundin Lena hat an meinen Einfluss auf dich appelliert, aber ich wäre auch so deswegen zu dir gekommen«, nahm er den Faden von selbst wieder auf. »Sie hat nämlich nicht unrecht mit dem, was sie sagt.«

»Das hab ich heute schon mal gehört«, murrte Isa und schnippte ein paar Krümel von ihrem Umhang.

»Dann solltest du es jetzt vielleicht mal ernst nehmen.«

Mit dem dampfenden Glas in der Hand drehte er sich ein Stückchen weiter zu ihr herum. »Ich kann ja verstehen, dass du mit deinen Vermutungen nicht zur Polizei willst. Dieser Kommissar scheint nicht sonderlich gut auf dich zu sprechen zu sein, seit du ohne Erlaubnis seinen Tatort betreten und versucht hast, ihm zu erklären, dass er seinen Job nicht richtig macht.«

»Was beides absolut notwendig war.«

Marek ignorierte ihren Einwand, um das neue Reizthema ganz schnell zu umgehen. »Wie auch immer.

Was ich auf keinen Fall ignorieren kann, ist die Tatsache, dass irgendein Bastard versucht hat, dich anzuzünden.« Wütend ballte er eine Faust. »Du hättest ernsthaft verletzt werden können.«

»Das hätte unserer Beziehung bestimmt einen Dämpfer versetzt. Verbrennungen dritten Grades können so unromantisch sein.«

»Das ist nicht witzig.«

Jetzt war es an Isa, sich nach vorn zu lehnen und ihn zu küssen. Seine Lippen schmeckten wunderbar süß nach Kaffee, Zimt und frisch gefallenem Schnee.

»Mach dir nicht so viele Sorgen«, sagte sie und lächelte ihn an. »Es wird ganz sicher niemand mehr versuchen, mir wehzutun oder mich mit meinen Fackeln in Brand zu stecken – weder Ollis Mörder noch sonst jemand. Alles halb so wild. Bernd Wischnewski ist nicht der erste Mensch, der mir sagt, dass man mich am besten auf einen Scheiterhaufen stellen sollte, und er wird bestimmt auch nicht der letzte sein.«

Überrascht hob Marek die Augenbrauen. »Wie war das?«

Isa wiederholte wortwörtlich für ihn, was der Apfelkringel-Bäcker ihr am Abend zuvor an den Kopf geworfen hatte.

»Ich glaube, jetzt werde ich doch auf die Tellermine drauftreten«, knurrte er und machte tatsächlich Anstalten, aufzustehen. »Und zwar direkt auf sein fettes Gesicht ...«

»Hey, warte!« Isa hielt Marek am Oberarm fest und spürte selbst durch die vielen Lagen Stoff, dass er vor lauter Ärger die Muskeln angespannt hatte. Mit sanfter

Gewalt zog sie ihn wieder neben sich. »Du wirst meinetwegen nicht losgehen und Bernd eine reinhauen.« Da sie sich von der Vorstellung jedoch irgendwie geschmeichelt fühlte, blickte sie zuerst auf den schnell erkaltenden Rest ihres Mokkas, als müsste sie dort drin die Zukunft lesen. »Würdest du meinetwegen losgehen und Bernd eine reinhauen?«, fragte sie dann schließlich doch.

Weil sie seinen Arm immer noch nicht losgelassen hatte, spannte Marek in einem Anfall von Angeberei noch einmal seinen Bizeps an. »Klar, ich bin dein Freund. Der Einzige, der schlecht über dich reden darf, bin ich.«

»Idiot.« Isa lachte, und sie küssten sich erneut.

Nach einer kleinen, in Zimt, Zucker und Herzklopfen eingehüllten Ewigkeit hörte die grüne Fee, wie sich die Krähe auf dem Baum neben ihnen krächzend zu Wort meldete und davonflog. Etwas hatte sie aufgescheucht.

»Um Himmels willen, nehmt euch ein Zelt.«

Isa seufzte, denn sie erkannte die Stimme sofort. Ohne die Augen zu öffnen, löste sie sich von Marek – aber nur ein ganz klein wenig. »Alex, gerade du solltest nicht den Moralapostel spielen, wenn es ums Knutschen in der Öffentlichkeit geht.«

»Würde mir nicht im Traum einfallen.« Sie konnte hören, dass er von einem Ohr zum anderen grinste, noch bevor sie ihn sah.

Alec MacPipe vom Clan der MacPipes lehnte in seiner Highlander-Pose an der glatten Rinde des Baumstammes. Im Stillen wunderte sich Isa darüber, dass ihm bei dem Wetter keine wichtigen Körperteile abfroren, denn er trug immer noch seinen Kilt über den nackten Beinen und schien sich auch noch pudelwohl dabei zu fühlen. Allem Anschein nach stand er schon ein bisschen länger da und beobachtete die beiden.

»Das nächste Mal muss ich mir wirklich ein besseres Versteck einfallen lassen«, murmelte Isa. »Was willst du, Alex? Eins sag ich dir gleich – falls Lena dich auch geschickt haben sollte, kannst du gleich wieder verduften, bevor ich dir dein Röckchen abnehme und dich unten ohne über den Marktplatz jage.«

Der Angesprochene tätschelte nur mit süffisantem Lächeln das Schaukampf-Schwert an seiner Hüfte. »Reg dich ab, ich bin nur vorbeigekommen und hab euch zwei Turteltauben hier sitzen sehen. Da du ja gerade ... anderweitig beschäftigt warst, hast du wahrscheinlich nicht auf die Uhrzeit geachtet, und da wir gleich einen Auftritt mit der Band haben, dachte ich, ich sage kurz Bescheid.«

»Klar, das war dein einziges und überaus edles Begehr«, spottete Isa. »Im Übrigen weiß ich sehr genau, wie viel Uhr es ist und wie viel Zeit ich noch habe. Also geh und kümmer dich um deine eigenen Romanzen.«

Den Blick, mit dem Alex Marek für den Bruchteil einer Sekunde bedachte, konnte die grüne Fee zwar nicht richtig einordnen, doch er war in der Winterluft deutlich spürbar. »Wie Ihr befehlt, Mylady«, antwortete er dann mit einer ironischen Verbeugung und verschwand wieder im Marktgetümmel.

Mit perplex hochgezogenen Augenbrauen schaute Marek ihm hinterher und knüllte gedankenverloren die leere Papiertüte in seinem Schoß zusammen. Dann sah er Isa an. »Hast du wirklich daran gedacht, dass du gleich zu deinem Auftritt musst?«

»Nein. Hab geblufft, um ihn loszuwerden.«

»Dachte ich mir.« Als die Gauklerin aufstehen wollte, hielt er sie fest. »Soll ich dich nicht lieber begleiten?«

Isa lachte, weil sie halb amüsiert und halb entnervt war von seinen Bemühungen, den Bodyguard zu spielen. Eindringlich nahm sie sein kaltes Gesicht in beide Hände und schaute ihm fest in die Augen.

»Jetzt hört endlich alle auf, mich beschützen zu wollen. Das hier ist ein öffentlich zugänglicher Mittelaltermarkt voller potenzieller Zeugen, und es ist kurz vor Weihnachten, dem Fest der Liebe. Was soll mir schon passieren?«

Obwohl die Temperaturen noch immer unter dem Gefrierpunkt lagen, drängten sich viele Besucher zwischen den mittelalterlichen Buden die Wege entlang. Oder vielleicht auch gerade deswegen. Da es zu eisig war für ein ordentliches Schneegestöber, das Siegburg von einer modernen Kleinstadt mit historischem Charme in ein mit kaltem Puderzucker bestäubtes Winter-Wunderland verwandelt hätte, sehnten sich die Menschen möglicherweise mehr als sonst nach allem, was sie in Weihnachtsstimmung bringen konnte.

Isa ließ sich von der Menge treiben, was ihr bei ihrer Größe auch ziemlich gut gelang. Im Gehen zog sie erneut den Zettel aus der Tasche, den sie in Olivers Wohnwagen gefunden hatte. Sie hielt ihn vor sich und studierte ihn aufmerksam wie einer dieser Smartphone-Besitzer, die im blinden Gottvertrauen weiterlaufen und auf Laternenpfähle und viel befahrene Kreuzungen zusteuern, während sie sich lustige Katzenvideos ansehen. Das war normalerweise nicht Isas Art, aber erstens bestimmte die dicht um sie gedrängte Menge, wo es langging, und zweitens ging ihr das Rätsel um die Worte auf dem Papier einfach nicht aus dem Kopf.

Eine Weile lang ging das gut. Isa lief, Schrittchen für Schrittchen, hinter ihrem Vordermann her. Sie ließ ihre Gedanken wie Jagdfalken um die Satzbruchstücke kreisen und sie mal hier, mal da zustoßen, ohne das, was in der Wirklichkeit um sie herum geschah, bewusst wahrzunehmen.

Und dann spürte sie es.

Das unbestimmte Gefühl, bei dem sich einem die Nackenhaare sträuben.

Ein fremdes Augenpaar, dessen Blick an ihr klebte wie heißes Kerzenwachs.

Die Empfindung war so stark, dass es Isa fast umwarf. Ohne es zu wollen, blieb sie stehen und ließ zu, dass die Marktbesucher, die hinter ihr hergelaufen waren, sie anrempelten. Was sie sagten oder ob sie sie beschimpften, als sie sich an ihr vorbeidrängten, hörte sie nicht. All die Geräusche um sie herum schrumpften plötzlich zu einem dumpfen Pulsieren zusammen. Den Takt gab ihr eigenes Herz, das in ihren Ohren schlug wie eine Trommel.

Isa Bocholt hatte keine Angst vor engen Räumen. Für den richtigen Wetteinsatz hätte sie sich ohne zu zögern in einen Schuhkarton gezwängt. Doch in diesem Augenblick, in dem sie den Umstand, dass sie von jemandem verfolgt wurde, der ganz sicher nicht auf ihren Schutz bedacht war, so deutlich fühlte wie eine Hand an ihrer Kehle, wurde ihr die schiere Masse all der Leiber bewusst, die um sie herum gespült wurden wie träger Schlamm um einen Felsen. Sie strahlten in der Kälte plötzlich eine dampfende, fast fiebrige Hitze aus. Und von irgendwo her aus ihrer Mitte drang ein eisiger Strahl Aufmerksamkeit, der Isa Zentimeter für Zentimeter abtastete. Er war wie ein Eiszapfen, der durch ein Blut pumpendes Herz gerammt wird und brachte sie zum Schaudern.

Ihre Gänsehaut wuchs zu starrem Entsetzen, als ihr ein warmer, feuchter Lufthauch unendlich sanft über den Nacken strich. Jemand war hinter ihr stehen geblieben. Und zwar so nah, dass sie seine Nase und seine Lippen an ihrem Hals förmlich spüren konnte.

Plötzlich wusste Isa nicht mehr, wie man atmet.

Mit einem Keuchen fuhr sie herum, beinahe von ihrer Angst übermannt. Sie alle hatten recht gehabt, und derjenige, der fähig gewesen war, Olli Katz in einem Pranger jämmerlich erfrieren zu lassen, war gekommen, um sie endgültig daran zu hindern, weitere Fragen zu stellen.

Doch hinter ihr war niemand.

Die einzigen Augen, in die Isa sehen konnte, gehörten einer irritiert dreinblickenden jungen Frau, die auf sie zukam und dann rechts an ihr vorbeiging. Die grüne Fee hatte sie noch nie zuvor gesehen, geschweige denn all die anderen Personen um sie herum. Es waren nur Fremde. Fremde, die sie anstarrten wie eine Irre.

Das war zu viel für Isa. Entschuldigungen vor sich hin murmelnd, kämpfte sie sich quer aus dem Richtung Bühne strebenden Besucherstrom heraus, bis sie plötzlich wieder Luft zum Atmen hatte. Ihr Instinkt hatte sie nicht im Stich gelassen. Wegen der vielen Leute fast blind, hatte sie zum äußersten Rand der Treppe gefunden, die hoch ins Museum führte. Die Stufen wirkten verlassen wie das rettende Ufer einer Insel, die von einem sturmgepeitschten Meer umtost wird, und Isa beeilte sich, an Land zu gehen. Ihr Herzschlag klopfte ihr noch immer gegen das Trommelfell.

Den wollenen Umhang zurückgeschlagen, damit die eisige Winterluft ihr das Gefühl von Realität zurückgab, das sie in der Menge verloren hatte, atmete sie ein paarmal tief durch. Verschiedene Düfte erreichten sie, und alle lösten positive Erinnerungen in ihr aus.

Holzrauch.

Leder.

Fell, heiße Maronen und Spießbraten.

Plötzlich kam ihr die Angst, die sie zuvor noch bis ins Innerste erfüllt hatte, ziemlich lächerlich vor. Dass ihr manchmal mulmig zumute war, wenn sie nachts alleine durch irgendwelche verlassenen Seitenstraßen gehen musste, konnte sie vor sich selbst ja noch vertreten. Aber dass sie am helllichten Tag Gespenster sah und auf ein paar Leute mehr und etwas Raum weniger gleich mit Verfolgungswahn reagierte, ging entschieden zu weit. Wenn ihre Freunde ihr weiter einredeten, dass hinter der nächsten Straßenecke vermutlich Ollis Mörder mit einem Benzinkanister und einem Feuerzeug auf sie wartete, würde sie am Ende nur noch mit einem Kurzschwert unter dem Kopfkissen schlafen können oder mit einem Helm aus Alufolie auf dem Kopf herumrennen.

Als sie diese Vorstellung zum Schmunzeln brachte, wusste Isa, dass der Anfall vorbei war. Der Mittelaltermarkt, die Wirklichkeit und ihr Verstand hatten sie wieder. Bis die Zelte abgebrochen wurden, war Siegburg ihr Zuhause, und nichts und niemand würde ihr dort etwas anhaben können.

Erst als sie die Hände in die Taschen steckte, bemerkte sie, dass der Zettel aus Olivers Wohnwagen verschwunden war.

Kapitel 11

Mit Angst ist es so eine Sache.

Es gibt viele gute Ratschläge und kluge Strategien für den Fall, dass man sich in ein schlotterndes Häufchen Elend verwandelt. Es soll zum Beispiel helfen, Ängste einfach wegzulachen. Atemtechniken werden auch empfohlen, ebenso wie Schokolade, Reflexzonenmassage und bestimmte Körperhaltungen, die angeblich das Selbstbewusstsein stärken, in der Öffentlichkeit jedoch den Eindruck erwecken, dass der Praktizierende definitiv einen an der Waffel hat.

Auch Weihnachten ist ein Fest, das erfunden wurde, um die Furcht zu vertreiben – die Furcht vor der ewigen Dunkelheit. Irgendwann in grauer Vorzeit markierten kluge Köpfe die Wintersonnenwende im Kalender, um an diesem Tag mit all den anderen Frierenden Bergfest zu feiern und sich selbst bewusst daran zu erinnern, dass das Schlimmste überstanden war und der Frühling nicht mehr in allzu weiter Ferne lag. Später machte dann die Geschichte über den Heiland, drei weit gereiste Könige und die Tatsache, dass es damals wirklich schwierig sein musste, in Bethlehem nachts noch ein Zimmer zu kriegen, die Runde, und über die Jahrhunderte kam eins zum anderen. Aber die Rolle des Weihnachtsfestes, das als wohlig knisterndes Leuchtfeuer den Weg durch den Winter weist und die Angst vor Grippe, vereisten Autobahnen und Depressionen mit einer ordentlichen Portion Zuckerguss lindert, ist bis heute geblieben.

Für Isa gehörten der Siegburger Mittelaltermarkt und Weihnachten seit jeher zusammen. So wie Ritter und Ross, Hammer und Amboss oder Billig-Glühwein und Brummschädel bildeten sie in ihren Gedanken eine Einheit. Sie freute sich jedes Jahr richtig darauf, die Stadt von November bis Dezember zu besuchen. Die Siegburger waren stolz auf sich und ihre Geschichte, und das merkte man auch. Zum Beispiel waren die Wohnungen meist ein kleines bisschen teurer als im benachbarten Troisdorf – einem Ort, dem nachgesagt wurde, dass sich dort die Asis mit den Fäusten »Gute Nacht« sagten.

Der mittelalterliche Weihnachtsmarkt zu Siegburg war für Isa also etwas Schönes. Viel schöner als alle Weihnachtsfeste, die sie je zu Hause erlebt hatte, und garantiert nichts, wovor man sich fürchten musste. Selbst Olli, tot und knackig gefroren wie ein Fischstäbchen, hatte lediglich ihre Neugierde angestachelt.

Doch während sie am Rand der Bühne stand, die sie zusammen mit ihren Bandkollegen in ein paar Minuten betreten würde, erkannte die grüne Fee, dass ihr zum ersten Mal in dieser Stadt tatsächlich richtig die Muffe ging.

Mit Handgriffen, die sie mittlerweile im Schlaf konnte, überprüfte Isa die Messer an ihrem Gürtel und die Anzahl der grünen Filzbälle in ihrer Tasche.

Wie konnte ich auch derart blöd sein?, dachte sie missmutig. »Was soll mir schon passieren?«, hatte sie zu Marek gesagt. All die Horrorfilme, in denen amerikanische Highschool-Schüler diesen Satz gut gelaunt formuliert hatten, bevor sie auf ziemlich unsanfte Weise Bekanntschaft mit einer Kettensäge machten, hatten sie offensichtlich nichts gelehrt. Olivers Mörder hatte sie beobachtet und das belastende Stück Papier in ihrer Hand entdeckt. Es ihr abzunehmen, musste für ihn leichter gewesen sein, als einem gefesselten Zweijährigen den Schnuller zu klauen.

So wenig Isa es sich auch eingestehen wollte: Dass derjenige, der Katz eiskalt angeprangert hatte, so dicht hinter ihr gewesen war, dass sie seinen Atem noch immer in ihrem Nacken zu spüren glaubte, machte sie nicht nur nervös, sondern kratzte auch an ihrem Ego. Die leise Wut darüber trieb sie aus sich hinaus, indem sie ein paar kräftige Rhythmen auf ihrer Trommel schlug.

Wenn man es beherrschte, war das Spiel auf einer Bodhrán perfekt dazu geeignet, Dampf abzulassen und sich durch die Konzentration auf die Musik auf andere Gedanken zu bringen. Die irische Trommel bestand aus einem runden Holzrahmen, der auf der einen Seite mit Tierhaut bespannt war. Auf der anderen Seite wurde der Rahmen manchmal (so wie bei Isas Exemplar) durch ein mit Rohhaut umwickeltes Holzkreuz verstärkt, das es dem Musiker erleichterte, das Instrument mit einer Hand festzuhalten, während er mit der anderen Hand einen kleinen Holzschlägel über die Bespannung tanzen ließ.

Rauf, runter, runter, rauf, runter strichen die Köpfe an den Enden des Stabes und brachten die Trommel zum Klingen. Als Isa ihre Probe beendete, klatschten ein oder zwei Zuschauer, die auf das eigentliche Konzert warteten. Mit einem warmen Lächeln und einem Winken bedankte sie sich.

Als sich plötzlich eine zittrige Hand von hinten auf ihre Schulter legte, erschrak sie fast zu Tode.

Eine Stimme, rau und heiser, krächzte in ihr Ohr. »Isa ...«

Der kleine Teufel in Isas Kopf, der sie jedes Mal auf den Ärger zutrieb statt von ihm weg, gab ihr eine schallende mentale Ohrfeige.

»Diesmal nicht!«, schrie er und schüttelte seinen Dreizack.

Die grüne Fee kapierte. »Das kannst du vergessen, du Bastard!« Blitzschnell fuhr sie herum und holte mit dem winzigen Trommelschlägel aus wie mit einer meterlangen Keule.

Dann erschrak sie noch einmal, denn hinter ihr stand nur Lena, die offenbar mit ihr hatte reden wollen und die sie anstarrte wie ein Reh, das kurz vor dem Kontakt mit einem Frontscheinwerfer steht. »Was soll das denn?«, hustete die wilde Helena hervor. Mit ihrer roten Nase, den Triefaugen und dem monströsen Wollschal, der sich um ihren Hals wand wie die tödliche Midgardschlange um Hammergott Thor, sah sie allerdings gar nicht mehr so wild aus wie sonst.

»Ach, du bist – ich dachte ...« Isa spürte, wie sie rot wurde. Langsam ließ sie den Trommelschlägel wieder sinken und kam sich unendlich albern vor. »Ich hab dich für jemand anderen gehalten.«

»Für jemanden, den du mit so einem kleinen Holzding erschlagen willst? Wer soll das sein?«, fragte Lena und hob misstrauisch die Brauen. Zusammen mit ihren müden Augen wirkte das Ganze wie ein verunglückter Schlafzimmerblick.

Im Bruchteil einer Sekunde traf Isa eine Entscheidung. Sie würde ihrer besten Freundin nichts von der Begegnung mit Ollis Mörder und dem Verschwinden ihres vielleicht einzigen Beweisstückes erzählen. Denn wenn Lena schon die halbe Band zu ihrer Überwachung entsandt hatte, um ein solches Zusammentreffen zu verhindern – wie würde sie dann erst reagieren, wenn sie hörte, dass Isa den Atem desjenigen, der Katz in dem Pranger erfrieren ließ, warm und feucht an ihrem Ohr gespürt hatte?

Das Lügen fiel ihr immer leichter, wenn sie die Leute dabei anlächeln konnte. »Was glaubst du wohl?«, fragte sie und grinste. »Du klingst heute Morgen wie einer dieser Serienkiller, die mit verzerrter Stimme nachts bei dir anrufen, um durchzugeben, wie lange du noch zu leben hast. Ich dachte, dass hinter mir jemand mit einer Eishockey-Maske steht oder so.«

Die Ablenkung vom Thema war ziemlich plump, aber Lena war an diesem Morgen offensichtlich nicht ganz auf der Höhe, deshalb sprang sie darauf an. »Das Zeug aus der Apotheke hat überhaupt nicht geholfen«, klagte sie und schniefte. »Ich schwitze, als wär ich in einem wattierten Gambeson Marathon gelaufen.«

»Igitt, danke für das Update bezüglich deiner Körperfunktionen.«

»Isa, ich habe Fieber! Ich sterbe gleich!«

»Tust du nicht.« Die grüne Fee legte beruhigend einen Arm um sie. »Wenn es dir so schlecht geht, was machst du dann überhaupt hier draußen? Es herrschen Minusgrade, geh ins Bett und trink einen Tee. Literweise Tee. Alex ist ja immer noch da, dann spielt er heute eben mal alleine Dudelsack.«

Lena senkte den Kopf. »Ich hab eben Kevin getroffen und wollte mit dir reden.«

Der Zorn darüber, ohne ihr Wissen von Babysittern verfolgt zu werden, war dank Isas unfreiwilliger Begegnung mit der geheimnisvollen Person, die sonst hinter einem Vorhang aus Tod und Lügen lauerte, zu einem Häuflein Asche verglommen. Außerdem guckte Lena mit ihrem Schnupfen so erbärmlich aus der Wäsche, dass Isa ihr einfach nicht mehr böse sein konnte. Da hätte sie auch gleich versuchen können, ein Kätzchen zu treten.

»Süße, das kannst du dir sparen. Ich weiß, dass du dir nur Sorgen gemacht hast. Und ich weiß deine Absichten auch durchaus zu würdigen, obwohl ich bezweifele, dass Kevin im Ernstfall groß zu was nütze gewesen wäre. Der kann höchstens versuchen, einen Angreifer mit schlechten Wortwitzen zum Selbstmord zu verleiten.«

Lena gluckste, es klang wie eine sehr alte Kröte mit Schluckauf. »Also ist alles gut? Ich meine, zwischen uns?«

»Klar.« Isa drückte ihre Freundin kurz an sich und überprüfte dann die Zeitanzeige ihres Handys. Bis zum

Auftritt blieben noch fünf Minuten. Alle Zeit der Welt. »Komm mit«, sagte sie und nickte Richtung Museum. »Ich hab in meinem Fach in der Umkleide noch ein paar Medikamente, glaub ich. Was die Leute einem nach dem Auftritt heimlich in die Kasse werfen, ist manchmal wirklich unglaublich.«

Endlich.

Sie fürchtete sich.

Normalerweise verbarg sie ihre Angst gut hinter einem Lächeln und einer Schicht Sarkasmus. Einige sahen das, andere nicht.

Doch dieses eine Mal war die Furcht in Schwaden von ihr aufgestiegen wie der Gestank einer toten Ratte von einem Haufen Rosenblüten. Man hatte förmlich zusehen können, wie sich die feinen Härchen in ihrem Nacken aufstellten, als sie bemerkte, dass die Gestalt, die ihr folgte, direkt hinter ihr stand. Als sie sich herumdrehte – das Gesicht gezeichnet von echtem Schrecken –, war es schon lange zu spät gewesen.

Gut.

Vielleicht ließ sie die Sache damit endlich auf sich beruhen. Sie hätte nach der Sache mit den Fackeln eigentlich schon merken müssen, dass sie sich im wahrsten Sinne des Wortes die Finger verbrennen würde, wenn sie weiter herumschnüffelte. Doch sie hatte weitergemacht, und Dunkelheit und Wut waren zurückgekehrt, um zu lachen und zu höhnen und mit schrillen Stimmen zu fragen, ob der Plan, den Tod des Schweins wie einen Unfall aussehen zu lassen, vielleicht doch nicht so brillant gewesen war.

Aber diesmal hatte es geklappt. Diesmal hatte sie bestimmt begriffen, dass das alles kein Spiel war. Die Erkenntnis in ihren Augen, als sie bemerkte, dass das Stück Papier fort war, war selbst auf die große Entfernung zu sehen gewesen, hatte heller geleuchtet als die Stichflamme vor ein paar Tagen.

Der verdammte Zettel mit den wenigen Worten und Buchstaben, die alles hätten verraten können, war nicht mehr. Was das Schwein – wie alles in seinem verkommenen Leben – nicht ordentlich zu Ende gebracht hatte, war bereinigt worden. Nun gab es keine Beweise mehr. Alles würde wieder seinen gewohnten Gang gehen auf dem Mittelaltermarkt, und bald, sehr bald, würde sich niemand mehr fragen, was in der Nacht am Pranger wirklich geschehen war.

Endlich.

Zu Isas Erleichterung verlief der Rest des angebrochenen Tages ohne weitere unheimliche Zwischenfälle. Wenn sie immer noch verfolgt wurde – egal, ob von ihren Freunden oder einem mordlustigen Verbrecher –, dann merkte sie zumindest nichts davon.

Der Abend hielt nach der Schließung des Marktes außerdem noch eine besondere Freude bereit, die es der grünen Fee sehr leicht machte, all das morbide Zeug, das ihr durch den Kopf geisterte, für eine Weile zu vergessen. Die jährliche kleine Weihnachtsfeier von Manus Furis stand an. Und wie immer fand das gemeinsame Essen bei Valentin statt.

Der gute Graf Galgenstrick hatte vor einiger Zeit eine Vereinbarung mit dem Besitzer einer winzigen Dachgeschosswohnung in der Innenstadt getroffen. Da Valentin Wohnwagen hasste wie die Pest, mietete er sich dort jedes Mal zu einem günstigen Preis ein, wenn der mittelalterliche Weihnachtsmarkt nach Siegburg kam.

Das Zimmer, in dem er hauste, hatte große Fenster und war gut beheizt. Es gab ein gemütliches Sofa mit einem kleinen Couchtisch, auf dem stets ein Nikolaus aus Schokolade als Begrüßungsgeschenk stand, wenn Valentin die Wohnung bezog. Das Wichtigste an Valentins lauschiger Herberge – jedenfalls für seine Bandkameraden – war jedoch die Küche.

Über die Jahre hinweg hatten sie natürlich alle gelernt, wo für einen Gaukler mit großem Appetit vernünftiges Essen in der Stadt zu finden ist – wer in Siegburg etwa morgens Hunger auf ein »Frühstück nach Friedrich Schiller« hat, geht ins Literaturcafé der Stadtbibliothek. Für einen guten Döner zwischendurch lohnt sich dagegen ein Besuch in der Dönerbude am Bahnhof. Und wer sich im Winter von einem Lebkuchen Latte oder anderen koffeinhaltigen Köstlichkeiten den Tag versüßen lassen will, lenkt seine Schritte zu dem Café am Markt.

Aber zur Weihnachtszeit schlug einer diese kulinarischen Verlockungen um Längen, denn mit Valentin gastierte der weitaus beste Koch für mittelalterliche Gerichte von Okzident bis Orient in der Stadt. Und für die Privatfeier der Band gab er sich jedes Jahr die Ehre und zauberte ein rustikales Menü auf den Tisch, das Gänsebraten mit Klößen und Rotkohl schmecken ließ wie eine Dose kalter Ravioli vom Vortag. Da er als einziges Mitglied von Manus Furis in der Lage war, einen Herd zu benutzen, ohne etwas zum Explodieren zu bringen, ließ er sich von seinen Freunden für seine Mühen entschädigen, indem sie für ihn die Zutaten besorgten und später den Abwasch machten.

Als Alex, Isa, Kevin und Lena an diesem Abend bei ihrem Freund eintrudelten, hatte sich bereits ein köstlicher Duft nach würzigem Zimt und scharfem Pfeffer in der kleinen Wohnung ausgebreitet. Um den Couchtisch herum waren ein paar Kissen auf dem Boden verteilt, damit alle einen Platz zum Sitzen fanden. Das Geschirr stand ebenfalls schon parat und wartete darauf, von einer helfenden Hand auf der improvisierten Tafel verteilt zu werden. Einzig die Dekoration des Raumes passte nicht so ganz zum Stil einer Weihnachtsfeier, wie ihn die Mitglieder von Manus Furis pflegten. Valentins Vermieter war ein netter und zuvorkommender Mann, aber leider auch ein großer Freund von Weihnachtskitsch, der einem die festliche Stimmung um die Ohren schlug wie Mrs. Santa, die einem aufdringlichen Wichtel ihre Handtasche voller Zuckerstangen und Zinnsoldaten über den Schädel zieht. Neben zahlreichen Girlanden aus falschem Tannengrün und so vielen Mistelzweigen, dass einem vom Küssen die Lippen abfallen konnten, fiel eine Kuckucksuhr in Form eines Lebkuchenhäuschens jedem Besucher sofort ins Auge. Das scheußliche Plastikding beherbergte statt eines Kuckucks einen winkenden Weihnachtsmann, der für jede volle Stunde ein weiteres »Ho!« in den Raum jodelte. Immerhin hatte Graf Galgenstrick die Weihnachts-CD der Mittelalter-Band *Die Streuner* aufgelegt und so für ein bisschen Atmosphäre gesorgt.

Für sein Menü hatte Valentin kleine Brotlaibe ausgehöhlt und servierte seinen Bandkollegen darin ein mit höchster Sorgfalt zubereitetes Ragout aus Schweinefleisch und getrockneten Pflaumen, herrlich gewürzt mit Ingwer, Pfeffer und Zimt. Das weiche Innere der Brote hatte er zum Andicken der Soße verwendet. Dazu gab es Bier, so dick und schwarz und stark, dass man es hätte löffeln können. Für den Nachtisch schließlich hatte Graf Galgenstrick bereits am Vortag selbst gemachtes weißes Mandelgelee auf fünf Schalen verteilt und kaltgestellt. Die helle Oberfläche der Köstlichkeit zierten kleine Sterne aus rotem Kirschgelee und mit Honig beträufelte Walnüsse.

»Valentin, ich glaube, ich werde dich heiraten müssen.« Kevin starrte mit Wehmut in den Augen auf die leer gegessenen Schüsseln und Brotteller. Alex stand am offenen Fenster und rauchte in aller Ruhe eine Zigarette.

Die beiden Mädchen waren schon dabei, das Geschirr abzuräumen. »Eure Ehe würde aber nach dem zweiten Weihnachtsfeiertag schon wieder geschieden, wenn es wieder Alltagskost und Tiefkühlpizzen gibt«, grinste Isa.

Es war schon weit nach Mitternacht, als Valentin schließlich auf die Idee mit dem Lied kam.

»Ich wüsste gar nicht, wie ich ohne Führerschein von Markt zu Markt kommen sollte«, stellte Kevin gerade versonnen fest. Er fläzte sich auf einem der Kissen, die um den Couchtisch herum am Boden lagen.

Isa zuckte mit den Schultern und schielte auf eine Marzipankartoffel, die sie von einem Teller auf dem Tischchen aus anlachte. Trotz des Festmahls, das sie alle soeben genossen hatten, hielt sie sich an die seit Urzeiten geltende Weihnachtsregel: Ein bisschen Süßkram hat immer Platz. »Bisher bin ich gut klar gekommen.« Sie grinste. »Außerdem bin ich eine vorbildliche Beifahrerin.«

Lena verschluckte sich fast an ihrem heißen Kinderpunsch. »Wie bitte? Bei unserer letzten gemeinsamen Fahrt hast du versucht, dem Auto auf der Spur neben mir mit einem Schaumstoff-Schwert den Seitenspiegel abzuhauen und hast den Fahrer als ›räudigen Sohn einer Hündin‹ bezeichnet!«

»Hey, der Typ hat beim Fahren telefoniert. Das war berechtigt.«

Während sich die beiden Mädchen eine Weile zankten und Alex und Kevin ein paar belustigte Kommentare dazu abgaben, hatte Graf Galgenstrick seine Ersatz-Laute aus einer Ecke neben dem Sofa hervorgeholt und verträumt zu klimpern begonnen. Die Melodie kam Isa vertraut vor. »Ist das nicht unser Lied? Also, nicht im romantischen Sinne – ich meine das Lied von dem Pfarrer und der Schreinersfrau?«

Valentin nickte. Der einzelne Ring an seinem Ohr blinkte im Licht der Kerzen und der scheußlichen Weihnachtsbeleuchtung. »Ich habe noch etwas an der Musik gearbeitet und den Text endlich ergänzt.«

»Also ist die Nummer fertig?«

»Kann man so sagen, ja.«

Alex knallte seinen leeren Becher auf den Tisch, dass es einen kleinen Schoko-Engel, der auf einer Pyramide aus Dominosteinen gethront hatte, glatt aus den güldenen Pantinen holte. »Warum hast du denn das nicht schon früher gesagt?« Auffordernd blickte er seinen Bandleader an. »Lass mal hören!«

Valentin zupfte an den Saiten, und schon ertönte er wieder – der Klang voller Tavernen und noch vollerer Gäste. Der Klang, der an flinke Bedienungen in Miedern und an Tresen erinnerte, auf denen man sich im verschütteten Met die Trompetenärmel aufweichte.

Und dann begann er zu singen.

»Es lebt' ein alter Schreiner
mit einem jungen Weib,
die suchte sich 'nen Liebsten
zu ihrem Zeitvertreib!

Der Pfaffe in der Kirche
war noch ein junger Mann,
dem stand die schwarze Kutte
so richtig prächtig an!

So klagte sie im Beichtstuhl
dem Gottesmann ihr Leid,
bat ihn um seinen Beistand –
er war dazu bereit!

Sie öffnet' ihm die Pforten,
ließ ihn ins Haus hinein
und warnte ihn mit Worten:
›Wir müssen stille sein!‹

Der Pfaffe sprach: ›Mein Kindchen,
ich bin ein frommer Mann.
So dreh' dich um, damit ich
dein Kreuz erblicken kann!‹

Sie waren ganz versunken
in innigstes Gebet;
da plötzlich unser Schreiner
voll Zorn im Zimmer steht!

Ei Pfaff, dich werd' ich lehren,
mein Weibe zu verführ'n!
Drum sollst du auch gleich meine
gar große Säge spür'n!'

Und unsere Mora-al
von dieser Schwankgeschicht':
Beim Hobeln fallen Späne,
ob hölzern oder nicht!«

Als der letzte Ton verklungen war, fing Alex als Erster an zu johlen und zu klatschen. Seine Freunde stimmten nur wenig später mit ein und lobten Valentin so lange, bis er aufstand und eine kleine Verbeugung andeutete.

Alle waren begeistert von dem Lied.

Alle.

Außer Isa.

Bis zur Mitte der letzten Strophe hatte auch sie gelauscht und mitgewippt und fröhlich an ihrer Marzipankartoffel geknabbert. Hatte den unbeschwerten Abend genossen. Doch Valentin hatte unabsichtlich etwas gesungen, das die Puzzleteile in Isas Kopf richtig ineinanderschob. Seine letzten Worte waren wie ein Schwert durch das gordische Gedankenknäuel gefahren, das sich in den letzten Tagen in ihrem Verstand gebildet hatte.

Beim Hobeln fallen Späne, aber keine hölzernen. Natürlich.

Sie hatte die Antwort direkt vor der Nase gehabt.

Isa wusste: Es war ihr Glück, dass sie seit Neuestem einen Freund hatte, der noch spät in der Nacht an seinen Hausarbeiten schrieb. Marek saß vermutlich noch in seinem Schlafzimmer am Schreibtisch und brütete über den lateinischen Texten mittelalterlicher Urkunden, deshalb schrieb sie ihm eine SMS.

Komm zum Marktplatz. Ich weiß, wer Oliver Katz ermordet hat.

Kapitel 12

Halb drei Uhr in der Nacht.

Es war klirrend kalt zwischen den im Dunkeln liegenden mittelalterlichen Ständen. Die mit Planen, Brettern und Seilen verschlossenen Buden schlummerten genauso unheilvoll wie in der Nacht, in der Isa gehört hatte, wie Oliver Katz betrunken »Kling, Glöckchen, klingelingeling« gesungen hatte. Danach war er ihr in die Arme gefallen und hatte sie beinahe zu Tode erschreckt.

Nun war er genauso tot und kalt, wie der Marktplatz auf den Beobachter wirkte. Flache Pfützen mit Schmelzwasser, die sich am Tage neben den Stützpfosten einiger Stände gebildet hatten, waren spiegelglatt gefroren und schimmerten weiß im Mondlicht. Trübe Atemwolken stiegen vor Isas Gesicht auf, als sie sich in die gewölbten Handflächen pustete, um etwas Gefühl in die Finger zu bekommen. Ihre Handschuhe hatte sie in der Eile natürlich vergessen. Ihre Nerven flatterten wie ein junger Vogel in einer engen Schachtel.

»Isa?«

Bei dem plötzlichen Laut zuckte sie zusammen, doch im gleichen Moment entspannte sie sich wieder. Es war Mareks Stimme, die da aus dem Dunkel ertönte. Nur eine halbe Sekunde später erkannte sie auch ihn selbst in seinem Parka und der schwarzen Wollmütze.

»Ich bin hier«, antwortete sie leise und trat an ihn heran, um ihn zu küssen. Er war zwar etwas überrascht, erwiderte die Begrüßung aber ebenso leidenschaftlich.

Als sie sich wieder voneinander lösten, lächelte sie ihn mit ihren grünen Augen an. »Hast du noch gearbeitet?«

»Ja, wieso?«

»Weil du nach Kaffee schmeckst.«

Seine Berührung nahm ihrer Aufregung die Angst. Nun war es wieder Neugierde, die sie vor allem verspürte. Isa wollte das Geheimnis endlich lüften, das sie seit Tagen wurmte. »Danke, dass du gekommen bist.«

»Machst du Witze?« Seine Miene schwankte zwischen einem Grinsen und ungläubiger Verblüffung. »Sollte ich nach so einer SMS etwa gemütlich zu Hause sitzen bleiben und angestaubtes Latein übersetzen? Himmel, ich dachte schon, wenn ich ankomme, ist es vielleicht zu spät, und du ringst bereits in irgendeiner dunklen Ecke mit einem verrückten Killer um dein Leben.« Er nahm sie sanft bei den Schultern und sah sie eindringlich an. »Was machen wir hier? Ich dachte, du machst mit der Band heute Abend eine Weihnachtsfeier!«

»Habe ich auch. Und ganz nebenbei habe ich eine Möglichkeit entdeckt herauszufinden, wer Olli getötet hat.«

Mit wenigen Worten schilderte Isa ihrem Freund, wie sie und die anderen Mitglieder von Manus Furis vor einer scheinbar halben Ewigkeit begonnen hatten, ein eigenes Lied zu schreiben und auch, dass sie den Text des Stücks in dieser Nacht zum ersten Mal zur Gänze gehört hatte. »Es sind die Späne, verstehst du? Beim Hobeln fallen Späne!«

Wäre in diesem Augenblick der Weihnachtsmann höchstselbst in rosa Damenunterwäsche zusammen mit einem Rentier in verfänglicher Position vom Himmel gefallen – Marek hätte nicht verständnisloser gucken können.

»Pass auf, es ist ganz einfach.« Sie musste ihn dazu bringen, ihr zu glauben. Sie musste einfach, denn ihren Freunden von Manus Furis hatte sie nichts von ihrem Geistesblitz erzählt. Bevor Lena sie zwingen konnte, einen übermüdeten Kommissar Pösch mitten in der Nacht aus dem Bett zu klingeln, wollte sie erst einmal die Beweise haben, die sich – so hoffte sie – in Ollis verrammelter Taverne befanden.

»Wir beide haben Olivers Wohnwagen durchsucht, ohne wirklich zu wissen, was wir eigentlich finden wollten. Aber jetzt weiß ich, wonach ich zu suchen habe! Bitte, Marek, du musst mir einfach vertrauen.« Sie gab ihm einen Kuss auf die Wange, um ihn gnädiger zu stimmen. »Neben dem Wohnwagen war diese Bude Ollis einziger Rückzugsort, wenn er auf Reisen war. Der entscheidende Hinweis auf die Identität seines Mörders muss hier irgendwo sein.«

Sie gab ihrem Freund einen Moment Zeit, das Gesagte zu verarbeiten. Er hatte die eine Hand in der Jackentasche vergraben und rieb sich mit der anderen unschlüssig den Nacken. »Isa«, begann er. »Das klingt alles ziemlich ...«

»Ziemlich geheimniskrämerisch, weit hergeholt und undurchsichtig, ich weiß.« Jetzt war sie es, die ihn bei den Schultern packte. Nur musste sie sich dafür auf die Zehenspitzen stellen. »Aber wenn ich recht habe, erfahren wir endlich die Wahrheit.« Sie gab ihm noch einen Kuss. Diesmal zentraler orientiert. »Heute hält Alf die Nachtwache auf dem Marktgelände.« Ihre Stimme klang vor Aufregung in ihren eigenen Ohren ganz heiser. »Ich habe ihm schon Bescheid gesagt, dass wir hier sind und keinen Unsinn anstellen werden.«

»Keinen Unsinn? Davon bin ich aber nicht so ganz ...«

Dieses Mal trafen ihre Lippen voll ins Schwarze. Sie fühlte sofort, wie sein Widerstand brach. Wie Bienenwachs in meinen Händen, dachte sie euphorisch.

»Also schön«, seufzte Marek schließlich. »Wenn ich schon mal hier bin, kann ich ja auch ... was für eine Rolle hast du mir denn eigentlich zugedacht?«

Die grüne Fee deutete auf die dunklen Umrisse von Katz' ehemaliger Schenke. »Die Planen um den Stand sind ziemlich eng zugezurrt, da passt du nicht durch, ohne was kaputt zu reißen. Am besten, ich gehe alleine da rein und suche, während du auf die Umgebung aufpasst.«

»Und gibst du mir wenigstens einen Tipp, wonach du suchst? Damit ich nicht dumm sterbe, falls mich der Mörder erwischt, während ich Schmiere stehe?«

Flink glitt Isa aus ihrem warmen Wintermantel und drückte ihn dem überraschten Marek in die Hand. Die klirrende Kälte kroch zwar sofort durch den Stoff ihres Pullovers und ließ sie erschauern, aber wenn sie wirklich durch eine der Lücken zwischen den Stützbalken der Taverne und der wetterfesten Plane schlüpfen wollte, musste sie sich so schmal wie möglich machen können.

»Okay, im Stil des großen belgischen Detektivs Poirot nenne ich dir die entscheidenden Hinweise. Zieh einfach eine Verbindung zwischen der letzten Strophe von Valentins Lied, dem Pranger, der Zahl fünfundzwanzig und einem ›N‹, das eigentlich kein ›N‹ ist. Dann kommst du von alleine auf die Lösung des Rätsels.« Mit diesen Worten holte sie ihre Taschenlampe hervor und machte sich daran, in die Schenke eines Toten einzubrechen.

In dem winzigen Lager hinter dem Verkaufsbereich der Bude war es eng, stockfinster und es roch muffig. Das lauschige Plätzchen vermittelte den heimeligen Eindruck, lebendig in einem Bienenkorb begraben worden zu sein.

Als Isa ihre Lampe einschaltete und vorsichtig das bisschen Umgebung um sich herum ausleuchtete, fiel ihr der alte Witz von dem Mann in dem dunklen Raum ein, der ein Streichholz anzündet, um nachzusehen, wo er sich befindet – nur um gleich darauf festzustellen, dass er in einem Keller voller Sprengstoff ist und das Feuer unabsichtlich direkt an eine Lunte hält. Ihre eigene Lage war zwar keineswegs so explosiv, aber zum Jubeln brachte sie der Anblick, der sich ihr bot, auch nicht gerade. Die aus Holz gefertigten und mit Metall beschlagenen Fässchen, die sich an den vier Wänden in

Reihen bis unter die Decke stapelten, enthielten mit Sicherheit kein Schwarzpulver, sondern vielmehr honigsüßen Met. Dazwischen befanden sich unzählige Kisten mit Tonflaschen, Pappkartons und ab und zu ein paar Keramikbecher, die irgendwo herausgepurzelt waren. Einer war wohl schon vor längerer Zeit zerbrochen, sodass die winzigen Scherben unter Isas Füßen knirschten wie Popcorn, sobald sie sich bewegte. Der einzige Platz, der sich ihr zum Manövrieren zwischen den Waren bot, war eine ziemlich enge Schneise, die Olli beim Einräumen freigelassen hatte. Wie Katz sich im entweder betrunkenen oder völlig verkaterten Zustand in diesem Verschlag bewegt hatte, ohne pro Tag ein Wams an seinem wachsenden Trinkerbäuchlein durchzuscheuern, war Isa ein Rätsel.

Zum Glück war das Lager nicht nur nicht so durcheinander wie Olivers Wohnwagen, sondern roch auch noch wesentlich angenehmer. Die grüne Fee war sich allerdings nicht sicher, wo sie anfangen sollte zu suchen. Nur eines war ihr klar: Bisher hatte es Richard nicht geschafft, Ollis Bruder in Brandenburg zu kontaktieren. Doch sobald dieser sich meldete, würde der gesamte in Siegburg verbliebene Besitz des Toten – und somit auch jeder Beweis dafür, dass immer noch ein Mörder frei herumlief – ganz schnell aus ihrer Reichweite verschwinden. Diese Nacht war womöglich ihre letzte Chance, das Geheimnis zu lüften.

Entschlossen strich sie sich die Haare hinter die Ohren und ging in die Knie, um die Etiketten der zuunterst gelagerten Fässer und Kartons zu untersuchen. Die dicht an dicht gestellten Waren verhinderten, dass allzu viel Kälte von außen in das Lager drang, sodass sie in ihrem Sweatshirt nur leicht fröstelte.

»Met ... Met ... Met ... und, welche Überraschung: Met«, murmelte sie leise vor sich hin. Dann bemerkte sie, dass sie schon wieder mit sich selbst redete, und hielt den Mund. Wenn sie schon nachts wie eine Einbrecherin in fremden Angelegenheiten herumstöberte, wollte sie wenigstens nicht für verrückter gehalten werden als unbedingt nötig.

Oliver hatte jedes einzelne Fass mit Kreide beschriftet und die Buchstaben auf den leeren Fässern entfernt, um sie schneller unterscheiden zu können, wenn an der Theke Nachschub benötigt wurde. Isa wackelte an jedem, um zu sehen, ob er in einem der unbefüllten Fässer vielleicht etwas versteckt hatte, aber kein Klappern oder Rascheln aus dem Inneren belohnte ihre Anstrengungen. Die vollen waren ziemlich schwer, also ließ sie die Finger davon. Bei ihrem Talent hätte sie es wahrscheinlich bloß geschafft, dass eines der obersten Fässer ins Wanken geriet und ihr den Schädel einschlug, was ihrer Suche ein recht unrühmliches Ende bereitet hätte. Außerdem hatte sie zwar schon von in Plastikfolie eingeschweißten Handys oder Pistolen gelesen, die in den Spülkästen von Gangsterbossen schwammen, doch der Gedanke an wasserfeste Beweisstücke in Honigmet kam ihr dann doch etwas verdreht vor.

Das kalte Licht der Taschenlampe wanderte wie ein tastender Finger über die Pappkartons und schimmernden Tonflaschen mit gelben Etiketten und Holzverschlüssen, bevor der Strahl schließlich verharrte. Isa überlegte. Wenn Olli sein Allerheiligstes an diesem Ort versteckt hatte, musste es irgendwo sein, wo seine wechselnden Aushilfen nicht zufällig nach frischen Bechern oder Kleingeld suchten. Ein Versteck, das nicht neugierig machte und auch keine übereifrige Seele dazu verleitete, es bei einer Aufräumaktion zu entrümpeln oder in den Müll zu befördern.

Der Lichtstrahl wanderte und suchte, füllte sich mit Isas nebliger Atemwolke, tanzte weiter über die verschiedenen Gegenstände ... und blieb schließlich an einem Objekt hängen.

Zwischen der Bretterwand der Bude und einem offenen Karton mit Bienenwachskerzen klemmte ein abgegriffener, roter Verbandskasten. Isa musste grinsen, sie konnte einfach nicht anders. Die meisten Darsteller auf Märkten besaßen solche Kästen, um Erste Hilfe leisten zu können, falls es zu einer Schlägerei kam oder jemand in eine Feuerschale plumpste. Aber solange niemand blutete, brannte oder wichtige Organe vermisste, scherte sich natürlich niemand darum. Im Alltag stand so ein Verbandskasten allenfalls im Weg – und im Ernstfall waren nur die Handschuhe und sterilen Kompressen wichtig und nicht irgendwelche anderen Gegenstände darin.

Das perfekte Versteck.

Ungelenk zwang sich Isa in die Hocke und verscheuchte eine Spinne, die es sich auf dem Kasten gemütlich gemacht hatte. Als das dicke Monstrum davongaloppiert war, zog sie schaudernd ihre Beute aus dem Spalt und öffnete den Deckel.

Als Isa sah, was sich unter der Erste-Hilfe-Anleitung befand, glaubte sie, die Weihnachtsengel schon singen hören zu können.

»Herrgott, hast du mich erschreckt. Was hast du da drin denn so lange ge…«

»Ich habs gefunden, Marek!«

Isa wäre fast der Länge nach auf die Nase gefallen, weil ihr Fuß sich beim Herausklettern aus der verrammelten Bude in der Plane verfing. Doch sie hatte es so eilig, dass sie einfach weiterhüpfte und halb in den Armen ihres Freundes landete, der sie überrascht auffing. »Hey, warte mal!« Er stellte sie wieder auf ihre eigenen zwei Beine. »Was hast du gefunden?«

»Das hier.« In ihrer Hand hielt sie ein dickes, schwarzes Notizbuch. Vom Format her erinnerte es an eine Bibel, aber Isa wusste, dass der Inhalt thematisch in eine ganz und gar andere Richtung ging. »Das ist Olivers Liste. Seine berühmte Liste aller Frauen, mit denen er jemals im Bett war. Die Chroniken seiner wilden Jugendzeit sozusagen.«

Marek nahm diese Information zur Kenntnis, aber sie erhellte seinen Geist anscheinend nicht sonderlich. Offensichtlich war ihre kleine Denksportaufgabe, die sie ihm vor ihrer Erkundungstour gegeben hatte, doch zu kryptisch gewesen. Isa nahm sich vor, ihre Technik für den Fall zu verbessern, dass sie mal wieder einen Mord aufklären musste.

Eine dicke Wolkenwand schob sich träge über den Himmel und machte die Dunkelheit um sie herum noch schwärzer. War ja klar, dachte die grüne Fee und knipste ihre Taschenlampe wieder an. Sie musste unbedingt etwas nachlesen, und der Mann im Mond entschied, dass es Zeit für eine Kaffeepause war.

»Was hat denn das Buch mit dem Mord an Katz zu

tun?« Marek sah sie genauso ratlos an, wie sie sich die ganzen letzten Tage über gefühlt hatte.

Aber das hatte jetzt ein Ende.

»Es geht um Kinder, Marek!« Isas Dreadlocks rutschten ihr in die Stirn, als sie sich über ihren Fund beugte und in den Seiten blätterte. Das Papier war dicht mit Ollis krakeliger Sauklaue beschrieben. »Verstehst du? Das öffentliche Anprangern. Der Streit, den ich mit angehört habe. Der Rest von dem Brief, den wir gefunden haben. Valentins Lied hat mich den Zusammenhang erkennen lassen!«

»Moment«, unterbrach Marek sie verwirrt. »Diese Strophe ... mit den Spänen sind doch keine Kinder gemeint, sondern die Tatsache, dass der Schreiner dem unkeuschen Pfarrer mit der Säge was abschneiden will. Und zwar den ...«

»Ja.« Die grüne Fee atmete tief durch. Sie dachte schneller, als sie reden konnte. Aber damit Marek verstehen konnte, was sie meinte, musste sie die Sache von einer anderen Seite aus anpacken. Widerwillig löste sie den Blick von dem Buch. »Erinnerst du dich noch, was Alex zu Kommissar Pösch gesagt hat, kurz nachdem ich fast wegen Betreten eines Tatorts verhaftet worden wäre? Über Ollis Familienverhältnisse?«

Er schüttelte den Kopf.

»›Ob er Kinder hatte, wusste die Saufnase wahrscheinlich selbst nicht mal.‹ Er hat das nur so dahingesagt, und niemand hat groß darauf geachtet. Wozu auch?«

Sie trat so nahe an Marek heran, dass sie in dem schlechten Licht sogar seine Bartstoppeln hätte einzeln zählen können. »Dabei war das der entscheidende Satz.

Das Wichtigste, das in der ganzen Unterhaltung gesagt wurde – von uns, von Pösch, von allen. Was ist, wenn Olli in seiner wilden Jugend ›beim Hobeln‹ tatsächlich einen Span fallen gelassen hat? Was ist, wenn er unwissentlich ein Kind gezeugt hat, das mittlerweile erwachsen ist und herausgefunden hat, dass sein Papi nicht das heldenhafte Idol ist, das es sich in seinen Träumen immer ausgemalt hat?«

Isa spürte förmlich, wie die Zahnräder in Mareks Kopf ratterten und ratterten und schließlich einrasteten. Doch trotzdem spiegelte sich weiterhin Skepsis in seinen Augen. »Es kann schon sein, dass Katz irgendwo uneheliche Kinder hat ... aber das muss doch nicht unbedingt heißen, dass ihn eines von ihnen umgebracht hat«, wandte er vorsichtig ein.

Das ließ die grüne Fee nicht gelten. »Aber die Worte auf dem verkohlten Brieffetzen, den der Täter mir gestohlen hat! Erinnerst du dich an die?«

»Moment, was? Jemand hat dir den Zettel gestohlen? Wieso hast du mir das nicht erzählt?« Marek schaute sie streng an, aber Isa wischte seinen Einwand aufgeregt mit einer Handbewegung beiseite. Sie musste loswerden, was sie wusste, sonst würde sie noch platzen.

»Ich habe mir stundenlang den Kopf darüber zerbrochen, was die Satzteile bedeuten sollten. Das Stück Papier war mein Beweis, klar – der ist jetzt weg. Schlau vom Mörder. Aber die Worte darauf habe ich so oft gelesen, dass ich sie nie wieder vergessen werde. Und sie passen haargenau zu meiner Theorie.«

An den Fingern ihrer rechten Hand zählte sie die Zeilen ab. »Zeile eins und drei waren nicht zu gebrauchen, da stand nichts Signifikantes, das man irgendwie in einen Kontext hätte einordnen können. Zeile vier dagegen war hilfreich, denn ihr Inhalt grenzt den zeitlichen Rahmen ein: ›Vor fünfundzwanzig Jahren‹. Vor fünfundzwanzig Jahren war Olli noch ein junger, muskulöser Tavernenbesitzer, der ein Mädchen nach dem anderen mit ins honigsüße Wunderland des Mets genommen hat. Zumindest hat er das immer behauptet, aber selbst wenn nur die Hälfte von dem stimmt, was er so erzählt hat, kann ich immer noch recht haben. Denn wenn Oliver zu dieser Zeit Vater wurde – ohne sein Wissen oder auch mit –, dann ist sein Nachwuchs jetzt erwachsen. Erwachsen und groß genug, um auf dem Mittelaltermarkt nach dem verschollenen Erzeuger zu suchen und sich dafür zu rächen, dass es all die Jahre keine Gutenacht-Geschichten oder Unterhaltszahlungen gab.«

Marek hatte die Stirn unter seiner Wollmütze in Falten gelegt und hörte ihr aufmerksam zu. Er versuchte ernsthaft, ihren Gedankengang nachzuvollziehen. Das war etwas, wofür Isa ihn schon wieder hätte küssen können, wenn sie sich nicht schon viel zu sehr in Rage doziert hätte. Sie redete weiter, während sie wieder anfing, mit der Taschenlampe die Buchseiten zu beleuchten und zu suchen.

»Bei Zeile zwei hätte das Feuer von dem Gasherd, in dem Olli den Brief verbrennen wollte, mir beinahe einen Streich gespielt. ›dass du dich noch an meine N‹ – das war der Wortlaut, der noch zu lesen war. Oliver sollte sich an etwas erinnern, jedenfalls habe ich das aus dem Satzbau geschlossen. Aber an was? Mir fiel einfach nichts Sinnvolles mit dem Anfangsbuchstaben ›N‹ ein, oder zumindest nichts so Gravitätisches, dass es zu einem Mord gepasst hätte. Aber dann, nachdem Valentin die letzte Strophe des Liedes gesungen hatte, erkannte ich meinen Fehler.«

Isa spreizte zwei Finger ab und hielt sie nach unten. »Das war kein ›N‹. Es war ein ›M‹, das vom Feuer unkenntlich gemacht wurde.« Sie nahm einen dritten Finger dazu. »Und das Wort sollte ursprünglich ›Mutter‹ heißen. ›Meine Mutter‹.«

Fieberhaft blätterte sie weiter. Es war gar nicht so einfach, das Gekrakel im Licht ihrer Funzel und der zu weit entfernt stehenden Laternen zu entziffern, aber glücklicherweise waren die Zeitangaben, die Oliver an den Seitenrand neben jeden Eintrag geschrieben hatte, noch am deutlichsten. Marek trat einen Schritt hinter sie, um über ihre Schulter mitlesen zu können. Isa spürte, dass ihre Aufregung ihn angesteckt hatte. Sein Atem an ihrem Ohr ging deutlich schneller als vorher.

»Und wegen all dieser Hinweise und Zusammenhänge musste ich dieses Buch finden«, erklärte Isa, während sie weitersuchte. Bei den Einträgen aus dem Jahr 1991 fehlte eine Seite, und sie schickte ein schnelles Stoßgebet an alle Götter mit offenem Ohr, dass das die einzige Lücke in Katz' Aufzeichnungen war.

Endlich, da waren sie. All die Mädchen, die Oliver vor fünfundzwanzig Jahren – 1990 – das Bett für eine Nacht gewärmt hatten und danach mal mehr, mal weniger artgerecht wieder entsorgt worden waren.

»Wenn der Mörder tatsächlich jemand ist, den wir

kennen, finden wir vielleicht einen Namen, der uns bekannt vorkommt. Und damit können wir den hochwohlgeborenen Kommissar Pösch endlich davon überzeugen, dass er die ganze Zeit im Unrecht …«

Das triumphierende Lächeln gefror auf Isas Lippen und zerbrach.

Es gibt diese eine bestimmte Art von Albtraum, die jeder Mensch fürchtet.

Es ist nicht derjenige, in dem man ohne Hose in einem Raum voller Leute steht und wie gelähmt ihr spöttisches Gelächter hört, während sich ihre Gesichter zu Fratzen verziehen und in der Luft kreisen wie fliegende Dämonen. Oder der, in dem man schreiend durch einen langen, schwarzen Tunnel fällt und weiß, dass der Sturz niemals zum Ende kommen wird.

Aus dem schlimmsten aller Albträume schreckt man zitternd und schweißgebadet hoch, nur um festzustellen, dass das Grauen kein Hirngespinst war, sondern wahrhaftige Realität.

Dort, auf der Seite, datiert auf den neunundzwanzigsten November, stand ein Name.

Evelina Koskov.

Isa fühlte, wie die Erkenntnis ihr in den Magen schlug und alle Luft aus den Lungen trieb, sodass sie zu ersticken glaubte.

Der Atem des Mannes hinter ihr, den sie zu kennen geglaubt hatte, rieb sich an ihrem Nacken und ihrem Ohr, und plötzlich ergriff sie die gleiche klaustrophobische Angst wie nur ein paar Stunden zuvor auf dem belebten Marktplatz. Er hatte ebenso dicht hinter ihr gestanden und den Duft ihres Haars eingesogen, bevor er ihr das einzige Beweisstück stahl, das sie zu diesem Zeitpunkt besessen hatte.

Langsam schob sich etwas Kaltes, Hartes an der Haut ihrer Kehle entlang.

Kalt, hart und scharf wie Stahl.

»Nach dem Abend, an dem das versoffene Schwein dich hier angefallen hat, hast du mir erzählt, dass du nachts immer ein Messer in der Manteltasche hast. Erinnerst du dich?« Mareks Stimme pulsierte. Jedes seiner Worte drang in ihr Bewusstsein, aber sie wollte sie nicht hören. Sie fühlten sich an wie Dolchstöße.

Ihre Zunge war wie aus Blei, als sie sprach, doch auf makabere Art und Weise gehorchte sie ihr trotzdem. »Bitte ... bitte sag mir, dass das nicht deine ...«

»Doch, das ist sie.« Langsam schob Marek seine linke Hand von hinten um ihren Körper herum, ohne die Position des Messers zu verändern, das er ihr an die Kehle presste. Sie konnte sich nicht rühren, als er ihr das Buch aus den kalten Fingern wand und in seinen Parka steckte. »Meine Mutter hat nie geheiratet, wie du ja weißt. Als ich geboren wurde, bekam ich natürlich ihren Nachnamen, da mein Vater, das Schwein, sie einfach im Stich gelassen hatte.«

Isas Verstand schien nicht mehr richtig zu funktionieren. Die eine Hälfte schrie stumm, weil sich Mareks Körper wie ein blankes Stromkabel anfühlte, während er sich an sie presste. Die andere Hälfte schien das Ausmaß dessen, was sich gerade ereignete, irgendwie verschlafen zu haben. Stattdessen spulte sie Informationen herunter, die sich stumpf und ausdruckslos zu einem grauenhaften Gesamtbild zusammensetzten.

»Du wusstest, dass Bernd die Nachtwache an dem Abend Mathis aufs Auge drücken würde«, presste sie zwischen zusammengebissenen Zähnen hervor. Irgendwo in ihrem Hinterkopf regte sich morbider Stolz, weil ihre Stimme nicht zitterte.

»Natürlich, Wischnewski hat ihm ja eine geschlagene Stunde lang die Ohren vollgeheult, während ich danebenstand und die Kunden bedienen musste. Da wusste ich, dass ich das miese Schwein zu einem kleinen Umtrunk einladen und ihn zu dem Pranger bringen konnte, ohne erwischt zu werden. Es war perfekt. Zwei harmlose Samstagabend-Partygänger auf dem Marktplatz. Der eine stockbesoffen, der andere stützt seinen lieben, lieben Freund auf dem Heimweg.«

Marek nahm ihr auch die Taschenlampe weg. Kurz fragte sie sich, ob er Angst hatte, dass sie versuchte, ihm damit den Schädel einzuschlagen, doch dann kam ihr ein anderer Gedanke. »Marek, du musst damit aufhören. Sofort. Irgendjemand wird vorbeikommen und uns sehen ... Alf, Alf hat heute hier die Nachtschicht ...«

»Keine Sorge, Isa.« Er sprach ihren Namen so zärtlich aus, dass es ihr kalt den Rücken runterlief. »Um den habe ich mich vorhin schon gekümmert, der wird uns nicht stören. Weißt du, ich wusste, dass du mir früher oder später auf die Schliche kommen würdest. Und nach deiner SMS war mir klar, dass du irgendeine Spur entdeckt hast, die ich übersehen hatte. Aber insgeheim habe ich gebetet – ja, gebetet –, dass ich mich irre und du endlich Ruhe gibst.«

Um den habe ich mich vorhin schon gekümmert, wiederholte Isa im Geiste seine Worte, und eine schreckliche Ahnung überkam sie. »Was ... was hast du mit Alf gemacht?« Sie schluckte, und die Haut an ihrer Kehle schabte unangenehm über die scharfe Schneide des Messers. »Das ist kein LARP, Marek! Kein bloßes Rollenspiel! Du, du stößt nicht einfach mit einem Schwert aus Plastik zu, und der andere muss so tun, als würde er sterben – du hast einen Menschen getötet, wirklich getötet! Du hast deinen eigenen Vater umgebracht!«

Im selben Augenblick, in dem sie die Worte aussprach, wusste sie, dass sie einen furchtbaren Fehler gemacht hatte.

Die eisige Nachtluft schien um ein halbes Dutzend Grad kälter zu werden. Marek packte Isa hart an der Schulter und riss sie herum, sodass sie ihm direkt ins Gesicht sehen musste. Das Messer hielt er ihr mit der Spitze unter das Kinn, und in seinen braunen Augen funkelte die reine Wut. Plötzlich sah er sehr, sehr groß aus.

»Jetzt hör mir genau zu, Isa. Hör mir genau zu. Das Schwein hatte es nicht besser verdient, verstehst du? Ich habe letztes Jahr nur durch Zufall von ihm erfahren, als ich hier auf dem Markt als Wischnewskis Fußabtreter angefangen habe. Als meine Mutter hörte, wo ich arbeite, hat sie angefangen, sich ganz komisch zu benehmen ... Sie war wie früher, wenn ich sie mit Fragen nach meinem Vater gelöchert habe. Und als ich deswegen heimlich ihre alten Tagebücher durchgesehen habe, wurde mir auch klar, wieso.«

Er lachte. Leise, kehlig und verzweifelt, aber er lachte tatsächlich. Isa wünschte sich, irgendjemand würde endlich den Vorhang fallen lassen und ihr versichern, dass das alles nicht real war. »Meine Mutter ... Heute schreibt sie Kinderbücher, aber schon früher hat sie jede noch so kleine Kleinigkeit auf ein Stück Papier gekritzelt. Da war es nicht schwer herauszufinden, welch glorreicher Held für meine Existenz verantwortlich gemacht werden konnte. Du hast recht, als Kind dachte ich wirklich immer, mein Vater sei ein toller Kerl, der die Welt retten muss oder so einen Scheiß und deswegen nicht bei mir sein kann. Und dann sah ich nach all den Jahren endlich, was er wirklich war. Ein alterndes, versoffenes, egoistisches Schwein, das sich um nichts gekümmert hat, außer um sich selbst. Ich habe ihm einen Brief geschrieben, weil ich ihn nicht mit der Wahrheit überfallen wollte. Kannst du dir das vorstellen? Kannst du dir auch nur im Ansatz vorstellen, wie ich – dumm und naiv, wie ich war – darauf gewartet habe, dass dieser Mistkerl zu mir kommt, mich in die Arme nimmt und sagt: ›Mein Sohn, es tut mir leid‹?«

Mareks mahlender Kiefer war trotz des schwachen Lichts deutlich zu erkennen. Mit einem Ruck stieß er Isa vor sich her, die Hand in ihre Schulter gekrallt und die Messerspitze in die weiche Stelle unterhalb ihres Kinns gepresst. Isa stolperte rückwärts und hielt krampfhaft den Kopf oben. Ihr Atem ging flach, ihr Herzschlag schien zu versagen.

»Kannst du das denn nicht verstehen?« Er drückte sie immer weiter in den Schatten, der von dem verwaisten Kinderkarussell auf die Nische zwischen der Rückwand des Kürschner-Standes und der Bude, an der man gebratenen Reis kaufen konnte, geworfen wurde. Selbst wenn sich jemand ganz zufällig mitten in dieser bitterkalten Winternacht auf den Marktplatz verirrt hätte: In der Finsternis dort hätte niemand sie sehen können.

»Ich musste allen zeigen, was für ein mieses Stück Dreck er war! Der Pranger war das, was er all die Jahre verdient hat!«

Isa öffnete den Mund, doch die Messerspitze schickte einen scharfen Schmerz durch ihr Bewusstsein. Ein Gefühl wie von einem warmen Tropfen Wasser rann langsam ihren Hals hinab. »Und musstest du deswegen auch Alf umbringen?«, zischte sie wütend, ohne den Unterkiefer zu bewegen. Starr wie eine Puppe stand sie da, innerlich lodernd und äußerlich nicht dazu fähig, auch nur den kleinen Finger zu rühren. Marek sah ihr all das an, doch er nahm die Waffe nicht von ihrer Kehle. Seine Haltung verriet Entschlossenheit, und Isa machte die Tatsache, dass sie nicht wusste, zu was er sich entschieden hatte, mehr Angst als alles andere.

»Alf ist nicht tot ... glaube ich zumindest. Ich hab ihm nur mit seiner Taschenlampe eins übergebraten.«

»Und was ist mit mir? Wolltest du mich mit der präparierten Fackel aus dem Weg räumen, weil ich sonst deinen schönen Plan ruiniert hätte?«

Da war sie wieder. Isa Bocholt stand in finsterster Nacht mutterseelenallein mit ihrem Freund, der sich vor knapp zwei Minuten als verrückter Mörder entpuppt hatte, in einer dunklen Ecke, wurde mit ihrem eigenen verdammten Messer bedroht – und wer meldete sich in ihrem Kopf zu Wort? Natürlich die Stimme, die Ärger machte. Die dumm genug war, auf alles zuzulaufen, statt die Beine in die Hand zu nehmen oder sich vor Angst in die Hosen zu machen.

Marek drückte ihren Arm so fest, dass sie aufgeschrien hätte, wenn da nicht blanker Stahl im Weg gewesen wäre. »So darfst du nicht von mir denken«, flüsterte er.

»Nicht so von dir denken? Ich hab mit dir geschlafen! Ich lag in deinem Bett! Warum hast mir nicht einfach ein Kissen aufs Gesicht gedrückt und die Sache zu Ende gebracht?«

»Ich wollte dir doch nie wehtun! Du solltest nur aufhören, Fragen zu stellen!«

Auf einmal wurde alles ganz, ganz still. Siegburg, die Nacht, die Sterne und das Universum schienen den Atem anzuhalten.

»Ich liebe dich«, sagte Marek, und seine Stimme war so warm und zärtlich, dass es ihr den Magen umdrehte.

Vielleicht hätte Isa über das nachdenken sollen, was sie im nächsten Moment tat. Möglicherweise hätte ihr inneres Frühwarnsystem dann Alarm geschlagen und signalisiert, dass eine solche Aktion in einer Situation wie der ihren eindeutig in die Kategorie »Unglaublich dumm« fiel.

Doch so ballte sie eine Faust und schlug Marek mitten ins Gesicht. Das Geräusch hallte wie das Klatschen eines nassen Handtuchs über den ganzen Marktplatz.

Marek hatte bei seiner grotesken Liebeserklärung unter Einsatz von Waffengewalt offenbar nicht damit gerechnet, dass seine Angebetete die Flucht nach vorn ergreifen würde. Der Fausthieb brach ihm zwar – sehr zu Isas Bedauern – nicht die Nase, aber er geriet durch ihn zumindest kurz ins Straucheln. Und, was noch viel wichtiger war: Er brachte ihn dazu, Isas Arm loszulassen.

Lauf!, rief die nervige Stimme in ihrem Kopf. Der sinnvollste Befehl, der jemals von ihr gekommen war. Die grüne Fee reagierte sofort. Mit einem wilden Schlenker fegte sie das Messer unter ihrem Kinn beiseite, drehte sich um und rannte los. Sie musste runter vom Marktgelände, raus aus dem Bannkreis der verrammelten Buden, hin zu den Häusern und beleuchteten Fassaden der Geschäfte. Sie musste es ins Licht schaffen, wie ein Todgeweihter am Ende des dunklen Tunnels.

Isa hechtete mit wild schlagendem Herzen über die niedrige hölzerne Stufe des Karussells, während die Pferdchen mit den struppigen Mähnen aus Stroh sie anzufeuern schienen. Ein paar Dreads hatten sich aus ihrem Zopf gelöst und peitschten in ihr Gesicht, während sich in ihr ein Schrei anbahnte, der unbedingt hinauswollte. In dieser Situation vielleicht ihre erste vernünftige Handlung.

Vor ihr warf die breite Fläche der mit einer Plane abgedeckten Schmiede einen langen Schatten auf den Weg. Dahinter waren nur noch Tells und Vronis Buden, und dann war da freie Fläche, beleuchtete Fläche. Vielleicht irgendjemand, der ihr helfen konnte. Sie musste nur schneller rennen, noch ein paar Schritte weit.

»Hilfe! Hilf…«

Marek traf sie von der Seite mit der Wucht einer Kanonenkugel.

Isa wurde von den Füßen gerissen und in den Schatten hinter der Schmiede geschleudert. Plötzlich war das Licht weg, das Straßenpflaster wirbelte unter ihr und über ihr herum, und dann traf sie etwas an der Stirn. Das Geräusch, das dabei entstand, klang in ihrem Kopf sehr ungesund – wie eine stumpfe Axt, die auf einen wirklich harten Kürbis trifft. Für ein paar Sekunden wurde ihr schwarz vor Augen, dann holten kalte Steine an ihrer Wange und der Geschmack von Blut und Dreck in ihrem Mund sie wieder in die Wirklichkeit zurück.

»Oh, nein ... Isa, geht's dir gut?«

Irgendjemand packte sie an der Schulter und wälzte sie auf den Rücken. Pochender Schmerz nahm Isa für einen Moment die Sicht, doch als sie wieder alles klar erkennen konnte und sich auch wieder bewusst wurde, was geschehen war, wünschte sie sich die gnädige Schwärze mit aller Macht zurück.

Marek kniete neben ihr und versuchte, ihr die Haare aus der Stirn zu streichen und nach der Wunde zu sehen, die da offenbar vor sich hin blutete. Er wirkte furchtbar besorgt, doch er hatte noch immer das Messer in der Hand. »Warum läufst du denn weg, verdammt noch mal?« Er flüsterte, seine Atemwolken dampften heiß in die Nacht. »Bitte! Ich will dir wirklich nicht wehtun, aber du musst aufhören, alles durcheinanderzubringen!«

»Geh weg von mir!«

Isa wollte ihn anschreien, doch das Einzige, was sie zustande brachte, war ein heiseres Krächzen. Obwohl sich bei jeder Bewegung alles ekelhaft schnell zu drehen begann, stemmte sie sich auf den Ellenbogen nach oben und versuchte, von ihm wegzukriechen.

Vergeblich. Marek packte einfach ihren Fußknöchel und stützte sich mit seinem ganzen Gewicht darauf. Genauso gut hätte er ihr eine Burgmauer ans Bein binden können, der Effekt war derselbe.

»Schrei noch ein einziges Mal, dann schwöre ich dir, ich werde ...« Die Hand, in der Marek Isas eigenes Messer hielt, zitterte, als er sich mit einer zornigen Geste die Wollmütze herunterriss. Sie konnte sein Gesicht zwar nicht erkennen, da sie sich beide im schwarzen Schatten der Schmiede befanden und der Mond noch immer nicht zu sehen war, doch die Art, wie er sich Nacken und Schädel rieb und mit gesenktem Kopf irgendeinen Gedanken in seinem Inneren fixierte, verriet pure Verzweiflung.

»Marek, bitte ...«

Für Isa hörten sich die Worte, die da leise über ihre Zunge kratzten, seltsam fremd an. Etwas Heißes, Klebriges lief an ihrer Schläfe entlang die Wange herunter, und ein paar kleinere, salzige Tropfen perlten unangenehm über ihre Lippen. »Marek, du brauchst Hilfe. Wenn du … wenn du dich jetzt stellst und der Polizei alles erklärst …«

»Komme ich für eine sehr, sehr lange Zeit in den Knast. Glaubst du im Ernst, ich gehe ins Gefängnis dafür, dass ich der Welt gezeigt habe, dass Oliver Katz ein mieses, versoffenes, egoistisches Schwein war?« Er gab einen Laut von sich wie ein angeschossenes Tier. »Wieso konntest du nicht aufhören, dich einzumischen, Isa? Wieso? Ich hab versucht, dich da rauszuhalten. Das habe ich wirklich. Aber du musstest ja unbedingt weitermachen ... Was war dir wichtiger, hm? Unsere Beziehung oder dass so ein dummes Arschloch in einem Pranger erfroren ist?«

Marek hob wieder den Kopf, und obwohl sie von Dunkelheit umhüllt wurden, schienen seine braunen Augen zu leuchten wie Herbstfeuer. Er packte das Messer wieder fester und schlug sich mit dem Heft in einem schnellen Rhythmus auf das Knie, so als wollte er sich wach rütteln oder wappnen für etwas, das er tun musste. Isa konnte sich nicht bewegen. Er hielt sie fest am Boden, und der Rest ihres Körpers war vor Angst erstarrt. Herzschlag pulsierte in ihren Ohren, so laut, als wollte er ihren Kopf zum Bersten bringen.

»Mein Plan war wirklich gut. Niemand hätte je Fragen gestellt, geschweige denn nach mir. Nur du wusstest, dass an der Sache etwas faul war.« Er lachte bitter auf. »Das mochte ich von Anfang an an dir. Du bist clever und nicht auf den Mund gefallen, Isa. Aber wenn ich zwischen dir und der Freiheit wählen muss, dann ist die Entscheidung leicht.«

Die Klinge des erhobenen Messers schimmerte wie schwarzes Mondlicht. »Tut mir leid.«

In diesem Moment langte etwas über Mareks Schulter, packte ihn am Handgelenk und brach ihm fast den Arm. »Lass sie in Ruhe oder du wirst diese Nacht nicht überleben«, zischte Alex und riss Mareks Kopf an den Haaren nach hinten. Sein Gesicht war weiß vor Wut.

Das Messer fiel klappernd zu Boden, und Mareks Körpergewicht lastete plötzlich nicht mehr auf Isas Bein. Mit einem Keuchen rappelte sie sich auf und krallte sich in der Schutzplane der Schmiede fest, um nicht gleich wieder hinzufallen.

Rufe erklangen, Schritte rennender Menschen knallten auf das Pflaster des Marktplatzes. Alex zwang Marek in den Polizeigriff und fixierte ihn mit dem anderen muskelbepackten Arm in einer Art Schwitzkasten. Er sah aus, als wollte er ihn auf der Stelle erwürgen. »Geht's dir gut?«, rief er Isa laut zu, weil Marek ihn anbrüllte, dass er ihn gefälligst loslassen sollte. Fast wäre er dem Griff des Spielmanns entkommen, doch dann tauchten Valentin und Kevin aus dem Nichts auf und halfen Alex, ihn bäuchlings auf den Boden zu ringen.

Isa fand die Frage albern, weil sie blutete wie ein Preisboxer und gerade fast von ihrem Freund – Ex-Freund, dachte sie überflüssigerweise – ermordet worden wäre, also sagte sie nichts. Erst der Schreck, als Lena plötzlich neben ihr stand und sie rüttelte, beförderte ihren Verstand wieder in die Realität.

»Isa, alles in Ordnung?« Als sie die Dreads ihrer Freundin beiseiteschob und freie Sicht auf deren Stirn hatte, zuckte sie zusammen. »Dieser verdammte ... oh Süße, das muss bestimmt genäht werden. Hat er dich sonst verletzt?«

Benommen schüttelte Isa den Kopf, bereute es aber sofort. Die Welt drehte sich dabei wie ein Karussell. »Er ... er hat Oliver umgebracht.« Die Worte fielen laut, klappernd und hohl in ihr Herz wie in einen Brunnenschacht.

Marek hatte sie offenbar gehört, denn er brüllte wie ein Stier irgendetwas Unverständliches in den Kragen seines Parkas, der ihm bei dem Gerangel halb über den

Kopf geschoben worden war. Alex saß rittlings auf ihm drauf und hielt ihm noch immer den Arm auf dem Rücken fest.

Etwas Wichtiges verlangte vor dem Burgtor zu Isas bewusstem Denken nach Aufmerksamkeit. Nach kurzer Überprüfung wurde die Zugbrücke heruntergelassen. »Jemand muss nach Alf sehen«, keuchte sie. »Er hat ihn irgendwo hier auf dem Markt niedergeschlagen.«

»Wo war das, du Mistkerl?« Alex schraubte Mareks Arm zornig ein paar Grad weiter nach oben, bis Marek zuerst aufschrie und dann hastig irgendetwas sagte.

»Alles klar, bin unterwegs.« Kevin hatte es offenbar gehört und nahm seine langen Beine in die Hand. Wie ein surrealer bärtiger Traum verschwand er zwischen den Buden.

Vorsichtig schlang Lena ihren Arm um Isas Taille und half ihr das Gleichgewicht zu halten, damit sie bei der nächsten Bewegung nicht direkt wieder dem Boden ein Küsschen geben musste.

»Können wir jetzt endlich die Polizei rufen?«, fragte sie.

Epilog

Am Morgen danach begann es zu schneien.
Dicke weiße Flocken schwebten von der eisgrauen Wolkenwand herab, die den Himmel überzog. Das Treiben sah aus, als hätte der Wettergott persönlich einen göttlich großen Plüschteddy in die Luft geworfen und mit einem Schwert zerteilt, sodass die Füllung federweich ins Land rieselte. Es dauerte nicht lange, bis die Wege zwischen den Buden des Siegburger Mittelaltermarktes mit einer knirschenden weißen Schicht bedeckt waren und einige historische Darsteller den immer schwerer werdenden Schnee von ihren Dächern aus gewachstem Stoff klopfen mussten.

Isa kaute auf einem Bissen Knoblauchbrot herum und beobachtete einen Hund, der zusammen mit seinem Besitzer an ihr vorbeispazierte. Der Golden Retriever pflügte mit seiner Nase wie ein Schaufelbagger durch das kalte Weiß am Boden und blieb immer wieder kurz stehen, um sich die Flocken aus dem langen Fell zu schütteln. Dann grub er die Schnauze wieder in den Schnee und lief weiter, wobei er begeistert mit dem

Schwanz wedelte. Manche Dinge im Leben ließen sich leichter loswerden als andere. Isa wusste das, und trotzdem beneidete sie den Hund für einen kurzen Moment.

»Und ich hatte mir doch so fest vorgenommen, über Weihnachten mein Wunschgewicht zu halten ...« Lena starrte mit Wehmut auf ihr eigenes Knoblauchbrot, das sie schon fast zur Hälfte aufgegessen hatte. Fest in ihren blaugrauen Umhang mit den flatternden Fransen gehüllt, entschied sie sich nach einer Weile wohl dafür, dass die Kalorien auch durch böses Anstarren nicht weniger wurden. Entschlossen biss sie wieder in ihren Snack und schloss dabei genüsslich die Augen. Die grüne Fee musste sich ein Grinsen verkneifen.

Die beiden Spielfrauen lümmelten in einer Hängematte herum, in der neben ihnen noch gut und gern ein Reitertross samt Pferden Platz gehabt hätte. Das Ausstellungsstück hatte Jamal, der Seiler aus dem Morgenland mit dem dezenten kölschen Dialekt, aus dünnem Tauwerk und Holzstreben selbst angefertigt. Jedes Jahr stand die Hängematte unter einem kleinen Vordach neben seinem Stand und beherbergte über den Tag hinweg üblicherweise ein wechselndes Kontingent an jauchzenden Kleinkindern. Da sie so früh am Marktplatz gewesen waren, hatten Lena und Isa allerdings Glück gehabt. Jamals Blick war zuerst auf die Knoblauchbrote in ihren Händen gefallen, dann auf Isas Gesicht. Der Widerspruch, der ihm zuerst auf der Zunge gelegen hatte, verpuffte augenblicklich.

»Wenn ihr Sauce auf die Seile schmiert, macht ihr das hinterher aber selbst sauber«, war alles, was er sagte.

Isa machte seine Reaktion nicht allzu viel aus. Sie wusste, dass selbst ein Kessel Hafergrütze an diesem Morgen mehr Vitalität ausstrahlte als sie.

Mochte Lena sonst ein wenig schusselig sein und beim Anblick jeder noch so kleinen Spinne schreien wie am Spieß: Am Telefon musste sie in der vergangenen Nacht ziemlichen Eindruck auf Kommissar Pösch gemacht haben. Vielleicht lag es aber auch nur daran, dass sich das Siegburger Polizeipräsidium in der Nähe des Bahnhofs und damit knappe zehn Minuten vom Marktplatz entfernt befand. Jedenfalls war Kevin gerade erst mit dem benommenen Alf, der eine beachtliche Beule am Hinterkopf trug, zur Gruppe zurückgekehrt, als Pösch und seine Männer schon in aller Stille bei der Schmiede erschienen. Nirgends dudelte eine Sirene, keiner der anrollenden Wagen hatte das Blaulicht eingeschaltet. Als Isa das bemerkte, hatte sie den Kommissar fragen wollen, ob er keine Aufmerksamkeit erregen wollte, weil er offensichtlich Mist gebaut hatte. Doch sie ließ es bleiben. Zum einen war sie viel zu sehr damit beschäftigt gewesen, sich eine Kompresse aus dem Verbandskasten, den sie in Ollis Bude gefunden hatte, gegen die blutende Stirn zu pressen. Und zweitens hatte sie das dumpfe Gefühl, am Ende doch noch wegen der Behinderung einer polizeilichen Ermittlung verhaftet zu werden, wenn sie zu frech wurde.

Zwei Uniformierte nahmen Marek in Gewahrsam, der schon lange aufgehört hatte, sich gegen Alex' stählernen Griff zu wehren. Als das Klicken der Handschellen ertönte, hatte sich sein starrer Blick vom Nirgendwo gelöst und Isa gesucht. Eigentlich hatte sie nicht hinsehen wollen, aber die Versuchung war zu groß gewesen. Braune Augen trafen grüne, ein letztes Mal. Es fühlte sich surreal an, wie in einem bizarren Film, den man sich ansieht, während man einen Joint raucht. Vielleicht, dachte Isa, lag das aber auch nur an der Kopfverletzung.

Dann war alles relativ schnell gegangen. Kommissar Pösch hatte sie mit entschlossen bebendem Schnurrbart in ein ziviles Polizeifahrzeug verfrachtet und seinem Untergebenen Schäfers befohlen, sie ins Krankenhaus zu bringen. Ihre Proteste dagegen waren ungehört geblieben. So verbrachte sie ein paar launige Stunden damit, sich in der Notaufnahme des HELIOS Klinikums auf eine Gehirnerschütterung und andere Verletzungen untersuchen zu lassen. Diagnose: eine fiese Platzwunde am Kopf, ein nicht weiter wichtiger Kratzer von der Messerspitze unter dem Kinn und ein handtellergroßer Bluterguss an den Rippen, der das Lachen in den nächsten paar Tagen vermutlich zu einem echten Erlebnis machen würde. Den Plan ihrer Freunde, mitzufahren und Isa mit einer Krankenhaus-Party samt Wackelpudding und schlechten Automaten-Sandwiches zu unterhalten, hatte Pösch sofort im Keim erstickt. Lediglich Lena durfte ihr Gesellschaft leisten, während ihr eine übermüdet wirkende, aber nette Ärztin mit vier Stichen die Wunde an der Stirn vernähte. Danach waren sie von Schäfers sofort zum Präsidium kutschiert worden, wo eine ellenlange Vernehmung durch den Chef persönlich anstand.

Insgeheim hatte Isa doch ein bisschen Angst davor gehabt. Pösch die ganze Geschichte zu erzählen, fühlte sich in etwa so an, wie dem Schuldirektor erklären zu müssen, wie genau das Abführmittel in die Kaffeemaschine im Lehrerzimmer gelangt war (eine Geschichte, die es an Isas Gymnasium sogar in die Abi-Zeitung geschafft hatte). Doch erstaunlicherweise war der Kommissar ziemlich entgegenkommend gewesen. Beispielsweise hatte man, noch während sie miteinander sprachen, auf seine Anweisung hin bei der Durchsuchung von Mareks Wohnung Isas Sachen eingesammelt und separat zum Präsidium gebracht, damit sie sie dort in Empfang nehmen konnte. Dankbar dafür hatte Isa Pösch alle Informationen geliefert, die sie ihm geben konnte. Dann, so etwa gegen vier Uhr morgens, war sie entlassen worden.

»Haben Sie jemanden, bei dem Sie die Nacht verbringen können?« Der Kommissar hatte sie aus dem Verhörraum geleitet und versucht es zu verbergen, doch unter dem militärischen Befehlston seiner Stimme schwang tatsächlich ein kleines bisschen Fürsorge mit. Isa hatte es hören können, obwohl sie beinahe im Stehen eingeschlafen wäre. Sie beschloss aber, ihn nicht zu ärgern, indem sie ihn darauf hinwies. »Ich kann bei ihr bleiben, denke ich.« Sie wies auf Lena, die auf einem unbequemen Korbstuhl im Vorzimmer schlief. Ein geschmacksverirrter Innenarchitekt hatte die Wände des Raumes einst in jenem undefinierbaren Grüngelb streichen lassen, das dem verstorbenen Autor Douglas Adams zufolge in Schulen eine anregende, in Krankenhäusern eine heilsame und in Polizeirevieren eine bedrohliche Atmosphäre schaffen soll, tatsächlich aber nur an erbrochenen Salat erinnert. Auch die anderen Mitglieder von Manus Furis hatten nach ihren eigenen

Zeugenaussagen dort vor sich hingedöst, zusammen mit Richard, was Isa gelinde überraschte. Ihr angeschlagener Verstand hatte eine Weile gebraucht, um zu kapieren, wieso auch er anwesend war.

»Nichts von dem, was heute Nacht passiert ist, darf nach außen dringen, verstanden?« Er und Pösch hatten sie mit dem gleichen väterlichen strengen Blick angesehen, und Isa war zu müde gewesen, um sich groß darüber aufzuregen. Die Botschaft der beiden Männer kam trotzdem mehr oder weniger bei ihr an: Um zu verhindern, dass jemand in einen Skandal verwickelt wurde – der Mittelaltermarkt wegen des Mordes, des Mordversuches und der psychisch labilen Aushilfe, die dort beschäftigt worden war, oder die Kripo, weil sie all diese Dinge übersehen hatte – blieben Mareks Festnahme und deren Umstände geheim. Niemand außer der Polizei, Richard und denjenigen, die direkt dabei gewesen waren, durfte etwas davon erfahren.

Damit war Isa einverstanden gewesen, denn das hieß, dass sie endlich schlafen gehen durfte. Was der Büttel dann allerdings sagte, hatte ihr gar nicht gefallen. »Ich will, dass du dir den Tag morgen freinimmst.«

»Was? Nein! Ich kann arbeiten …«

»Kommt nicht in die Tüte, Fräulein. Ruh dich aus, du siehst schrecklich aus. Ich will nicht, dass die Besucher denken, unsere Trommlerin hätte sich in der Nacht mit einem Nashorn geprügelt.«

Und so kam es, dass Isa in ihrer »Zivilkleidung« – Jeans, Sweatshirt und einem geborgten Wintermantel, denn ihren eigenen hatte die Kripo zwecks Spurensicherung behalten – in einer Hängematte saß und versuchte, mit einem halben Liter Sambal Oelek auf Knoblauchbrot ihre Lebensgeister wieder in Schwung zu bringen. Allein in Lenas Wohnwagen hätte sie es nicht einmal eine halbe Stunde ausgehalten.

»Was hast du Pösch eigentlich gestern am Telefon gesagt?« Isa bewahrte eine eingelegte Knoblauchzehe in letzter Sekunde davor, in den Schnee zu fallen.

»Wie, gesagt?«

»Na ja, das muss doch komisch geklungen haben. ›Hallo, geben Sie mir bitte den Kommissar, hier ist die wilde Helena vom Mittelaltermarkt. Wir haben gerade den Mörder dingfest gemacht, dessen Existenz Sie die ganze Zeit übersehen haben.‹«

Ob es an der brutal scharfen Sauce oder an der Tatsache lag, dass sie Marek gerade das erste Mal laut so bezeichnet hatte: Irgendetwas zog ziemlich schmerzhaft in Isas Brustkorb. Entschlossen schob sie es auf den Bluterguss an ihren Rippen und setzte sich vorsichtig ein wenig gerader hin.

Lena beugte sich vor, sammelte eine Handvoll frischen Schnee vom Boden auf und rieb sich damit die Finger ab. Eine schöne Methode, um sie halbwegs sauber zu kriegen und auch, um einer Antwort auszuweichen. Im Gegensatz zu Kevin, der ähnlich wie Isa auch noch in der unpassendsten Situation mit einem Scherz reagieren konnte, tendierte Lena dazu, die Gefühle anderer Menschen wie rohe Eier zu behandeln.

»Lena, ich implodiere nicht, wenn wir über die letzte Nacht reden, okay?«

Doch alles, was sie erntete, war der gefürchtete »Du sagst, dass es dir gut geht, aber ich kenne die Wahrheit«-Blick. Lena terrorisierte ihren Freundeskreis stets damit, wenn eine Trennung oder ein Trauerfall ins Haus stand oder sie mal wieder die letzte Ausgabe des Magazins »Psychologie heute« gelesen hatte. Unterstützt von den kitschigen Bilderbuch-Schneeflocken und der Hängematte, die die beiden ein wenig vom restlichen Marktgeschehen abkapselte, drohte so ein emotionales Frauengespräch zu entstehen, auf das Isa absolut keine Lust hatte.

»Guck mal, da ist Alex!«, rief sie erleichtert, als sie in dem weißen Gestöber einen Schottenrock erblickte.

Alec MacPipe, der genauso übernächtigt aussah wie seine weiblichen Kolleginnen, löste sich aus einem Pulk von Leuten, die gerade das Gelände des Mittelaltermarktes bei Alfs Bäckerei betreten hatten. Er war derjenige gewesen, der nach Isas überstürztem Aufbruch von der Weihnachtsfeier stutzig geworden war und den Rest der Band dazu angestiftet hatte, nach ihr zu suchen. Die Freunde hatten es zuerst in der Augustastraße versucht, doch als dort nach mehrmaligem Klingeln niemand geöffnet hatte, waren sie zum Marktplatz geeilt.

»Ich fasse es nicht, dass du immer noch dieses Ding trägst«, begrüßte Isa ihn. »Was machst du, wenn der Schnee irgendwann kniehoch liegt? Oder hüfthoch?«

Alex grinste sein Piraten-Lächeln und gesellte sich zu ihnen. Außer dem Kilt und dicken Winterstiefeln trug er wieder nur die mit Lammfell gefütterte Wildleder-Weste über dem Hemd. »Ich könnte euch jetzt lang und breit etwas darüber erzählen, wie heiß ich wirklich bin, aber da das wieder nur zu unnötigen Diskussionen führen würde, lassen wir das besser.«

Lenas Husten war dank des Killer-Medikaments, das Isa noch in ihrem Fach in der Umkleide gefunden hatte, schon viel besser geworden. Die wilde Helena stand auf und ließ ihre Umhängetasche neben Isa in die Hängematte fallen. »Gut, dass du kommst, Alex. Bleibst du gerade noch hier? Ich muss vor der Show noch mal ins Museum.«

Der Subtext ihrer Aussage und das subtil ausgeführte Nicken in Richtung der grünen Fee – »Pass ein bisschen auf sie auf, während ich weg bin« – ließ Isa hinter Lenas Rücken mit den Augen rollen. Alex verbiss sich schnell ein Schmunzeln. »Klar«, sagte er und nahm in der Hängematte Platz, wobei er sorgsam darauf achtete, dass ihm keiner der Passanten unter den Kilt schielen konnte.

Als Lena, eingemummelt wie eine blaue Raupe, im Gedränge verschwunden war, schnalzte Isa mit der Zunge. »Endlich. Jetzt hast du mich in den letzten vierundzwanzig Stunden zum zweiten Mal gerettet.«

»Ach komm, lass sie. Sie macht sich nur Sorgen um dich.«

»Ich weiß. Sie lässt mich in ihrem Wohnwagen schlafen und ist schrecklich lieb zu mir, aber sie macht mich einfach wahnsinnig.«

Leise lachte Alex in sich hinein. Kurz schwiegen die beiden, und der falsche Highlander gestattete es sich, einer vorbeigehenden jungen Frau in einer norwegisch gemusterten Leggings anerkennend auf den Hintern zu starren. »Und wie geht's dir mit ihm?«, fragte er dann.

»Marek? Ach, dem hab ich schon verziehen. Ich denke, ich werde eine Brieffreundschaft mit ihm anfangen, wenn er im Knast sitzt. Erste Nachricht: ›Schatz, die letzte Nacht war wirklich schön mit dir.‹« Isa grinste schief, dann lehnte sie sich zu ihrem Freund hinüber und stieß ihn sanft mit der Schulter an. »Ich hab mich noch gar nicht richtig bedankt.«

Gönnerhaft winkte der Dudelsackspieler ab. »Nicht der Rede wert. Was macht dein Kopf?«

»Nicht so tragisch. Eine Blitz-Narbe wird es wohl nicht werden, leider.«

Unwillkürlich strich sich Isa mit den Fingern über die vernähte Wunde. Das Gefühl dabei war gruselig und faszinierend zugleich.

»Da bin ich aber froh«, sagte Alex. »Du erinnerst mich schon so genug an Harry Potter.«

Die grüne Fee hob skeptisch die Augenbrauen. »An einen kleinen, dürren Typen mit Brille? Na danke.«

»Nein, nicht so. Ihr seid nur beide unübertroffen darin, in Schwierigkeiten zu geraten, aus denen euch dann andere Leute heraushauen müssen.« Er sagte es mit einem Augenzwinkern, deswegen wusste Isa, dass er es nicht so meinte.

Die Hängematte schaukelte leicht in einer Windböe, und ein paar kalte Flocken umwirbelten ihre Gesichter, während die vorüberwandernden Menschen kurz den Blick auf das Fleckchen Markt freigaben, der von der Bude des Seilers aus zu sehen war. Auf der anderen Seite des Gehweges präsentierte Mathis Kühnle gerade einem Kunden seine schön geschwungenen Schreibfedern, während er gleichzeitig versuchte, sie vor dem Schnee zu schützen, der unter das Dach seines Standes geweht wurde. Über der Bäckerei und der Garbräterei verschmolzen dünne Rauchsäulen mit dem Grau des Himmels. Obwohl sie sich komisch vorkam, weil sie in modernen Klamotten steckte und nicht in ihrer Gewandung, hatte Isa trotzdem das Gefühl, dass alles auf skurrile Art und Weise völlig normal war.

Lautes Knistern weckte sie aus ihren Gedanken. Alex machte sich an der schwarzen Umhängetasche zu schaffen, die er mit angeschleppt hatte. Sonst verstaute er alles, was er brauchte – was selbst für einen Kerl erschreckend wenig war – in dem sogenannten Sporran, der kleinen Tasche vorne an seinem Schottenrock. Deshalb war Isa der Beutel gleich etwas sonderbar vorgekommen.

»Eigentlich bin ich ja besonders gut darin, Mädchen mit gebrochenem Herzen zu trösten«, begann er.

»Oh Gott, Alex. Bitte keinen Sex, dafür bin ich echt nicht in der Stimmung.«

»Sehr witzig«, gab er zurück und brachte eine prall gefüllte Zellophantüte zum Vorschein. »Daran habe ich ausnahmsweise mal nicht gedacht, glaub mir. Aber da eure Trennung ein wenig ... extrem war, habe ich mir gedacht, ich greife auch zu drastischen Maßnahmen.«

Bevor sie noch etwas sagen oder dagegen protestieren konnte, drückte er Isa die Tüte in die Hand. Sie enthielt genug Süßigkeiten, um allein vom Hinsehen Diabetes zu bekommen.

»Außerdem hätte ich noch Utensilien für einen Wellness-Abend auf mittelalterliche Art.« Mit einem selbstzufriedenen Lächeln präsentierte er den Inhalt zweier Papiertüten. In der einen entdeckte Isa Teelichter, die er offenbar beim Kerzenzieher des Marktes gekauft hatte und die nach Vanille, Zimt und Opium dufteten. Die andere beinhaltete zwei Stück Seife – Rose und Lavendel, den Farben und dem herrlichen Geruch nach zu urteilen. Sie trugen das Siegel der Seifensiederin, deren Zelt von der Hängematte aus zu sehen war.

»Alex ... du bist doch bescheuert!«, sagte Isa perplex und starrte auf die Sachen.

»Ich weiß. Eigentlich wollte ich dir im Rheingold noch einen hübschen Helm besorgen – du weißt schon, dem Mittelalter-Laden gleich hier um die Ecke. Damit hättest du dich das nächste Mal, wenn du wieder Kopfball mit einem Amboss spielst, sicher besser angestellt. Aber leider hatten sie nur noch eine Replik von König Arthurs Helm aus ›Die Ritter der Kokosnuss‹ vorrätig, die nicht ganz in mein Budget passte.«

Als die Polizei in der Nacht den Ort des Geschehens rund um Katz' ehemalige Taverne sowie die Schmiede untersuchte, hatten die Beamten auch den harten Gegenstand ausfindig machen können, an dem sich Isa bei ihrem Sturz beinahe den Schädel eingeschlagen hätte. Offenbar hatte der schöne Meister Isenhart seinen Amboss dazu benutzt, die Plane zu beschweren, die er jeden Abend vor seiner Schmiede zuzog – vermutlich, weil der Durchschnittseinbrecher keine Muskeln wie Wasserbälle hatte und so ein Gerät nicht mal eben zur Seite wuchten konnte. Isas schicksalshafter Hang zur Katastrophe hatte sich diese Chance natürlich nicht entgehen lassen.

Nun grinste die grüne Fee Alex herausfordernd an. »Was? Zu teuer? Ich wurde fast umgebracht und das ist dir nicht mal einen lausigen Helm wert?« Dann wurde sie wieder ernst und betrachtete nachdenklich die Sachen in ihrem Schoß. »Das ist alles wirklich süß von dir, aber ich will gar keine ... Sonderbehandlung oder so was. Mir geht's gut. Wenn Richard mich nicht arbeiten lässt oder Lena mich anguckt, als wäre ich eine Trauma-Patientin, dann komme ich mir nur vor wie in einer billigen, historisch angehauchten Seifenoper.«

Alex dachte für einen Moment ernsthaft über ihre Worte nach, was Isa an dem Umstand festmachte, dass ein Trupp junger Maiden vorbeispazierte, die für das Wetter definitiv zu wenig Gewandung trugen, und er nicht einmal hinsah.

»Okay, pass auf. Wir machen es so«, begann er. »Du hast keine Lust, herumzusitzen, Däumchen zu drehen und über die Tragik des Lebens nachzusinnen, korrekt?«

»Korrekt.«

»Umso besser, dann gehst du einfach mit mir und Kevin heute Abend ins Kubana. Das ist so eine mexikanisch-spanisch angehauchte Cocktailbar hier in der Nähe. Heute spielt bei denen im Keller eine *The Cure*-Coverband, und er und ich wollten eigentlich mit zwei Mädels hingehen, aber meine ist kurzfristig abgesprungen. Wenn du mitkommst – natürlich nur als Freundin – hast du wenigstens Beschäftigung, und ich muss nicht alleine zusehen, wenn Kevin seiner Flamme die Zunge in den Hals steckt.«

Als Isa zögerte, legte er nach.

»Komm schon, das wird lustig. Wir trinken Tequila, essen irgendwas Überbackenes mit Nachos und machen alberne Selfies vor der Kleidergarderobe, die befindet sich nämlich in einer nachgemachten Western-Gefängniszelle.«

Irgendwo in Isa läutete der Nerd-Alarm, der sie nicht nur zu einem Leben zwischen Schwertern und Schnabelschuhen getrieben hatte, sondern auch ihr Herz höher schlagen ließ, wenn sie Sätze wie »Ich fahre einen DeLorean«, »Kommst du mit zum Zombie-Walk?« oder »Die Garderobe befindet sich in einer Western-Gefängniszelle« hörte. »Okay, aber meine Konzertkarte bezahle ich«, sagte sie schließlich.

»Natürlich, das ist doch kein Date. Bilde dir bloß nichts ein.« Er verzog keine Miene, als sie ihm spielerisch in die Seite boxte. Stattdessen kramte er sein Handy aus seinem Sporran und überprüfte die Uhrzeit. »Unser Auftritt geht gleich los. Kommst du mit zur Bühne und guckst zu?«

»Klar, und lache euch aus, weil ihr ohne mich nichts drauf habt.«

Isa ließ sich von Alex aus der Hängematte ziehen und streckte ihr Gesicht für einen Moment dem herabrieselnden Schnee entgegen. Die kalten Flocken kitzelten ihre Wangen, bevor sie wie Fingerabdrücke aus Eis dahinschmolzen. Es duftete nach frisch gebackenem Brot, feuchten Wintermänteln und ein kleines bisschen nach Weihnachten.

Gedankenverloren fing der junge Dudelsackspieler an zu grinsen.

»Was ist?«, fragte Isa.

»›Wie in einer billigen, historisch angehauchten Seifenoper‹ ... In so einem TV-Konzept wäre wahrscheinlich nicht Olli Mareks Vater gewesen, sondern du hättest herausgefunden, dass Marek eigentlich dein Bruder ist. Oder irgendwas ähnlich Krankes.«

Die grüne Fee von Absinth rollte spöttisch mit den Augen und setzte ihre Kapuze auf, damit ihre Dreadlocks nicht einschneiten. »Klar, begleitet von einem dramatischen Tusch mehrerer Herolde. Entweder das, oder er würde für etwa eine Staffel von der Bildfläche verschwinden und dann, obwohl er eigentlich in einem finsteren Kerker sitzen sollte, plötzlich wieder auftauchen und versuchen, mich endgültig um die Ecke zu bringen.« Sie schnaubte.

»Völlig absurd.«

Der Raum war zu klein und zu weiß. Viel zu weiß. Er bot Gedanken zu viel Projektionsfläche.

Eigentlich hätte er müde sein müssen. Die Polizisten hatten ihn die ganze restliche Nacht verhört. So lange, bis er keinen Sinn mehr im Schweigen gesehen und alles gestanden hatte. Das mit dem Kaugummi in der Paniksicherung des Prangers. Dass ihm sein bester Freund, der Pharmaziestudent, die Chemikalie besorgt hatte, die er anstelle von Isas Lampenöl in das Tongefäß gefüllt hatte. Einfach alles.

Der Plan war schiefgelaufen, aufgeflogen, verraten worden. Das Schwein hatte gewonnen und lachte sich vermutlich irgendwo in den tiefsten Kreisen der Hölle ins Fäustchen. Er konnte ihn fast bildlich über sich an der weißen Decke der Zelle sehen. Ein erfrorener Geist, der ihn mit blauen Lippen auslachte.

Es machte ihn so wütend.

An Schlaf war nicht zu denken, keine Sekunde lang. Wenn er die Augen schloss, kamen die Wände nur noch näher. Sie erstickten ihn fast. Die groben Federn in der Matratze bohrten sich in seinen Rücken wie Dolche.

Fingerknöchel verkrampften sich im kalten Licht, bis das Blut aus ihnen gewichen war.

Ein Dolchstoß in den Rücken. Den hatte er bekommen in der letzten Nacht. Jede Hoffnung auf ein Leben in Freiheit und Ruhe war gestorben. Unwiderruflich. Er konnte noch den Dreck der Pflastersteine schmecken, auf die man ihn gepresst hatte, während er all seine Verzweiflung herausgebrüllt hatte.

Im Mittelalter gab es furchtbare Strafen für Mörder. Vatermörder erwartete noch Schlimmeres. Ihm dagegen würde man nicht den Kopf abschlagen lassen. Ihm blühten Jahre, viele, viele Jahre in einer Zelle wie dieser. Einer Zelle, auf deren Wände seine Gedanken ein Bild projizieren konnten, damit er es niemals mehr vergaß. Und es war nicht das Gesicht seines Vaters.

Irgendwann in der Zukunft würde der Zeitpunkt kommen, an dem sich ihm wieder eine Gelegenheit bot und er ein Messer in die Hand bekam. Vielleicht dauerte es eine Weile, doch er war zuversichtlich. Er hatte sie geliebt und würde sie immer wiedererkennen, egal, wie viel Zeit verging.

Egal, was passierte: Er würde sie finden.

KBV KRIMINALROMAN

Nina Röttger

DIE GRÜNE FEE UND DAS ROTE BLUT

Taschenbuch, 392 Seiten
ISBN 978-3-95441-414-7
10,95 EURO

Mord im Schatten der Kriemhildmühle

Wie jedes Jahr im Mai findet in der Nibelungenstadt Xanten das große mittelalterliche Siegfriedspektakel statt. Isa Bocholt – besser bekannt unter ihrem Künstlernamen »Die grüne Fee von Absinth« – will dort mit ihrer Band Manus Furis zwischen blühenden Bäumen und feuerspeienden Drachen die Marktbesucher unterhalten.

Als sie einen kopflosen Leichnam im Zelt der Turnierreiter entdeckt und einer ihrer Freunde unvermittelt zum Tatverdächtigen wird, ist es aus mit der Idylle. Die grüne Fee beschließt, eigene Ermittlungen anzustellen – und stößt dabei nicht nur auf sture Dorfbullen und scharfe Schwerter, sondern auch auf Geheimnisse, die noch finsterer sind als das Mittelalter selbst.

Isa bleiben nur drei Tage, um den Fall zu lösen. Was sie nicht weiß: Der Tote im Zelt war erst der Anfang …